TARDES DE CHOCOLATE EN EL RITZ

gracias al cielo   dem Himmel sei Dank

Reyes Calderón

TARDES DE CHOCOLATE EN EL RITZ

Dos soñadoras en busca de la felicidad

Planeta

Diagonal, 662-664, 08034 Barcelona (España)
www.editorial.planeta.es
www.planetadelibros.com

Primera edición: abril de 2014
Depósito legal: B. 4.784-2014
ISBN 978-84-08-12673-7
Composición: Anglofort, S. A.
Impresión y encuadernación: Liberdúplex, S. L.
Printed in Spain – Impreso en España

El papel utilizado para la impresión de este libro es cien por cien libre de cloro y está calificado como **papel ecológico**

A mi tropa, dulce chocolate con guindilla

Índice

1

Chocolate para el alma

> Cuando hastiado se cansó de mirarla, siempre la misma, siempre tan sosa y tan oscura, cerró los ojos y se quedó dormido.
>
> Al abrirlos de nuevo, recordó que estaba ciego.

Sobre mis rodillas descansa, desafiante, una espectacular tableta de chocolate suizo, con alto contenido en cacao, que acabo de comprar en el *duty free* de Barajas. A mis hijos les encanta: la excusa perfecta. La escudriño de reojo, sin atreverme a tocarla. He desayunado a las cinco y he tentado una insulsa ensalada a mediodía, durante un almuerzo de trabajo. Viajo en el último vuelo a Pamplona, el de las once de la noche, y lo cierto es que estoy muerta de hambre. Sin embargo, dudo: si abro el envase, no me detendré en una onza y luego me arrepentiré.

He llamado a casa antes de embarcar. Sé que tienen cena preparada: si aguanto media hora, disfrutaré de un plato sabroso en buena compañía y de un trocito de chocolate de postre. ¡Pero estoy tan cansada y el dulce se me antoja tan apetecible! Es una tableta extragrande, recubierta con un fino papel dorado y un envoltorio blanco con un par de lustrosas avellanas a su derecha: inigualable. Además, en cierta medida, el cacao se parece a esas pastas cubreagujeros que emplean los pintores para sellar los pequeños huecos: si estás agotado o un poco bajo de ánimos, el chocolate aparece como un magnífico estimulante, por no hablar de su infalible eficacia contra el mal de amores...

Estoy tan absorta dialogando (negociando sería un término más preciso) con la tentación que no he reparado en el caballero que se sienta a mi lado. Los vuelos, en especial los de vuelta, en especial los nocturnos, resultan especialmente impersonales, asépticos. Él sí parece haberse dado cuenta de que el asiento contiguo está ocupado o, al menos, de la presencia de la enorme tableta dorada.

—¿Sabe que comer chocolate acrecienta la probabilidad de obtener un Premio Nobel? —me espeta, sin previo aviso. Su aliento huele a tabaco negro. Yo, gracias al cielo, he conseguido dejar ese vicio; ya no busco ansiosamente un mechero que funcione por los bolsos, ni bajo de noche a la calle en busca de un bar para solitarios donde vendan cigarrillos.

—Perdón, ¿cómo dice?

Me señala la revista que está leyendo. Al girar la cabeza, me topo con el torso desnudo de un hombre joven, en pose insinuante. No tenía idea de que tuviéramos tantos músculos: al modelo se le pueden contar todos. Concluyo que el chico de la portada jamás prueba el chocolate. No tengo ganas de hablar con ese señor, ni tampoco de ojear aquello, y hago como si no le entendiera. Pero el tipo, cargante como un mosquito veraniego, insiste: abre la revista y señala un artículo con el dedo.

La educación es una tentación a la que casi nunca me resisto, de modo que cojo las gafas de cerca, que descansan sobre mi pecho, atadas a un cordelito negro, y me avengo a echar un vistazo, mientras maquino un plan infalible: en cuanto ojee su maldita revista, me haré la dormida y tendrá que dejarme en paz.

En efecto, la página señalada se hace eco de las conclusiones de un estudio científico firmado por un tal Franz Messerli, investigador de la Universidad de Columbia. En ellas se describe una correlación robusta entre el consumo per cápita de chocolate y el número de premios nobel del país. Vamos, que como en África no toman chocolate, no cuentan con laureados, mientras que los norteamericanos, golosos, los reciben por docenas.

—¿Lo ve? Si come chocolate será infinitesimalmente más lista.

Sonrío y le devuelvo su revista para hombres. Al menos, no es *Interviú* o algo peor. ¡A veces, te toca tragarte cada cosa! En las últimas semanas, he tenido suerte y me he sentado junto a mujeres, futboleros y ejecutivos agresivos, incapaces de separarse de sus periódicos deportivos o sus Excel. Estos últimos son los mejores: no hay nada como los gráficos y las tablas de Excel, una bendición para los ojos en los espacios pequeños. Puede que la Ley de Protección de Datos se resienta un poquito, pero los caballeros ni te ven y te dejan en paz durante todo el trayecto.

Mis ojos retornan a la tableta de chocolate suizo y, a hurtadillas, a mi vecino que amenaza con darme conversación. Los cierro e intento relajarme. Busco en mi memoria el *Canon* de Pachelbel y, con un poco de concentración (en esto de concentrarme soy bastante buena), por fin consigo que el silencioso ruido del rotor se transforme en violín y belleza. Al albor de esa hoguera, me dispongo a calcular mentalmente cuál es la probabilidad de que la Academia Sueca me conceda un Premio Nobel (me doy cuenta de que el vecino no me ha aclarado si funciona con todas las categorías del premio o sólo con alguna en concreto). No tardo mucho en obtener el resultado: sea cual sea la categoría, la probabilidad es cero punto cero. ¿Y con chocolate? Si al llegar a casa me lan-zara sobre este oro negro y lo devorara sin piedad, ¿a cuánto ascendería esa probabilidad? El número viene de inmediato a mi mente: 0,000... sumado a la pesadez de estómago y al malestar de báscula (engorda).

Sin abrir los ojos, me echo a reír. ¡Dios mío, cómo está la ciencia! Seguro que somos infinitesimalmente más listos y progresivamente más estúpidos. Es una pena que el profesor Messerli y los de su gremio de Columbia, al examinar la función cognoscitiva, no pongan el foco en correlaciones más próximas a la generalidad de los mortales. Porque pocos de nosotros aspiramos a estar en Estocolmo un 10 de diciembre, fecha en la que se conmemora la muerte de Alfred Nobel y momento en que se entregan los galardones citados, pero a muchos nos encanta el chocolate y nos gustaría conocer si su consumo está relacionado... pongamos por caso, con el buen humor, las lágrimas, la sonrisa o el color del placer.

Definitivamente, me gustaría que *The New England Journal of Medicine*, revista que publica ese artículo, analizase si existe algo así como un chocolate para el alma, un cacao para penas y amores, para alegrías y dolores; un compuesto cuyas semillas fueran buenas para hoy y para mañana, para ti, para mí y para el plasta que se sienta a mi derecha.

Me consta que la sociedad lleva siglos (mayormente, desde que comenzamos a caminar erguidos y a enterrar a nuestros muertos) buscando el compuesto que provoca esa postura mental, ese estado de ánimo conducente al perfecto acuerdo entre lo que nos rodea y nosotros mismos. Pongamos que hablo de esa enfermedad contagiosa a la que la gente llama felicidad...

A golpes, entre algodones, riendo o a moco tendido; ricos y pobres, chicas y chicos, jóvenes y viejos, ahora y luego, en las grandes ciudades y en los minúsculos villorrios: todos mantenemos la felicidad entre ceja y ceja. Puede que no la llamemos ni la persigamos de modo similar, pero resulta una constante: sin excepción, ni siquiera infinitesimal, tratamos de darle caza.

No me son ajenos quienes tildan a la felicidad de sueño o de quimera; quienes hablan de ella como de una necia esperanza o de una aspiración inalcanzable; o quienes la minusvaloran como un simple afán o una colección de momentos inconexos. He leído a Schopenhauer, el maestro del pesimismo, que la machaca sin complejos, y también a quienes, emparentándola con la bioquímica, la explican como un chute de endorfinas o un cierto ajuste químico del cerebro. Ninguno de ellos me ha hecho cambiar de opinión. Poco importa la procedencia de los tiros: los que la niegan, la confunden o la desprecian no cesan de hablar de ella. Schopenhauer, por ejemplo, le dedica infinidad de comentarios, prueba de que nacemos con ese gusanillo, y la pequeña hoguera con el tiempo se alimenta hasta lograr abrasarnos.

Como en el caso de los Nobel, la pregunta cardinal acerca de la felicidad no es quién, qué o cuál, sino cómo. ¿Acaso oliendo flores de azahar, inyectándome LSD, escribiendo novelas de crímenes, teniendo hijos o siendo director ejecutivo en una gran compañía conseguiré más boletos para la tómbola del premio gordo? ¿Acaso tendría más suerte si me zampara *ad integrum* la tableta de chocolate que descansa sobre mis rodillas?

Debo ser sincera para no defraudar expectativas: este traje no es de mi talla. Me queda enorme: me cuelgan las mangas, se me caen los hombros y me arrastran los bajos. En tres palabras: desconozco la respuesta. Sesudos filósofos de todo signo y científicos con altos presupuestos llevan siglos descifrando el ADN de la felicidad, la paz, la placidez y la ventura. Yo no pertenezco a ninguno de esos gremios. No tengo respuestas, sino infinidad de preguntas. Sin embargo, dispongo de un elemento que ninguno de ellos posee: yo cuento con MARTA.

Si hay un sabueso en Occidente capaz de descubrir de qué árbol se extrae ese fruto llamado chocolate para el alma, ése es Marta: mi Marta. En cuanto el piloto tomó tierra y me permitieron encender el móvil, le envié un *whatsapp*.

«Marta, voy a escribir un libro. Lo titularé *Chocolate para el alma*. ¡Necesito tu ayuda!»

Dividida en varias piezas conexas, su respuesta fue inmediata.

«¿Un libro?, ¿te refieres a un libro de páginas? ¡Me parece ideal! El título suena como esa película, ya sabes: *En busca de la felicidad*. Yo, de la felicidad, lo sé todo: leo *Vogue*, *Telva*, *Cosmopolitan*, *Vanity Fair*, *¡Hola!*, *Semana* y lo que se tercie... ¿Me imaginas escribiendo un libro de autoayuda? ¡Yo sí: será guay! Estoy segura de que si me pongo, podré conseguir primicias de la moda de otoño...»

Me quedé sin habla: las palabras se negaban a fluir. No logro acostumbrarme a esa extraña manera en que mi amiga mezcla la velocidad con el tocino, por no hablar de que el término «autoayuda» me produce sarpullido.

«Pues nada, Marta, en el siguiente café lo comentamos...», acerté a teclear.

Soy de las antiguas. Pongo acentos, comas y lo que sea necesario. Ella no tanto: es más joven, y más... eficiente, como la Real Academia, que después de hacernos aprender un millar de reglas de acentuación, decide abolirlas de un plumazo.

Otro pitido. El móvil anunciaba que Marta volvía a la carga, como si quisiera reprocharme que arremetiera contra la Academia. Pero no, se trataba de otra cosa. «Me estoy dando cuenta de algo, querida...»

«¿De qué?»

«De que la psique siempre dice la verdad... Oye, tía, ¿no habrás comprado chocolate en el aeropuerto? Mira que te lo tengo dicho: ¡es puro veneno! Un instante en la boca y... dos horas de liposucción.»

«Para los niños...», me excusé, a base de añadir puntos suspensivos

«¡Y una mierda! Y hay que cambiar de título. Eso de *Chocolate para el alma* es un atraso, una barbaridad, una blasfemia nutricional...»

Enarqué las cejas, aunque ella no podía verme.

«Marta, es para el alma. No engorda: es lo que tienen los intangibles.»

«¡Ni por ésas! Bueno, ya pensaremos algo: de momento, tira esa tableta a la basura.»

¡Ah, la buena de Marta! ¿Qué hacía yo antes de conocerla?

A primera hora de la mañana, llamé a mi querida editora. Le había prometido un libro de no ficción. Ella había sugerido algunos temas más próximos a la sensatez que se espera de una profesora universitaria como yo: economía, trabajo, conciliación... cosas por el estilo. Traté de explicarle el giro de los acontecimientos.

—Pues verás, Ana, creo que éste va a ser un libro destinado a los antihéroes y las antiheroínas, ¿me comprendes...? Algo así como un antimétodo de antiayuda para... ¿para qué? ¡Pues vete tú a saber!

Al escuchar mi propia voz, y darme cuenta de lo mal que sonaban mis explicaciones, me detuve un instante, dudosa. Por el largo silencio que siguió a mis palabras, comprendí de inmediato que mi paciente y resignada editora intentaba catalogar, a toda velocidad, mi propuesta en alguno de los epígrafes con los que habitualmente trabaja y no acertaba con ninguno. Sin embargo, no tenía nada mejor que ofrecer. Ella, que no quería dejarme con mal sabor de boca, especuló a la defensiva:

—¿Hablamos de un ensayo, quizá?

—Quizá —le respondí con tono de psiquiatra caro: dicen que de los mejores siempre obtienes el eco de tus pensamientos. Luego, le detallé un poco más el proyecto y le hablé de Marta.

—Ensayo, entonces —concluyó al cabo.

Asentí varias veces.

Cuando colgué, ella se había quedado algo más tranquila con el inventario, pero yo no pude dejar de recapacitar sobre mi respuesta.

Si ensayo es el «escrito en el cual un autor desarrolla sus ideas sin necesidad de mostrar el aparato erudito», en buena lid, nuestro libro no pertenecía al género. Lo que quiero decir es que Marta y yo no ocultamos el aparato erudito que empleamos, simplemente porque no lo tenemos. Es más, no pretendemos hacer erudición. Estas páginas no encierran amplios conocimientos de ciencia alguna. Si acaso, Marta y yo vendríamos a ser *eruditas a la violeta*: un par de mujeres con tintura superficial de ciencias y artes, aficionadas a la humanidad en zapatillas.

Este libro sólo contiene chocolate puro, eso sí: para el alma. Mientras los nutricionistas aconsejan tomar varias piezas de verduras y frutas al día, los productos como el chocolate sólo tienen prescripción «esporádica». Creo que en el caso del alma, la pirámide nutricional se invierte, y el dulce, la sal, los picantes y los amargos se aconsejan tanto como los chistes, los abrazos y un buen libro de... ensayo castizo.

Copio a Augusto Monterroso:

> Un ensayo es un texto más o menos breve, muy libre, de preferencia en primera persona, sobre cualquier cosa, acerca de equis costumbres o extravagancias de uno mismo o de los demás, aparentemente serio, pero idealmente envuelto en un vago y ligero humor y, de ser posible, de forma irónica, y preferible si autoirónica, sin el menor afán de afirmar nada concluyente, y si de lo expresado en él se desprende cierta melancolía o determinado escepticismo respecto al destino humano, mejor...

Me descubro ante el maestro. No podría haberlo expresado mejor, aunque me gustaría añadir algo: yo siempre me divierto escribiendo. Poco importa que sea ensayo, autoensayo, novela negra o la lista de la compra (si ustedes vieran los motes de la sección «higiene femenina» o los de la sección «extras» también lo harían). Tengo por seguro que voy a divertirme haciendo esto, sea cual sea el género al que pertenezca. Espero que resulte contagioso, aunque no puedo asegurarlo porque es la primera vez que lo hago: en este oficio de emborronar cuartillas, estoy mucho más acostumbrada a novelar intrigas y a realizar disertaciones académicas técnicas, más o menos abstrusas, que a *ensayar ensayos*. En este inexplorado terreno sólo tengo dos cosas claras: que toda felicidad es compartida y que el chocolate, especialmente el bueno (el caro, ya me entienden), ayuda. Por eso, en cuanto Marta se desconecta del WhatsApp, saboreo una pequeña onza que sabe a cielo.

Aún la tengo en la cadera: ¡a su salud!

2

Marta o por qué no todas las rubias son tontas

Se tomó un caramelo sin azúcar para distraer el estómago.

Compró un brillante de cuatro quilates para entretener el corazón.

Y, al anochecer, ingirió treinta sedantes para terminar, de una vez, con la desazón.

Marta y yo nos conocimos hace algún tiempo en una recepción en Madrid, convocada por una embajada asiática. Traje de cóctel. Tanto me llamó la atención, que anoté el encuentro en mi cuaderno (siempre llevo uno en el bolso, por si se me ocurre una idea feliz), y detallé día y hora, algo que sólo hago con asuntos o personas importantes (importantes para mí, quiero decir). Yo había acudido por motivos profesionales; Marta, acompañando a su segundo marido. El buen hombre —Fede, para quien ella es la tercera con papeles la aparcó en medio del salón del Palace, con una copa de vino tinto en una mano, un canapé en la otra y un beso paternal en la frente. Aseguró que saludaría a algunas personas y que regresaría enseguida. Puedo dar fe de que la recuperó con el contrato cerrado, tras los pastelitos.

Los vi en el mismo momento en que entraron (algo más tarde de lo políticamente correcto, dicho sea de paso). Era difícil no reparar en ellos: su estampa resultaba ciertamente cómica, al menos por lo tópico. Él es el típico hombre de negocios, soporífero pero exitoso, postizo, que cree posible compatibilizar el aspecto de caballero con la apariencia juvenil, algo tan difícil como hacer convivir ética y codicia. En señores de más de sesenta y cinco, la descripción se evidencia en cabellos escasos y engominados, corbatas de colores llamativos, chistes subidos de tono y trajes más ajustados de lo indicado por los cánones clásicos. Fede, un taponcito rubicundo con cierta tendencia a la obesidad y nariz aguileña surcada de venillas azuladas, en aquella ocasión lucía corbata verde gritón.

Juzgué entonces por las apariencias (es uno de mis defectos) y lo coloqué en el sector B. Más tarde, ya en la habitación del hotel, busqué datos sobre él en internet y me reafirmé en la percepción original: B.

Porque los hombres de negocios no son iguales, mi mente los clasifica como a los estudiantes: A+, A, B y C.[1] Los B son tan B, tan mediocres, tan insignificantes como hombres, que tiemblas de sólo pensar en el sector productivo que descansa sobre sus hombros. Quizá no me esté explicando bien. Traduzco para mujeres: B es un tipo que llama a casa diciendo que tiene mucho trabajo, con la amiga sobre las piernas, y es tan imbécil que le hace una foto con el móvil ligera de ropa y la guarda en la memoria de la cámara. Para hombres: B es un mal llamado empresario que chilla a sus secretarias, explota a sus obreros y rompe sus promesas cuando hay en juego un poco de dinero, una bolsa tan pequeña que resulta pura calderilla.

Nuestro B entró en el salón del Palace donde tenía lugar el encuentro exhibiendo propiedades. No me refiero a su ostentoso reloj de oro macizo (no me gustan los relojes de oro, lo siento) ni a sus gemelos de brillantes, hablo de Marta: la delgada y esbelta chica rubia de rostro mofletudo que colgaba de su brazo. Pese a que sus tacones no eran excesivos, le sacaba una cabeza. Él sonreía a derecha e izquierda, aunque nadie lo miraba, y se contoneaba al andar como diciendo: «¡Miradme: sigo siendo un purasangre!»

Le eché un vistazo rápido, lo clasifiqué y me pareció tan anodino que lo desprecié y me centré en la mujer. A primera vista, Marta es un ejemplar auténtico de ese dogma imperturbable, casi

1. La primera letra equivaldría a nuestra matrícula de honor y la última a un suspenso.

intemporal, llamado «las rubias no son tontas», que, no sé por qué conexión neurológica, me recordó a la protagonista de *El mago de Oz*, aunque poco o nada tiene que ver con Judy Garland.

De haberse tratado de una cena formal, de severa etiqueta, tengo por seguro que una buena anfitriona jamás nos hubiera sentado juntas. Somos como el agua y el vino. O mejor, como un blanco de Rueda y un tinto de Ribera del Duero. Yo soy fundamentalmente una persona corriente, una de tantas profesoras universitarias, nacida en provincias y aficionada a la lectura (libros de páginas y, por supuesto, revistas de moda), que, un buen día, decidió soltarse la coleta, empezar a visitar juzgados y laboratorios anatómico-forenses, y publicar las novelas que escribía a escondidas. Aun con todo, sigo pareciendo lo que soy: una burguesita de provincias, medio bien. He sido educada en la austeridad y reciedumbre castellanas, en las procesiones de Semana Santa y las tradiciones, eso sí, comiendo con cubertería de plata. Malagueña, afincada en Madrid, Marta es una mujer fuerte, cosmopolita, sofisticada por no decir mundana, a quien nadie le ha explicado nunca que decir todo lo que se piensa no es necesariamente la mejor opción.

Sin embargo, caprichos del destino, aquel día ambas vestíamos de rojo...

Siempre me ha gustado el rojo; rojo fuego, rojo pasión, rojo Valentino. Es más que probable que mi subconsciente lo eligiera aquel día por algún motivo concreto, que entonces no logré adivinar... aunque Marta lo interpretó a su modo y manera.

La tenía situada a mi espalda. Podía oler su colonia y escuchar su risa forzada. En ese momento, me encontraba departiendo con un empresario catalán, antiguo ministro, que no se pierde un solo jolgorio donde haya algún asiático. Carraspeó a mi lado. Me percaté, pero no hice caso. Ella no se rindió. Al cabo, en cuanto mi interlocutor se dirigió a otra persona, me tocó el hombro.

—Perdona, ¿eres escorpio?

—No, profesora —respondí, confundida. Con el ruido ambiental, di por supuesto que no había escuchado bien y que indagaba acerca de mi profesión. ¿Quién en su sano juicio pregunta en un cóctel por el símbolo zodiacal a una desconocida?

Se echó a reír. Había algo de extravagancia en su actitud, pero no la suficiente para que fuera estudiada.

—¡Tonta! Curioseo tu signo del Zodíaco. Como vistes de rojo...

Me fijé en ella mientras me hablaba (lo hace por los codos). Marta es guapa, a su modo. Preciosos y expresivos ojos incrustados en una carcasa que parece rediseñada por un ingeniero de estructuras. Los iris azules son originales; lo demás no tanto, pero puedo asegurar que el resultado es digno de elogio. Si entra en un salón (lo he comprobado en suficientes ocasiones), todos los caballeros arrancan sus ojos de *Expansión* y la siguen con la mirada. De sus esposas, prefiero no hablar...

Terminó su copa de vino y la depositó sobre una de las mesitas auxiliares, cubiertas con impolutos manteles blancos. Mientras me ilustraba en filosofía cromática, tomó al vuelo otra copa de la bandeja de un camarero que pasaba por allí en aquel momento.

—¿Cómo has dicho que te llamas?

—No lo he dicho. Me llamo Reyes, por mi abuela sevillana.

—¡Ah, mira qué gracia: Reyes, como los Magos!

—Sí, como los Magos, pero ni traigo regalos ni viajo en camello —aclaré.

Se echó a reír. En realidad, no tenía gracia alguna. Se trató de un cruce fugaz de momentos espacio-temporales. Siempre que alguien me compara con los Magos de Oriente me ocurre lo mismo. La razón es sencilla: durante una larguísima Navidad, tuve a Nacho, uno de mis sobrinos, persiguiéndome al grito: «¡Una bicicleta, tía Reyes, que *zoy mu güeno*!» Por más que le expliqué que yo no tenía nada que ver con el asunto, se me agarraba a la pierna cada vez que me veía al son de su grito de guerra: «¡Una bici, tía Reyes, *porfa, porfa, porfa*!» Era un trasto de cuidado, aun así, debió de caerle una bicicleta, por los besos que me dio. Desde entonces, es mi sobrino favorito.

Marta continuó con su explicación.

—Verás, los colores tienen un enorme valor simbólico; reflejan emociones. El rojo es un color muy caliente, magnético: implica amor, sangre, peligro, furia... De verte vestida así, deduzco que eres una mujer muy pasional, fuerte, caliente...

—Un poco, quizá —accedí—. Bueno, mucho más que un poco. Me refiero a lo pasional —aclaré, al darme cuenta de los términos que ella había empleado. En estos tiempos hay que tener mucho cuidado con lo que se dice, porque todo se puede tergiversar. Procedí a devolverle la pelota de inmediato—. Supongo que tú lo serás también, ya que vistes de rojo... Por cierto, un vestido precioso: te sienta como un guante —añadí, porque era verdad. Yo, para meterme en el mío había tenido que dejar de respirar al menos durante dos o tres minutos. Mi hándicap en esto de aguantar la respiración ha ido bajando con la edad: en este momento, soy capaz de cerrar casi cualquier cremallera. A Marta, sin duda, esa habilidad no le hace ninguna falta.

Bajó la vista, sonrió, se acercó a mí haciéndome masticar su perfume, y me confesó al oído:

—Tres mil ciento ochenta euros, ¡un verdadero escándalo!

Me dejó sin habla. Me refiero al precio de la prenda, desde luego, pero más aún al comentario. Esa educación vallisoletana, de antigua capital del Reino venida a menos, a la que hacía referencia anteriormente, incluye la premisa de que hablar de dinero, fuera de cualquier trato mercantil, resulta una ordinariez. Marta, que había olvidado ya el importe de aquella factura, seguía con sus explicaciones cromáticas.

—El color rojo ayuda a superar pensamientos negativos de todo tipo. Los maridos, por ejemplo... ¿cuál es el tuyo?

Otro silencio incómodo, entre la incredulidad y la diversión.

—He venido sola...

—¡Pobrecita! ¿Estás divorciada? —me preguntó, mientras me frotaba cariñosamente el antebrazo. Al ver mi cara de estupefacción, reaccionó a su manera—: No te preocupes, mujer, esas cosas pasan en las mejores familias y sea cual sea la talla de tu sostén. Según mi opinión, aún estás de buen ver, aunque no te vendrían mal unos retoques... Puedo darte el nombre de mi clínica. El doctor Varela es un primor; caro, pero un primor. No deja ni una cicatriz pequeñita...

Estaba a punto de agradecer el ofrecimiento y declinar la oferta cuando volvió a la carga.

—Fede es mi segundo marido, el primero fue un error de juventud: apenas duró un par de meses. ¿Y qué haces aquí tú sola, buscas a alguien especial?

Negué de inmediato con la cabeza y la voz.

—He venido por motivos profesionales, invitada por el embajador...

Se llevó teatralmente la mano a la frente.

—¡No me digas que eres de las que trabaja!

—Enseño economía, sí —le aclaré.

—¿Por hobby o por las facturas? —insistió.

Aquella mujer, desde luego, parecía la personificación de la imprudencia. No tenía a un cirujano plástico a mano que recomendarle, pero sí algún amigo, miembro de la Escuela Diplomática, que hubiera podido impartir un cursillo acelerado.

—Por ambas, creo. Depende del día que me preguntes...

La dama tomó mis palabras como una confesión, o como un amago de disculpa, y con un gesto magnánimo, me perdonó:

—Bueno, no te preocupes: nadie es perfecto. Yo soy enfermera y antes trabajaba; ahora también, pero de otro modo, ya sabes... —me dijo entre gestos lúbricos.

Por un instante, deseé encontrar algún agujero profundo y oscuro donde esconderme. En vez de eso, me eché a reír. Eso es lo que tiene la risa: te saca de un montón de situaciones incómodas.

—¡Vaya par de *rojas*! —exclamé.

Aquella rubia llamada Marta, desde luego, era auténtica.

Así comenzó nuestra extraña amistad. Lo cierto es que disfruté mucho en esa velada. Rodeadas de tantos diplomáticos y empresarios de éxito (todos varones, todos mercaderes), descubrí que, bajo esa carcasa sofisticada, teñida de rojo, latía un enorme corazón de oro. Comprendí que dentro de aquella sonrisa tonta vivía una mujer interesante, llena de contrastes, que sólo una mirada superficial podía pasar por alto.

No se me escapó.

Los datos que puedo ofrecer sobre Marta son muy escasos. Ignoro gran parte de su vida y la mayoría de esos datos biográficos que habitualmente se cruzan los desconocidos. La razón es que decidí no indagar en los lugares que ella mantenía bajo llave. Es la primera vez que me comporto de esta manera. Esa actitud no va con mi carácter: me encanta correr tras los datos, perseguir conexiones, investigar hechos a través de los síntomas que producen, desde la postura corporal hasta la profundidad de la mirada. Pero con ella no lo hice. Me interesaba su pasado si me daba paso a su presente, nada más. Por ello, ignoro qué tipo de infancia vivió o qué sombríos episodios le quitaron la sonrisa; desconozco cuándo decidió ser rubia o teñirse de tonta.

Lo desconozco casi todo.

A la salida del cóctel, tras despedirme del embajador (un gran diplomático asiático que lejos de identificarme con la «esposa de» pronunció mi nombre y el nombre de mi universidad correctamente), aun sin saber nada la una de la otra, Marta y yo intercambiamos direcciones. Yo le entregué mi tarjeta. Ella no tenía, pero fue mucho más práctica: tecleó en su móvil el número del mío y me hizo una llamada perdida.

Aquella noche, ya en la habitación del hotel, anoté en mi cuaderno el encuentro fortuito y me dispuse a incluir en mi agenda electrónica el nuevo contacto. En ese momento, me topé con el primer escollo: no tenía su apellido, había olvidado preguntárselo. Y no podía ficharla como Marta a secas, porque esa categoría ya estaba ocupada (una de mis hijas se llama así). Tras pensar unos instantes en algo que me permitiera recordarla, decidí utilizar la palabra «rubia». A partir de ese momento, sería «Marta, la rubia».

Apagué la luz y traté de dormir. No me resultó fácil. Terminé encendiendo la luz y poniéndome a leer. Cuando logré cansarme lo suficiente, lo intenté de nuevo. Pero, antes de cerrar los ojos, volví a encender el móvil y edité el contacto. «Marta, la rubia» pasó a ser «Marta, la rubia no tonta». Me pareció mucho más justo.

Porque hay rubias de mente y rubias de cuerpo. No tenía muy claro si la que acababa de conocer pertenecía al segundo tipo o acaso a otra categoría, específica para ella. De lo que tenía certeza era de que Marta no tenía un pelo de tonta, aunque su lógica pudiera parecer, a primera vista, bastante ilógica.

Me telefoneó a la mañana siguiente, temprano. Quería que desayunásemos juntas. El horario de salida de mi vuelo lo impedía, y así se lo hice saber. Insistió. De hecho, no me permitió colgar hasta que prometí avisarla cuando regresara.

—De acuerdo, Marta, lo prometo. Quedamos emplazadas para la próxima...

—¡Que te mueras si no lo haces! –escuché de una voz entre chillona y jocosa.

—¿Perdón?

—¡La promesa! ¿No lo cantabais así en tu colegio?: ¡Que me caiga muerta aquí mismo si miento!

Me eché a reír.

—Pues no, pero nunca es tarde para empezar: ¡que me muera si en mi próximo viaje no llamo a Marta...! Por cierto, ¿cuál es tu apellido?

—Borbón y Dos Sicilias...

—¡Anda ya!

—¿Y a ti qué más te da, Reyes?

—Pues tienes mucha razón: apellídate como te venga en gana...

Quizá por superstición, quizá porque me educaron en la creencia de que una promesa tiene más valor que la firma de cien notarios, en mi siguiente viaje a Madrid la llamé. No recuerdo dónde quedamos, sólo que estaba cerca del lugar de mi siguiente cita. Lo pasamos bien: hablamos de todo y de nada. Y antes de marcharme, me encontré reiterando la promesa de volver a vernos. Y así, a lo tonto, de tarde en tarde, coincidiendo con mis viajes a Madrid, comenzamos a quedar para tomar un café juntas y charlar. Con el paso del tiempo, terminamos haciéndolo regularmente, los terceros jueves de cada mes. Yo le tiro de la lengua y ella me cuenta con pelos y señales cotilleos de gentes a las que no conozco; yo le hablo de mis cosas, y la escucho, porque su modo de pensar resulta tan fascinantemente distinto al mío, tan trasversal, tan ecléctico y disparejo, tan disruptivo que siempre aprendo algo y me divierto una barbaridad.

3

Tardes en el Ritz

Publicitando sombras y duendes, en una vieja casa blasonada, construyeron un hotel de extraordinario precio.

La lista de espera era interminable.

De todas partes del mundo, llegaban clientes ansiosos de contemplar aquellos fenómenos paranormales. Nadie entendía lo que los fantasmas susurraban. De haberlo hecho, se habrían dado cuenta de que maldecían a los fugaces huéspedes que, lejos de vivir la vida, buscaban saborear historias muertas.

El Ritz fue elección de Marta. Yo sugerí un coqueto local con una carta de precios más modesta, en la zona de Ortega y Gasset. Debo confesar, sin embargo, que, cuando Marta se enceló con el nombre de ese hotel, sólo me resistí de boquilla. Tenía plena certeza de que mi cartera iba a sentirse seriamente sacudida, pero me dejé convencer enseguida.

Marta tenía sus motivos para proponerlo y yo los míos para aceptar. Obviamente, no coincidíamos, salvo en el hecho de que ninguno de ellos tenía que ver con que el Ritz sea un hotel estupendo, ubicado en un lugar privilegiado.

Para quien no lo conozca, diré que se trata de un edificio centenario, de fachadas sencillas afrancesadas, cuya decoración, servicio, exclusividad y entorno intentan no dejar a nadie indiferente. «Pura arquitectura del refinamiento, de lo innecesario.» Esa escueta frase, referida al Ritz, la pronunció el arquitecto Rafael de la Hoz en una conferencia y creo que capta a la perfección la esencia de un lugar preñado de mobiliario Lissarraga o espejos Pereantón.

Como nada en la mente de Marta se atiene a las reglas de la lógica clásica, ni discurre por el cauce del resto de los mortales, a mi querida amiga no le impresionó lo más mínimo que toda la porcelana fina del hotel fuera de Limoges o que sus alfombras procedieran de la Real Fábrica de Tapices. Si escogió el lugar fue por una única razón: encabeza *su* lista. Dicho en pocas palabras, el Ritz es el hotel más caro de Madrid. No caro, tampoco carísimo: *the most expensive*. El establecimiento ha envejecido, sin duda, pero cada una de sus esquinas continúa evocando fiestas de glamurosos acaudalados, galas de altas celebridades, conferencias internacionales de paz... «Simplemente, lo mejor», que diría un lord. «La cabeza del imaginario del lujo, la impostura del exceso», que diría De la Hoz. «¡Asquerosamente caro!», añadiría Marta.

—Dormí allí con Fede el día de su santo el año pasado, ¿sabes? En la suite Real —me contó aquella primera tarde, en la que tratábamos de fijar un lugar para nuestros encuentros de los jueves—. Fue toda una sorpresa para él. No le hizo mucha gracia al principio... bueno, tampoco al final (confieso que la broma le costó casi diez mil euros: sólo dormir, pasa de los cinco mil, y luego el masaje y... en fin), pero cuando le dije que en la misma cama se habían acostado Gracia de Mónaco o Ava Gardner, se le pasó el disgusto. ¡Al fin y al cabo, para qué sirve el dinero si no para gastarlo! Naturalmente, habían cambiado las sábanas. Eran de lino: una maravilla.

Yo no he estado en esa suite ni creo que lo haga nunca, pero cada jueves enfilo con ilusión el camino hacia la plaza de la Lealtad número 5 y me adentro en el inmenso *lobby* del gran hotel Ritz dispuesta a hacer el dispendio de pagar por un café el triple que en otro lugar más castizo.

Sí: lo hago contenta, aun cuando mi *lista* (mis criterios de selección y jerarquía) no sea, evidentemente, la de Marta.

A priori, no tengo nada en contra de las cosas caras. Sé que, en muchas ocasiones, merece la pena gastarse un poco más. He aprendido por propia experiencia que, a veces, gastar es una inversión mientras que ahorrar se convierte en un despilfarro. No han sido una ni dos las veces en las que, por reutilizar algún mueble (recuerdo en especial unas puertas) o algún traje, me he gastado mucho más que lo que costaba comprar uno nuevo y, encima, ha quedado hecho un birria. No obstante, por las mismas, entiendo que no todo lo caro es superior, ni todo precio compensa. Soy economista: los de mi gremio nos ganamos el sueldo aconsejando las mejores elecciones alternativas ante recursos escasos.

¿Y por qué no me negué?, se preguntarán. Pues si no me opuse más que levemente a los deseos de Marta fue por aquello de la escritura. Para pergeñar argumentos de novelas de intriga, para diseñar tipos y prototipos, para ponderar argumentos trufados de imágenes extraordinarias, el Ritz resulta un escenario privilegiado. Un lugar único. Lo era desde que se inauguró allá por los años veinte, pero, cuando lo adquirió la cadena norteamericana Orient-Express, en mi mente, se superó.

Soy una sentimental, lo reconozco, pero cuando me adentro en sus dominios, no puedo evitar imaginarme a Hércules Poirot sentado en el *lobby* observando al gentil (que no servil) mayordomo del huésped americano millonario. Si cierro los ojos alcanzo a ver al conde de cabellos engominados y rizos en la nuca, acompañado de su rechoncha esposa, adornada con estola de martas cibelinas y collar de brillantes al cuello que, de tan apretado, le corta la respiración. Junto a ellos, erguido y con cara de malas pulgas, el coronel retirado, familiar lejano de la princesita melancólica y tímida que marcha a su vera mientras suspira por el amor perdido... Si (tras cambiar las sábanas, naturalmente) Agatha Christie se hubiera alojado en la suite Real del hotel Ritz, como hicieron Marta y Fede, ¿qué obra de arte hubiera salido de su pluma? Porque material, desde luego, hay.

El edificio fue construido a instancias (y con ayuda financiera) del rey Alfonso XIII que, tras un viaje por Europa, llegó a España preocupado porque la capital no contara con un hotel a la altura de Viena o París. Naturalmente, se elevó un suntuoso inmueble de seis plantas decorado para ganarse el corazón de la aristocracia española. Y los madrileños de postín (que a escondidas seguían mojando churros en el chocolate) adquirieron la costumbre de tomar té en su *lobby*, de bailar el foxtrot en sus salones y de husmear a hurtadillas a los extraños o ilustres personajes que tomaban el hotel como base de operaciones.

Desde entonces, han degustado cócteles en su coqueto bar estrellas de cine como Ava Gardner o Michelle Pfeiffer, artistas famosos como Madonna o Duran Duran (a Salvador Dalí le reservaban una de las mesas de la esquina izquierda) o escritores de la talla de Ernest Hemingway... Me hubiera gustado charlar con el gran Ernest sobre su viejo y su mar, pero casi hubiera preferido ocultarme tras uno de los pesados cortinajes y observar los movimientos de Margaretha Geertruida Zelle, más conocida como *Mata Hari*, que se inscribió en el hotel con el nombre de condesa Masslov, o los de Marthe Richard, prostituta reconvertida en espía que operaba (un buen verbo para profesión tan comprometida) al servicio del Gobierno francés y que logró enamorar nada menos que a Von Krohn, la cabeza de la armada alemana en Madrid.

Sólo he conocido personalmente a dos, de los buenos, pero siempre me han fascinado los espías, y mucho más *las* espías. Cuando estaciono en el Ritz las veo por todas partes. Es más, me siento espía... Y por si mi imaginación se quedara corta, el hotel cuenta con una leyenda secreta: hay quien asegura que, en sus primeros tiempos, los recepcionistas tenían orden expresa de hacer un examen visual a cualquier potencial huésped que se acercara al mostrador. Al cliente clasificado como TNR («tipo no Ritz») se le debía mentir y, asegurándole que no quedaba ni una sola habitación libre, recomendarle amablemente el vecino hotel Palace, que era mucho menos glamuroso.

Me cuentan que, desde que el mundo se ha hecho pequeño y global, y se ha llenado de chinos, rusos y árabes empeñados en pagar en metálico, el TNR ha sido derogado. Elegancia y dinero (por no mencionar la educación, la distinción o las buenas costumbres) marchan hoy a años luz de distancia. ¡Si Alfonso XIII levantara la cabeza y viera lo que anida en su hotel!; ¡si el Borbón advirtiera que Marta, una medio nueva rica, y yo, una provinciana madre de familia numerosa, hemos escogido uno de sus salones para tomar el té...! De una real patada nos mandaba a todos a un cuatro estrellas... Aunque, pensándolo bien, si levantara la cabeza y viera las cosas que ocurren, se volvía voluntariamente a la tumba y sin rechistar.

En fin, no quiero aburrirles con mis locuras, pero sí decirles que más de una tarde, bajo el embrujo de suaves melodías de piano o arpa, mientras observo a Marta saborear un té de jazmín procedente de Guangdong, o un Sencha Makoto, traído directamente de Fujiyama, y yo me tomo mi café con leche desnatada y sacarina, he creído ver el fantasma de Mata Hari, levemente cubierta por alguno de sus siete velos, preguntando en francés al recepcionista por su enamorado ruso. Y pueden así comprender por qué inalterablemente, el tercer jueves de mes, cuando cae la noche y debo partir, siento un ramalazo de pena y el pasado me asalta la memoria...

Pero hay que irse y dejar a los fantasmas: Iberia no espera; el mundo, tampoco.

«¡Ya tengo el título del libro, Reyes! A ver qué te parece: *Felicidad en el Ritz.* ¿Te gusta?»

Torcí el gesto, aunque ella no podía verme: hablábamos por WhatsApp.

«Me gustaba más lo del chocolate, Marta...»

«¡Vale, pues que sea *Chocolate en el Ritz*!»

«Suena mucho mejor, salvo que tú tomas té y yo café con leche...»

«¡Ah, por favor, qué raritos sois los profesores! ¿Quién se va a enterar? Además, habías dicho que era para el alma... En fin, si no te gusta, seguimos pensando, pero tiene que aparecer el Ritz. Nuestras tardes no serían las mismas en otro lugar: es nuestro talismán.»

Nuestras tardes...

«¡Ya lo tengo, Marta: *Tardes de chocolate*!»

«... *en el Ritz.*»

«De acuerdo, *en el Ritz.*»

4

Destinos cruzados

Fue a buscar un amigo nuevo: el que tenía estaba muy usado.

Le había reído todos sus chistes y creído todas sus mentiras.

No quería inventar nuevos: aún podía sacarles rendimiento, pero necesitaba a otro incauto.

Cuanto más vuelvo la vista atrás y miro estos hechos en retrospectiva (la recepción de la embajada, las circunstancias, la sintonía a primera sangre...), más me convenzo de que aquel encuentro, fortuito en apariencia, fue milimétricamente preparado por el destino.

Juzguen por ustedes mismos: venía de declinar tres invitaciones previas similares, porque terminan muy tarde y me obligan a quedarme a dormir en Madrid, algo que evito siempre que puedo: me gusta mi cama y mi gente, y aunque, de cuando en cuando, añoro la soledad, no hay nada como el buen ruido familiar. Sin embargo, quién sabe por qué, cuando recibí aquélla, no lo dudé y confirmé sin pensarlo mucho mi asistencia. Quizá quería huir de mi rutina (es un decir) por unas horas; quizá no pude resistirme al recuerdo de la bonita sonrisa de la asistente del embajador.

La etiqueta exigía traje de cóctel.[2] En mi armario hay un ves-

2. En Europa, el término se identifica con facilidad. No ocurre así en otras partes del mundo. Recuerdo un congreso de ética empresarial, convocado al alimón por académicos y empresarios. La cena «de gala» tenía

tido negro, bonito y discreto, ni corto ni largo, atemporal, confeccionado en una preciosa tela adamascada por una conocida diseñadora venezolana. Me sienta estupendamente y resulta perfecto para ese tipo de eventos. Sin embargo, al abrir el vestidor para preparar la maleta lo deseché y, sin pensarlo dos veces, opté por el rojo. En circunstancias normales, nunca me lo hubiera puesto: demasiado llamativo; demasiado ceñido para mis tres kilos de más. Pero no elegí yo: lo hizo mi subconsciente, supongo que conchabado con el de mi amiga Marta, por aquel entonces una perfecta desconocida. Es muy probable (es casi seguro) que vestida de negro Marta no se me hubiera acercado: odia el que ella llama «color cuervo». Yo, por mi parte, no me hubiera aproximado a Marta, vistiera como vistiera, y no por nada: es que no tengo por costumbre meterme en la vida de la gente sin ser invitada. Pero fue ella la que tomó la iniciativa y sacó a colación mi signo del Zodíaco: acaso se sentía sola en aquella reunión de gente desconocida; acaso fue la atracción del rojo...

En fin, lo que quería decir es que ése es un comportamiento típico del destino: enlazar hilos sueltos, en apariencia independientes y carentes de cualquier conexión; emparejar incluso lo disparejo, en beneficio de quién sabe qué futuro prometedor... Porque debo confesar que, aunque en este libro Marta es protagonista esencial (siento una cierta y natural resistencia a escribir directamente sobre mis asuntos), el destino pensaba en las dos cuando decidió unirnos en aquella reunión del hotel Palace. Creo que, por distintas circunstancias, en la vida de ambas, algunas piezas se habían salido del quicio y no encajaban. Necesitábamos

---

lugar en la sede de Naciones Unidas en Nueva York. Cuando leí «cena de gala» y pensé en mis colegas norteamericanos —muy dados a pasarse por los extremos, y no precisamente por el de la elegancia europea— decidí llamar y preguntar: es la forma más sencilla de acertar y poder pasar desapercibido. Ésta fue la respuesta que recibí de la persona que organizaba el evento: «En la última cena de gala que organicé, uno de los invitados vistió esmoquin blanco y fajín turquesa; otro, candidato a Nobel, vino con vaqueros y camiseta. Venga usted como quiera: en América amamos mucho la libertad.»

algo de perspectiva, un juicio objetivo procedente de un ojo ajeno pero amable, la cariñosa mirada de un amigo.

Es curioso con qué claridad se ve al prójimo; con qué facilidad identificamos sus defectos, calibramos sus virtudes, y sopesamos sus promesas y mentiras. Digo que es curioso porque lo que allí es claridad se transforma en oscuridad cuando en el espejo te miras a ti mismo. Esa visión doble resulta un poco absurda, si tenemos en cuenta que todos estamos, más o menos, fabricados con la misma pasta: sin duda tenemos algo de corista frívola, algo de filósofo insatisfecho, mucho de dandi orgulloso, bastante de honrado campesino y una pizca, a veces dos, de artista soñador. Pero casi nunca nos damos cuenta: ha de venir alguien de fuera, desconocido, para hacérnoslo ver.

En mi caso, fue Marta.

Mi querida y rubísima amiga Marta.

Asegura Gustave Flaubert que los libros no se hacen como los niños, que una vez engendrados crecen en el seno materno impulsados por sus propias fuerzas. Los libros nacen «como las pirámides, con un diseño premeditado y añadiendo grandes bloques, uno sobre otro, a fuerza de riñones, de tiempo y de sudor». Tengo para mí que la amistad también presenta la forma de una pirámide: una pequeñita, modesta, de faraón de segunda. No sé cuánto de premeditado tiene su comienzo, eso se lo dejo al destino, pero si sé que se trata de riñones más que de caricias, aunque las haya; de silencios que envuelven palabras; de ese leve forcejeo entre la libertad y el gusano de la conciencia, que, a veces, se empeña en corroerte las entrañas; del color del cartón más que del de la pasión.

Muchas tardes, a veces cansada, a veces hastiada del trabajo, de la fortuna, o de la misma vida, estuve tentada de no acudir al Ritz y dejar abandonada a Marta con sus presuntas tonterías, pero nunca falté a mi cita. Supongo que también ella lamentó en más de una ocasión haber sentado la costumbre mensual de los jueves y obligarse a compartir unas horas con una mujer cuyo *glamour*, a sus ojos, dejaba mucho que desear. Pero en escasísimas ocasiones dejamos de vernos, y siempre mediando fuerza mayor: teníamos cosas que decirnos y silencios que compartir. Porque, ¿qué es la amistad más que la prolongación de aquella primera conversación, suave, simple, larga, llena de notas personales, con voz propia, que dudo que alguien desde fuera pueda comprender?

El Ritz era como una frontera que cruzábamos para adentrarnos en otro mundo. No se trataba más que de una línea imaginaria, trazada en un mapa incomprensible, pero en cuanto la traspasábamos, nos adentrábamos en otro terreno, el nuestro: el de los jueves.

Yo estaba pasando una mala racha, tan terrible por lo inesperada como por el asunto propiamente dicho. A quien le haya pasado (me temo que, tarde o temprano, le ocurre a todo el mundo) me comprenderá. Porque la vida puede torcerse completamente en un solo día. ¡Qué digo en un día: le basta medio; incluso horas o minutos! De improviso, se abate sobre ti y, en un instante, te sepulta. Y caes en la cuenta de que ya no eres la que ves en el espejo. Querrías ser otra persona, volver atrás, detener el maldito tiempo y volver a iniciar el partido, pero resulta imposible porque la vida, que se mofa de ti sin piedad, es como una cárcel de alta seguridad de la que ni el mejor escapista huye. Y debes rendirte a la evidencia: estás sola ante el peligro, y únicamente puedes encontrar auxilio en los cielos.

Pese a todo, no se me notaba: soy una excelente actriz secundaria. Llevo mucho tiempo en escena y tengo algo de oficio. Mis mejores trabajos fueron éste del que les hablo y el del 22 de noviembre de 2000, momento en que escuché la noticia del asesinato de Ernest Lluch, catedrático de Economía en la Universidad Central de Barcelona y antiguo ministro socialista. Tenía clase a las ocho de la mañana en la universidad. Al salir de casa, puse la radio: así fue como me enteré del brutal crimen. La tarde anterior habíamos hablado con él, acerca de un trabajo a medias en el que iba pensando cuando lo escuché. El *shock* que me produjo me dejó sin aliento, pero impartí impertérrita mis tres horas de clase. Lo hice sin pestañear, y sin omitir los chistes y sucedidos que correspondían a aquellas sesiones. Al terminar, me encerré en un cuarto de baño, me senté en el suelo y gasté todo el rollo de papel sonándome la nariz. Cuando agoté las lágrimas, busqué una iglesia... El profesor Lluch y yo pensábamos más bien distinto en muchas cuestiones; en las doctrinas económicas (presidió el tribunal de mi segunda tesis doctoral), en la belleza de San Sebastián y en el vino de Rioja coincidíamos más: había una bodega en concreto que le gustaba mucho, y cuando sabía que íbamos a reunirnos, me preocupaba de buscarle alguna botella. Fue todo un maestro; me enseñó muchas cosas y me respetó siempre. Trato de corresponder rezando por él. Desde entonces, cae algo todos los días.

Creo que, en aquella ocasión, ninguno de mis alumnos adivinó qué se escondía tras la máscara. Marta, en cambio, lo hizo. Se acercó, penetró en mis defensas y las hizo saltar por los aires. Todo resultó extraordinariamente sencillo: me miró con sus enormes y azules ojos almendrados, sonrió y chasqueó la lengua antes de decir:

—¡Tía, tienes pinta de haber tenido un mal día...! Sé lo que es eso.

Se expresó como quien habla de algo banal, efímero, barato, proletario. Como si se le hubiera roto una uña. Enfadada, casi iracunda, torcí el gesto y le pregunté renuente:

—¿Seguro? ¿Sabes lo que es un mal día?

No debí hacerlo, fue una ordinariez, pero, créanme si les digo que Marta no tiene pinta de saber de males ni dolores auténticos. Quizá para ella (así fue como razoné en aquella ocasión) un mal día fuera una jornada sin sesión de masaje. Evidentemente, me equivocaba: las apariencias, dos de cada tres veces, engañan.

—A ver, ¿sientes un dolor sordo en las entrañas que te hace andar encorvada como si tuvieras doscientos años a la espalda? Ya sabes, una especie de angustia existencial que no te abandona un segundo, que no te suelta ni para ir al servicio... —Se detuvo. Tras un largo y profundo suspiro, continuó—: No es como cuando vas a comprarte ese bolso que has visto y, al llegar a la tienda, lo acaban de vender; no: es otro tipo de dolor sin anuncios ni *coffee break*... Sí, sé lo que es eso... ¿A ti también te duele el pecho como si no existiera oxígeno suficiente en el universo para llenarte los pulmones? Cuando estoy así, me parece que hasta comer y dormir son una traición... ¿Así es como te sientes?

La miré con los ojos a cuadros. Sinceramente, no lo esperaba. Contesté titubeante y con agua desfilando por la mejilla:

—Lo has explicado a la perfección, Marta. Antes de salir de Pamplona, les he dado un inmenso beso a los niños y dejado preparado el guiso que les gusta. Y aquí he venido dispuesta a sonreír durante toda la tarde, pero antes de entrar en el baño para pintarme los labios y ponerme rímel en las pestañas, casi me inundo con tantas lágrimas. Es como si me sacudiera un terremoto... —confesé.

Me sujetó por los antebrazos (el contacto humano, tocarse y ser tocado, es casi siempre importante, pero hay ocasiones en las que resulta vital), me sonrió y me dijo:

—Te puedo asegurar que todos los seísmos pasan, Reyes. Piénsalo así: eres de las que se han salvado. Mófate del destino... ¡Mofémonos juntas! ¿Qué tal si cambiamos hoy el té por una copita? ¡Venga, brindaremos juntas por el jodido futuro y los maridos ricos!

Vivamente, agradezco al destino estos jueves. He aprendido en ellos muchas cosas valiosas, en especial lo que es la amistad, *mercancía* que no se vende en las tiendas, ni se anuncia en ofertas de dos por uno. La amistad se encuentra en el canto, en el dorso de los actos, en lo escondido de las cosas, en los intangibles, en los detalles... y, a veces, hasta en el Ritz.

Es curioso lo del Ritz porque, cuando estoy allí, lo que mi subconsciente percibe a mi alrededor es cálculo, ficción, pago a cuenta, artificialidad, fingimiento, política... todo lo contrario a lo que Marta y yo encarnamos. Por eso, allí nos miran como a dos estatuas de piedra, que nada buscan ni nada les importa, sino pasar una tarde entre amigas. Dos velas encendidas, cuya cera termina por fusionarse.

TIPO NO RITZ, definitivamente.

De acuerdo, se lo concedo: la vida es algo muy serio. Tienen razón, nuestra existencia no es una colección de secuencias, de tés de jazmín y cafés con leche, que se suman a otros frívolos cafés con leche y tés de jazmín. Ni siquiera es una buena taza de chocolate: es algo más, mucho, muchísimo más. Pero también esos ratos, que no son la causa de nuestra felicidad pero sí su contenido, nos hacen hombres y mujeres A+, A, B, C o D.

Conrad Nicholson Hilton, el fundador de la famosa cadena

hotelera, murió un 3 de enero de 1979 en Santa Mónica, tras haber fundado un imperio de la nada. En su lecho de muerte le preguntaron si quería transmitir algún mensaje a sus empleados, a su gente o a su familia. Él contestó de inmediato: «Sí, díganles que la cortina de la ducha hay que ponerla por el lado de la bañera.» Y murió.

¿Bañeras, cortinas de ducha? Yo sueño con que mis instantes acumulados me lleven a dirigirme a mi marido, a mis hijos, a mis amigos con frases distintas, de chocolate, como la última que su biógrafo pone en boca del escritor norteamericano Andrew Bradford: «¡Oh, Señor... [oh, amigos], perdóname las erratas!»

Siempre hay erratas o quizá dudas ortográficas que nos quitan el sueño. Un hombre con suerte siempre tiene a su vera a un amigo con una Dormidina en la mano y un viejo amante que cuenta ovejas a su lado. Yo tengo a Juan. Y a Marta. En su mano, siempre puedo encontrar una cápsula narcótica... Pero no una normal; una con «muchísimo diseño».

5

Chocolate estilo Marta

Tras escuchar el relato del fiscal, el juez preguntó a los dos acusados por qué habían violado a aquella chiquilla.

Encogiéndose de hombros, le respondieron que se aburrían.

Entonces, el juez, aburrido, los condenó a muerte.

Jueves. Seis de la tarde.

Estábamos de nuevo sentadas en unos pomposos pero incómodos butacones del Ritz. Aquel día, Marta tomaba té de frambuesa; yo reincidía en el café con leche desnatada. Si bien ambas habíamos mirado de soslayo la pastita de cortesía con la que el camarero había acompañado la hinchadísima cuenta, no la habíamos tocado. Habíamos quedado en emplear el rato que íbamos a pasar juntas para hablar sobre el índice del libro.

Pero me sonó el móvil.

Desafortunadamente, lo había metido en el bolso de cualquier manera, como quien lanza un guijarro al agua o un papel a la papelera. Suelo llevar bolsos enormes, de tal tamaño y envergadura que llenarían de envidia a la mismísima Mary Poppins; pesan como un mal matrimonio y a la larga te destrozan el hombro, pero en ellos cabe casi de todo, incluyendo el ordenador. La única pega que tienen es que, cuando necesitas encontrar algo con urgencia, resulta misión imposible.

El teléfono porfiaba. Los de las mesas próximas nos observaban sin disimulo. Marta permanecía flemática; yo me azoré. A toda prisa, empecé a desocupar el bolso. Primero el Mac, guardado en su correspondiente funda; después, el cargador; luego, dos libros y un cuaderno Moleskine; las gafas de sol, las de leer, un peine, el colorete, las cosas que no quieres que se vean... Cuando saqué la bolsa con los zapatos de repuesto (siempre llevo calzado plano para patear Madrid), en las profundidades, divisé el maldito móvil. Contesté. Me preguntaron por el ciudadano chino que me hace las delicias... por decirlo de alguna manera.

—¡Cuántas veces tengo que decirles que éste no es el teléfono del señor Wei! ¡Dejen de llamar! —grité.

No sé quién es Wei, ni siquiera sé si se escribe así, pero así es como suena su nombre por teléfono. Para mi desgracia, es casi de la familia. Por un motivo que desconozco, supongo que debido a una simple equivocación, imprimió unas tarjetas de contacto donde figura mi número de móvil, y todo el mundo me llama a mí. El teléfono silba a horas intempestivas. Cuando contesto, me hablan en un idioma que suena a chino (y probablemente lo sea); en el momento en que me identifican, cuelgan. Durante el día, en horario de oficina, me telefonean desde Cataluña, para decirme que el contrato está preparado, que tienen una propiedad que me puede interesar, o que el niño (el chaval debe de ser un zángano, porque me llamaban cada dos por tres) no ha acudido al instituto en toda la semana. Esto último lo arreglé llamando al director del centro y pidiéndole que borraran mi número de sus archivos. Algo parecido hice con el director de la sucursal del Banco Sabadell que me daba cuenta de todos los ingresos y pagos, por medio de mensajes de texto. El resto, no he podido solucionarlo. Estoy convencida de que, cuando insten un expediente por blanqueo de capitales, me harán testificar y por fin pondré cara a ese tal Wei, o como demonios se llame.

Aquel día, la llamada me fastidió especialmente. Como refería previamente, estaba deseando comentar con Marta el esquema de *Tardes de chocolate en el Ritz* y la interrupción lo estropeó. Mientras expliqué al agente inmobiliario que no era Wei, ni estaba interesada en adquirir o en alquilar una nave industrial en Reus, Marta se fijó en uno de los libros que yo acababa de sacar del bolso: *El mito de Sísifo*, de Albert Camus. Leo algunos párrafos a mis estudiantes de máster cuando intento explicar el oficio de empresario.

—¡Qué portada más fea! —comentó—. ¿De qué va?

Prejuzgando (recurrente defecto que, como digo, intento combatir con poco aceptables resultados) contesté:

—No creo que te gustara, Marta: demasiado negativo. El autor comienza cuestionándose si la vida merece la pena vivirse y termina filosofando sobre el suicidio... Oye, antes de que me vaya, me gustaría contarte el esquema del libro. Es la primera vez que me adentro en el campo de la no ficción y estoy un poco perdida. Bueno, perdida no: inquieta...

Imposible. Marta se había encelado con el pobre Camus, como los toros de lidia con los trapos rojos, y no estaba dispuesta a soltarlo.

—¿Quién es ese tal Sísifo? Me suena, pero no recuerdo de qué. ¿Sale en algún *reality*? Espero que no sea el de la piscina: es espantoso. ¡Cuando veo a esas mujeres bamboleándose con las chichas al aire, y a esos hombres nauseabundos marcando paquete, se me cae el alma a los pies! —concluyó, mientras saboreaba el líquido rosa, aderezado con sacarina. Marta estudió enfermería: las humanidades no son lo suyo.

—Sísifo es un personaje de la mitología griega —le aclaré. Y no pude por menos que imaginarme el tupé de Camus, en bañador, subido a un trampolín—. Se pasó de listo e hizo enfadar a los dioses. Como castigo, lo cegaron y lo condenaron a empujar perpetuamente una piedra gigante, montaña arriba hasta la cima. Cuando alcanzaba ese punto, la piedra rodaba por la ladera hasta el valle, y tenía que volver a empezar.

—¡Por favor, qué desgraciados! ¿Y esos cabrones se llaman dioses? ¡Deberían llamarse demonios!

La sinceridad de sus ojos azules miopes me hizo sonreír. Salí de nuevo por peteneras en un inútil intento de volver a mi esquema.

—El autor sostiene que nuestra vida es tan absurda como la del pobre Sísifo: un esfuerzo inútil.

—¿Padecía del estómago?

—¿Quién?

—Ese tal Camus.

—Pues no me consta. Sé, eso sí, que murió joven en un accidente de coche. ¿Por qué lo preguntas?

—Pues porque esos pensamientos tan perjudiciales sólo pueden venir de alguien con úlcera o problemas dentales. Es terrible que te duela el estómago. Durante el embarazo, lo pasé fatal con esas náuseas tan incómodas... —Se detuvo un instante y añadió—: aunque, claro, también podría ocurrir que fuera pobre o estuviera tocado del ala.

La palabra «embarazo» me llegó de pleno. Si hay algo que una mujer no puede mantener oculto ante otra es su maternidad. Sin embargo, Marta nunca había mencionado hijo alguno.

—¿Embarazo? No sabía que tuvieras hijos...

—Y no los tengo —respondió, desviando la mirada—. Pero sí dolor de estómago, como ese autor.

Me extrañó, pero no insistí. La intimidad, la de verdad, la que se esconde en las tripas y en el alma, merece el mayor de los respetos. Completamente inviolable, debe ser tratada con guantes de seda y mirada huidiza. Cuando mi amiga quisiera hablar, no antes, lo haría.

—No creo que a Camus le doliera nada, Marta: simplemente, era un filósofo. Ellos se dedican a pensar en las cosas esenciales.

Levantó los brazos en gesto de éxito.

—¿Un filósofo? ¡Ahora me cuadra! Pasa siempre: de tanto pensar, la gente se gripa. Yo creo que la cuestión filosófica esencial es la que te ocupa el momento presente, por ejemplo, qué me pongo. ¡Me cuesta tanto escoger! Cada día y cada persona tienen un traje y un color, ¿sabes? No es lo mismo salir con pañuelo azul que naranja; con falda o con pantalón; con bolso grande o pequeño, o con lápiz de labios suave o chillón. No, no es lo mismo. Como iba a quedar contigo, me he puesto zapatos rojos: contigo, el rojo siempre va bien. ¿Te gustan? Me han costado trescientos euros, la hebilla ya los vale: ¡es una monada!

No supe qué responder. Marta es pura filosofía del absurdo. Quizá por ello aprendo tanto en nuestras reuniones del Ritz, sobre todo cuando ella escoge el tema: a Marta le fascina el protocolo y el éxito social. La semana pasada me contó que estaba leyendo un artículo sobre cómo neutralizar a un invitado pelmazo que se te ha colado en la cena y que se empeña en hablar.

Sonreí y fijé la mirada en sus ojos.

—¿Podemos volver al libro? Se me va a ir el avión. Me gustaría que me ayudaras. *Tardes de chocolate en el Ritz*, ¿te acuerdas? Lo fijamos por WhatsApp.

—¡Sí, claro! ¿Y sobre qué escribiremos?

—Ésa es la cuestión, que no lo sé. Debe ser sobre la vida, pero ése es un término demasiado general. Se me ocurría que podríamos hablar de... espera que saco la lista y las gafas... —Rebusqué de nuevo en el bolso. Esta vez hubo algo más de suerte—. Sí aquí está. La he escrito al vuelo, en el avión, sin orden ni estructura. Te la leo: «Éxito, suerte, hijos, miedos, trabajo, dolor, fracasos, aburrimiento...»

Me detuvo.

—¡Un momento, querida mía! ¿Te he escuchado mal o has dicho «fracasos»?

—He dicho «fracasos».

—Pero ¿es que te ha dado una insolación? ¿Fracasos? ¡De eso no se habla!

—¿Y por qué no? «Cada fracaso enseña algo que necesitaba aprender.» ¿Has escuchado esa frase alguna vez? Es de Dickens, y me parece de lo más acercada. Y no, a Dickens, que sepamos, no le dolía el estómago.

—Ya empezamos con las ironías...

—No es eso, Marta. Es que a mí los fracasos me parecen un tema fascinante. Por muy experto marinero que fuera, muy difícilmente sabríamos de las hazañas de Colón de no ser porque se equivocó estrepitosamente. Y podríamos seguir hasta el infinito. Es más, creo que podríamos escribir una historia universal a través de las meteduras de pata de la gente importante...

Me sujetó el brazo para que me callara.

—¿Alguno de esos señores importantes era mujer, Reyes?

La pregunta me descolocó y me quedé un instante pensativa.

—Supongo que la mayoría eran hombres.

Sonrió cínicamente.

—Con los hombres puede pasar: se equivocan, disimulan, se encubren entre ellos y tiran para adelante. Con las mujeres no funciona. Si fracasas dirán: «¡Ves! ¡Deberíamos habérselo encargado a un hombre!» Los hombres la joden, pero no fracasan, ¿entiendes la diferencia? Y no sólo es eso. A ver, léeme esa lista de nuevo...

Reticente, lo hice.

—«Éxito, suerte, hijos, miedos, trabajo, dolor, fracasos, aburrimiento...»

Movió vivamente la cabeza.

—¡Que no, Reyes, que no! Tú y yo vamos a tener que negociar en profundidad esos temas —me enmendó—. Pero ¿es que no lo ves? ¡Pues está más claro que el agua! Y no sólo por lo de los fracasos. Has pronunciado «aburrimiento» sin despeinarte: sólo te ha faltado mencionar a una de esas focas en bañador. ¡Vaya tonterías! ¡Peor: vaya errores! Muy mal: perderás un montón de lectores, hombres y mujeres, a quienes lo que les gusta leer son historias de éxito y de triunfo, la chispa de la vida, ya sabes... AUTOAYUDA, ésa es la clave.

—Autoayuda, ya...

—¡Hazme caso: el que escribamos debe ser un libro diez, lleno de *glamour*! —Suspiró y me cogió ambas manos. Yo no llevaba más anillo que el de casada; ella cubría ese vacío por las dos—. Mira, Reyes, somos amigas y tengo que ser sincera contigo: no se puede ir por la vida como vas tú, con el corazón al descubierto y una carrera en la media. —Era cierto: me había enganchado con la silla y no llevaba otro par de repuesto—. Siendo una chica normal, comportándote como una chica normal y luciendo caderas de matrona, no vas a ningún sitio...

—¡Pero es que soy una chica normal!

—¿Y eso qué importa? Observa a otras escritoras, porque tienes mucho en qué ejercitarte: debes aprender a posar, a llamar la atención, a decir tonterías para que tengan algo que perdonarte... ¿Es que no te das cuenta? Los artistas deben ser raritos, excéntricos, paradójicos... Pitufos, seres azules, vamos.

En eso, llevaba parte de razón, pero no estaba dispuesta a dar mi brazo a torcer.

—Bueno, yo tengo nueve hijos, ¿no soy lo suficientemente rara?

—¡No mujer! Se trata de otro tipo de rareza, más de... sí, más de izquierdas. Tienes que proporcionar titulares. Mira a Agatha

Ruiz de la Prada: una chica lista donde las haya, y una cuidada imagen con boca fina, de la que puede salir cualquier fresca: ahí tienes a una artista. Tenemos muchísimo trabajo contigo: no das una. Pero no te preocupes, para eso estoy yo aquí. Vengo dispuesta a ayudarte. Para empezar, nada de escribir sobre tus fracasos, ¿vale? Tacha esa palabra... lo del aburrimiento, también. No queda bien. Y, en cuanto llegues a Pamplona, buscas un dietista y una tienda especializada y te compras un sombrero. Si tiene plumas, mejor: a ti te van las plumas.

Hice como si no hubiera oído lo del dietista y me cebé con el resto.

—¿Plumas, cómo que me van las plumas?

Chasqueó la lengua en señal de desesperación y levantó la vista como si pidiera paciencia al cielo.

—Si quieres triunfar en la literatura, en la escena o en esos aburridísimos consejos de administración a los que asistes, escucha y aprende: hay que disfrazarse. Los artistas siempre van disfrazados y las directivas también. Necesitas más *glamour*, un *glamour* más de izquierdas, como te digo. Y plumas, muchas plumas en el sombrero —insistió.

Metí todos los bártulos en el bolso y salí a toda prisa: perdía el avión.

Las sugerencias de Marta me dejaron sabor a duda; el tiempo, la palabra en la boca. De haber podido, le hubiera explicado que en Pamplona, magnífica capital de doscientos mil habitantes, no hay tiendas especializadas en sombreros de plumas con *glamour* para artistas que quieran parecer más de izquierdas. O quizá sí, pero yo no las conozco. De haber podido, le hubiera explicado que tenía algunos peros...

Cogí *Ronda Ibérica* y viajé a un país lejano, de playas vírgenes, llenas de *glamour*, un *glamour* que se me antojó poco izquierdista...

6

«Glamour» de izquierdas

> El artista mediocre se cortó estoicamente ambas orejas.
>
> Empezó por la derecha y luego, sin rechistar, siguió por la izquierda.
>
> En todo momento, los chicos de la prensa lo acompañaron en su agonía protagonista.
>
> Las apuestas sobre cuánto tardaría otro mediocre en deshacerse de las piernas iban ocho a uno.

Habitualmente, en lo referente a la estética, no presto demasiada atención a los consejos de Marta. Sin embargo, en aquella ocasión, sus comentarios me suscitaron tantas dudas que decidí consultar su visión con otras personas más próximas al gremio artístico, concretamente con un amigo, premiadísimo director de cine. Lo invité a casa: preparé una buena cena y pedí a mi marido que escogiera un buen vino. Optó por un Ribera del Duero de 1996, añada catalogada como excelente: no dejamos ni los posos.

Hablamos de cine; de Tokio y Hollywood, lugares que acababa de visitar; de Lola MacHor, la protagonista de cinco de mis novelas y... de la esencia del arte.

Según los cánones de *Telva* o *Vogue*, mi amigo no es precisamente glamuroso y, no obstante, muestra a la perfección el perfil del artista que se esconde detrás de la cámara. Siempre que nos hemos reunido vestía informalmente: camisa/jersey de cuello alto de color negro, a juego con el pendiente de su oreja derecha; el pelo, ni corto ni largo, sino todo lo contrario. Incluso en una de las galas de los Goya, cuya película tenía todas las papeletas para ser premiada, se presentó de esa guisa, emitiendo una especie de ondas despreocupadas, descuidadas, escépticas... que resultan tan «artísticamente de izquierdas». Y, para colmo de los colmos, mi amigo luce todo un sombrero, al que no le falta ni la pluma.

A los postres, aproveché que habíamos dado cuenta de esa botella y abierto otra para sacar a colación la reprimenda de Marta. Recibí una completa lección en el sentido opuesto al previsto. Es decir, que si no quería caldo, taza y media: un artista, aseveró, debe envolverse en un halo de misterio, en alguna suerte de disfraz. Por la forma en que lo dijo, llegué a la conclusión de que me repetía el mensaje que había escuchado en el Ritz.

Mi gozo en un pozo. Marta iba a tener razón.

Me pasé la noche (momento en el que pienso las cosas más serias y también las más simples) dando vueltas al tema: a las raíces del arte y a si debía o no comprarme un sombrero. Mi dilema resultó mucho más interesante de lo que había supuesto. A ver si soy capaz de explicarlo.

En el arte en general, en la escritura concretamente, hay mucho de fabricación, de *poiesis* que dirían los griegos. Eso que llamamos «oficio» está lleno de trabajo, sudor, tiempo, papel, tinta, materiales. Como explicaba Edison: 2 por ciento de inspiración y 98 por ciento de transpiración. Sin embargo, ese 98 por ciento no prejuzga el valor de una novela. Hasta un mal cocinero es capaz de hacerte un buen solomillo a la plancha si la pieza de carne es buena. En el arte no ocurre lo mismo. Emplear mejores materiales, tiempo infinito, ilusión renovada o documentación más extensa no mejorará necesariamente el juicio sobre tu obra. Porque, en el arte, el juicio está en quien lo contempla, y ese lector no ve tu pasado, tus trabajos y desalientos, sólo lo que tiene entre las manos. Y como se editan tantísimos libros cada semana, escogerá el tuyo por cualquiera de las cosas externas que te rodean, por ejemplo, las plumas de tu sombrero. Sólo cuando te haya escogido y se ponga a leer, cuando haya *catado* la esencia de tu escritura, puede que valore lo demás. O puede que no...

En la felicidad de la vida diaria acontece todo lo contrario: no esperamos al final para ser felices; vivimos por capítulos, casi por líneas. Disfrutamos del cine o del concierto desde el primer minuto, aunque luego hagamos un juicio completo al concluir. Pero, desde el punto de vista del artista, la cosa no es así: te escogerán por tu sombrero y tus plumas, de modo que tienes que buscar el *mejor* sombrero y las *mejores* plumas. Pero, ojo, debes escoger bien: porque hay sombreros que hacen salir corriendo y plumas cuya visión provoca vómitos.

—¡Hazme caso, Reyes, que sé de lo que hablo: disfrázate!

—Te hago caso, Marta: desde que hablamos, siempre camino por la izquierda, pero la estética del tocado no cuadra demasiado bien con la estructura ósea de mi rostro. Y respecto al disfraz... en fin, con lo deprisa que voy por la vida, podría, en un descuido, confundir los papeles y disfrazarme de lo que no toca: tratar a mis hijos como a periodistas, a éstos como a banqueros, o a mi querida editora como a mi madre. En cuanto al talante, sigo buscando algo que me quede bien y ofrezca ese misterioso aspecto tan cotizado.

—Lo siento: no entiendo tus reparos. Simplemente, tienes que ir de compras. Vente un día que no tengas que trabajar y compramos hasta empacharnos: te convertiré en Coco Chanel.

—Coco Chanel era única, Marta. Y tampoco estoy muy segura de querer ser Coco Chanel; casi prefiero a...

Me interrumpió.

—Mira, chica, simplemente te equivocas: la imagen es esencial...

—Lo sé, ¡de veras! Pero tiene que ser mía, ¿lo entiendes?

—Pues no.

—Te repito que no tengo nada contra los sombreros. Todo lo contrario: ¡me encantan! Pero me quedan fatal. Y, lo que es peor, con uno en la cabeza me siento extraña, completamente enmascarada. Como dice mi amigo Ángel Alloza, una de las más serias mentes españolas dedicada a la reputación corporativa, si quieres contar con una marca sólida, «lo que haces, lo que dices y lo que piensas deben estar alineados». Que traducido al mundo de la imagen, podría leerse en estos términos: muéstrate de tal modo que, aun representando tu marca, seas tal y como eres...

—¡Cuando te pones filosófica, hija, no hay quien te aguante! Anda: vete a Barajas, que vas a perder el avión.

7

«Made in tú»

Nunca se habían visto las caras.

Se amaban siempre a oscuras, en silencio, imaginando lo que palpaban, no fuera que al encender la luz no les gustara lo que vieran.

Como narraba, mis desavenencias con Marta me dejaron un sabor amargo, como de oportunidad perdida. Pero me mantuve en mis trece, y no por cabezonería (si me aportan razones, no me cuesta cambiar de opinión), sino porque pensaba que tenía razón. A ella no pude convencerla, quizá con ustedes tenga un poco más de suerte... o todo lo contrario. En ese caso, volveré a la sombrerería.

No se me escapa el imperio de la estética. Creo que ninguno de nosotros osaría despreciar el poder de lo transmitido a través de imágenes. De una u otra manera, con mayor o menor intensidad, nos encontramos casi a diario pensando en la forma de presentarnos ante el mundo: «¿Cómo me visto para tal o cual cena o para esta entrevista de trabajo? ¿Elijo el traje negro, más discreto, o un vestido con escote? ¿Me calzo la corbata azul marino o me atrevo con la encarnada? ¿Falda o pantalón? ¿Tacones o manoletinas? ¿Cómo van a interpretar los que me rodean mi elección? ¿Cómo se espera que me comporte ante esta situación: debería mostrarme hablador o reservado, serio o distendido?»

Creo que la preocupación no es baladí: la imagen es un intangible poderosísimo. Siempre lo ha sido, pero aún más en este mundo supersónico, dominado por instantáneas, flashes y mensajes de ciento cuarenta caracteres. Hoy las imágenes no sólo son más fuertes que las palabras: rivalizan con las ideas.

Ningún líder o aspirante a líder político, social, cultural o mediático descuida ese flanco. La historia nos ofrece ejemplos ancestrales: desde los faraones egipcios hasta los emperadores mayas; de Napoleón a Hitler. Existen varios ensayos interesantísimos sobre la estética del nacionalsocialismo, y sobre su líder, en los cuales no voy a abundar. En mi modesta opinión, Hitler fue un tipo catastrófico, que deseó por encima de casi todo ser considerado un artista genial, el constructor de *la* imagen. Para ello, cultivó un ideal estético para su obra (Berlín fue un buen campo de pruebas) y para sí mismo, del que nunca se separó: siempre que aparecía en escena, bordaba el papel. Lo mismo puede decirse de Bonaparte: cualquier persona medianamente culta (he hecho la prueba incluso con los del sistema ESO) a quien mostremos la imagen de un general tocado con un bicornio reglamentario, es decir, con un sombrero con las puntas paralelas a los hombros, y la mano derecha oculta en el chaleco, identificará a Napoleón.

Que nos guste o no la estética de Hitler, de Napoleón, de Madonna o de Lady Gaga poco importa: ellos y ellas iban en busca de una imagen tan potente que los convirtiera en seres icónicos, en símbolos para su época.

Y lo consiguieron.

Cuando un robot procesa una imagen (perdónenme los ingenieros que hable de manera tan poco precisa), pongamos por caso a Marta sentada en el salón del Ritz tomándose un té de jazmín, aparecerán en su pantalla unas estrechas columnas de números binarios. Con esa información primaria, la computadora tiene más que suficiente. Los hombres, no. En su mayoría (existe un pequeño porcentaje de miopes fisiológicos y otro, mayor, de despistados voluntarios y reincidentes), las personas no vemos, miramos. Quiero decir que no percibimos el volumen ocupado por el objeto, su posición en el espacio o las constantes vitales del individuo. Nosotros nos topamos con el *fenómeno Marta*, cuyas facetas visibles e invisibles están preñadas de adjetivos y matices. La contemplamos. Aparece ella —una mujer con contexto propio— en un plano articulado —existencial, espacial— envuelta en la pose artística con la que ese día se presenta. Y, al mirarla, en un brevísimo instante (a eso llamamos instantánea), podemos decir con conocimiento de causa que es un encanto o que nos parece fatal; que simpatizamos con ella o que nos cae gorda.

Y todo eso, ¿cómo?

Pues, en realidad, no lo sé. De saberlo, ya tendría sombrero. De lo que sí tengo certeza es de que, quien mira a Marta, no está haciendo un juicio específico sobre su belleza, sobre esa suerte de percepción sensible y espiritual que rodea a lo bello. No miramos la belleza de Marta, *miramos la estética de Marta*: ésa es la clave que yo debería encontrar a marchas forzadas, entre sombreros y plumas.

Yo, en aquel momento, de estética sabía lo que aprendí en algún curso de filosofía, pero esos conocimientos no me servían para mucho en esta ocasión porque el ideal estético clásico, fundamentalmente griego, si no está agonizando, al menos se tambalea.

Si Platón viera a Lady Gaga vestida no de Valentino, sino de *carne de ternera* llamaría a algún físico (los médicos de la época; por cierto, todos esclavos) para que la sangrara, a ver si con ese remedio se le retiraban los negros humores que la inducen a la locura. Si Aristóteles, Vico o tantos otros fueran invitados a una de las galas de los Goya —el llamado escaparate del cine español— se quedarían boquiabiertos y luego abandonarían el lugar a toda prisa. Porque, como es lógico, en los escaparates se exhiben las mejores bellezas y, para ellos, la belleza consistía en medida y orden, valores donde la mente humana parece (así pensaban) complacerse por naturaleza.

La vanguardia, la modernidad posmoderna (los *posmo*, para que me entiendan), que nacieron conspirando contra el ideal estético clásico, desprecian las leyes de las buenas formas, de las proporciones y la belleza de la simetría. Las consideran pasadas de moda, nauseabundas. La «gente guapa» hoy viste Desigual y yo, que soy una forofa de la simetría, estoy sin sombrero y sin plumas progres.

Pregunté a algunos amigos que se dedican al complicado mundo de la moda desde dentro y desde fuera, y me confirmaron el valor de la instantánea, esa pluralidad de sensaciones que apreciamos de una sola vez, y que nos marcan ya como si hubiéramos encargado un logo. Uno de ellos me sugirió una imagen retro y un corte de pelo radical. Otro, una estética más juvenil y unas gafas grandes, de pasta, a lo «Un, dos, tres».

Finalmente, con la cabeza llena, envié un *e-mail* a mi amiga Covadonga Oshea, que de esto sabe un rato, que pasaba una temporada en Parsons, en Nueva York, diciéndole que me gustaría tomar un café con ella cuando regresara. Me contestó con un correo entusiasta y larguísimo, de los suyos, donde me hablaba de la vida y la muerte, de la Gran Manzana y del libro que pensaba escribir. Entre líneas, que no tenían directamente que ver con mi nueva imagen, se coló un pensamiento de su factura que me impactó: «Si no eres tú misma, no eres nadie; o peor: no eres nada.» Ese pensamiento, que quedó suspendido en mi memoria, reapareció algún tiempo después mientras leía un artículo sobre pamelas.

Sí, curiosamente, un artículo sobre pamelas.

La diseñadora de tocados Susana Cruz, a la que desafortunadamente no tengo el gusto de conocer personalmente, escribía: «Hoy hay que saber comportarse y ser una misma. Estoy harta de ver a gente que lleva vestido, tocado, bolso y *clutch* despampanantes y va más disfrazada que otra cosa. No hay que ponerse un tocado simplemente porque está de moda. Si el que eliges va acorde con tu *look* siempre será apropiado, aunque obviamente una pamela de noche sería algo absurdo.» A partir de entonces, todo se me antojó muchísimo más claro.

A Marta, no.

—A ver, Reyes, ¿cuál es el objetivo qué pretendes conseguir? *Vender* libros, ¿no es así?

—En realidad, lo mío es contar historias. Mi objetivo es que *lean* mis libros.

—¡Parece mentira que enseñes economía: yo que tu rector, te ponía de patitas en la calle! Para que alguien te lea, primero tiene que comprar el libro, ¿no? —Asentí, aunque en realidad, el éxito más rotundo de cualquier novelista es que sus libros se presten. La experiencia dice que sólo el libro que verdaderamente se ha disfrutado pasa de mano en mano—. Pues para vender libros tienes que transmitir una instantánea suficientemente atractiva de ti misma y de tu obra para que tu libro sea preferido a cualquier otro: ése es el plan. Lo de ser tú misma resulta completamente opcional.

Me hizo gracia su comentario. Por un momento, me sentí alumna de mí misma. A mis estudiantes de primer curso siempre les digo que lo primero y más importante para montar un negocio es tener una *idea*; luego, hay que tener un *plan* para ponerla en marcha, y en tercer lugar, muy en tercer lugar, hay que contar con un *presupuesto* realizable, es decir, una fuente de financiación para medios y recursos.

—De acuerdo, Marta: la idea es que necesito cambiar de *look*, buscar uno que me permita transmitir ese aire misterioso que todos decís que me hace falta. De acuerdo, lo acepto. Pero, dime, ¿cuál es el plan?

—¿El plan? ¡Hija mía, ya te lo expliqué el otro día: el plan es ir de compras! Ir de tienda en tienda; es más, ir a *tooooodas* las tiendas. Probarte y probarte ropa hasta que demos con algo que te vaya.

—¿Y qué es lo que me va?

—Pues no lo sé, ya veremos...

—De acuerdo, iremos de compras, pero yo pongo las reglas...

Negó vivamente con la cabeza, de esa manera tan teatral con la que ella se expresa.

—Mira: sé que tienes una barbaridad de hijos, pero yo, por definición, no me acerco a un *outlet*. ¡Nanay del Paraguay!

Me eché a reír: la obsesión de Marta por lo caro resulta casi patológica.

—No, lo que quería decir es que es *mi* marca: no quiero dejar de ser yo... Buscaremos una instantánea para dar a los periodistas y curiosos, algo con lo que se queden enganchados, como sugieres, pero no perdamos de vista quién soy.

—Vale, como quieras.

Nos pusimos en marcha.

Seis largas horas pateando el barrio de Salamanca: eso fue lo que duró nuestra aventura. Ni siquiera Marta me encontró el sombrero adecuado. Mi cartera regresó virgen a Pamplona. Todo lo que encontrábamos era *demasiado*: demasiado largo, demasiado corto, demasiado ñoño, demasiado estridente... «¡Ah, no: eso es de vieja!» «¡Por favor! ¡Eso ya no se lleva, es del año pasado, o del otro!» «¡Uf, ni que escribieras poesía!» «¡Ni hablar: pareces una madre!», y otras lindezas.

—Quizá en primavera —se excusó a nuestro regreso—: he visto algún avance y parecen prometedores. De momento, ¿por qué no aparcamos este tema y te pones a escribir sobre algo que te resulte más próximo? ¿Qué tal si empiezas por tu familia o tu matrimonio? En fin, esas cosas... Para ir calentando la pluma, ya sabes... Luego, lo quitamos y hablamos de asuntos más interesantes...

—¿Más interesantes?, ¿qué quiere decir más interesantes? No te sigo...

—Pues de sexo, por ejemplo: lo del matrimonio no interesa ya a casi nadie. Y, de paso, me das tiempo para buscar otra estrategia...

El comentario de Marta me vino estupendamente: me abrió los ojos. Porque el libro lo firmaba yo y el chocolate me engordaría a mí.

Me dije que tendría que hallar una forma de explicar a Marta por qué, con o sin sombrero, no iba a seguir su consejo.

A ustedes les debo también una explicación, al menos, si pretendo que presten (y compren) mi libro.

8

La ley del arcano

> Durante semanas, el joven la acompañó al trabajo, donde se despedían con un leve beso en la mejilla.
>
> Aquel viernes, le envió flores y una nota escrita con letra redondilla que rezaba «mañana». Nerviosa, se vistió para la ocasión, se puso unas gotas de la colonia cara y salió al portal.
>
> Él aguardaba. Se le acercó y, sin más prolegómenos, le pidió relaciones. La chica entendió que eran íntimas, y le hizo pasar al pequeño sótano, donde almacenaba sus tesoros.
>
> Allí fue donde descubrió que sólo buscaba sexo, y allí mismo lo mató, con una de sus piezas preferidas: un estilete muy fino, adquirido en el rastro.
>
> Cuando la Policía la interrogó, respondió con voz calmada: «Lo maté por estúpido.»

En un escrito del siglo IV, firmado por Cirilo de Jerusalén, un santo griego muy venerado entre los ortodoxos, encontré un término —una consigna religiosa del momento— cuya textura me llamó poderosamente la atención e indagué hasta dar con su significado: hablo de la «ley del arcano».

«Arcano» es un término procedente del vocablo latino *arcere*, que significa, poco más o menos, «guardar o celar, quitar de la vista pública». La citada ley imponía silencio a los fieles cristianos en todo lo referente a los misterios más santos de la Iglesia de Jesucristo, a fin de evitar su profanación por parte de los paganos. Entre esos misterios, se hallaba la Eucaristía, pero también, curiosamente, el texto de la oración del Padre Nuestro, que los catecúmenos sólo podían rezar después del bautismo.

La consigna me hizo pensar, porque aunque ahora quien más quien menos se despelota en Facebook, Twitter, programas de televisión, blogs o similares, todos mantenemos algunos *arcanos*: lugares que celamos; palabras o pensamientos que nunca expondremos a la vista pública; cosas tan íntimas, tan importantes, que pretendemos mantener alejadas de los ojos de los demás, bien por su gran valor sentimental, bien porque temamos ver nuestra intimidad profanada.

Arcanos hay de todos los tipos, yo tengo los míos; ustedes, seguro, los suyos, pero en el mundo de los artistas hay uno particular que se suma al resto: me refiero al taller, a la guarida, a la cueva, al lugar de trabajo...

Jamás les mostraría una fotografía del mío (es mi arcano), pero me veo en la obligación de hablarles someramente de él para que puedan comprender mi proceder.

Nunca llegué a tener una cabaña en la copa de un árbol, pero sí dispuse de un barco pirata suspendido entre enormes pinos (supongo que, en realidad no serían para tanto, pero por aquel entonces me parecían altos como gigantes y fuertes como toros), con largas cañas por remos y la red de una vieja hamaca por velamen. Un paño viejo de cocina de listas azules que, a pesar de lavarlo con lejía seguía oliendo a pescado, hacía las veces de bandera y una toalla de playa roja, de mi capa de capitán.

Pasé larguísimas y maravillosas horas allí, surcando los mares, soñando con volar. Volando...

Con los años, tuve que abandonar aquella guarida. Las raíces de los pinos levantaron el pavimento cercano y hubo que talarlos. Y a mí también me llegó la hora de talar mi infancia y aparcar la pesca de todo lo que se pudiera atrapar con un anzuelo y cebo vivo. Cambié las raídas playeras, primero por zuecos y después por tacones. Pero siempre añoré aquel barco y aquella edad, en la que era capaz de lanzar un cuchillo y clavarlo en el mismísimo centro del tronco tan bien o mejor que los chicos del lugar (naturalmente, mi madre no sabía una palabra del uso alternativo de aquel cuchillo roñoso, bautizado como «el de pescar»).

En los pisos de ciudad que ocupamos con niños pequeños llenando todo de cunas, sillas plegables, tacatacas y triciclos, no había sitio para nada. Pero, en cuanto dejamos la ciudad y nos fuimos «al pueblo», supe que lo recuperaría. No me importaba el tamaño, la riqueza o abundancia del mobiliario, lo acertado de la decoración ni toda esa variedad de objetos que se exhiben en los salones: lo que yo quería era disponer de un escondrijo, de un lugar donde escapar, donde aislarme para tomar el té conmigo misma; don-de mirar las estrellas o lo que hay tras ellas. Un lugar para soñar, un lugar para pensar, un lugar para llorar o para rezar... Un lugar donde el tiempo se detuviera y el espacio se achicara, un lugar donde volver a ser niña y maldecir haber crecido... una guarida, quizá un poco más sofisticada y menos estrambótica, que, a pesar de no oler a mar, tuviera trazas de taller, de agujero, de barco pirata...

Lo conseguí.

Como supondrán, no llego a él pisando improvisadas tablas de madera cosidas con clavos herrumbrosos al tronco nudoso del árbol: subo por una escalera. No me aferro con ambas manos a una áspera soga que me abrasa la piel cuando resbalo: me apoyo en un pasamano lijado y laqueado con doble capa de pintura al óleo. No me acunan las estrellas, sino Iberdrola. No entro en ella por un paso escondido e imaginario, ni por el altillo del armario, como hacía, de niña, durante los eternos veranos gallegos: cuento con puerta, pomo de puerta, cerradura metálica y llave estándar, pero cuando entro en esa habitación ocurre la más completa y fascinante metamorfosis, una que ni J. K. Rowling podría describir: yo paso a ser yo, ni más ni menos.

Sin embargo, no contaba con mi gente, que tiene a bien llamarlo «cuarto de estudio», y que me lo decoró con todo cariño.

Al entrar en esa habitación, lo primero que veo es una soberbia mesa de madera tamaño extragrande, donde puedo desplegar simultáneamente tantos libros que de no tener cuidado me sepultarían como si se tratara de un alud. Es una pieza antigua, inglesa, de preciosa factura. Sobre ella, a su izquierda, descansa una pantalla de ordenador, cuyas proporciones casan bien con la tabla que la sostiene. Para que se hagan una idea, les diré que ni siquiera necesito ponerme las gafas de cerca. Dispongo también de un teclado Mac, un ratón inalámbrico y una fotografía: solo una. Cuatro focos alógenos estratégicamente encastrados en la escayola de techo inundan de luz blanca la zona de trabajo y una lámpara de metacrilato hipermoderna, situada en el extremo derecho de la mesa, le proporciona un toque de contraste y una pizca de luz amarilla, cálida.

Sin duda, una maravilla.

Miro ese entorno y confieso que me encanta. Incluso algún día he llegado a sentarme en la moderna silla de cuero que Juan ha comprado, y que siempre he agradecido muchísimo. Sin embargo, no he conseguido escribir allí una sola línea.

No he podido *crear* nada.

Parece un *despacho* («local destinado al estudio o a una gestión profesional», reza el diccionario) o un *escritorio* («aposento donde tienen su despacho los hombres de negocios, como los banqueros, los notarios, los comerciantes, etc.»). Pero lo llame como lo llame, en esa mesa, me siento una profesional, me siento... vieja. O, peor, me siento experta...

Necesito ser experta cuando escribo *papers* para enviar a *journals* para expertos, con *referees* especializados y *rankings* confeccionados por maestros expertos cuya lengua materna es, naturalmente, el inglés. Pero un escritor experto es como una cáscara de huevo: no sirve más que para ser lanzada a la basura por inútil... En realidad, para atenernos a la verdad, si se dispone de la tecnología adecuada, de una cáscara de huevo se pueden sacar muchas cosas valiosas. Las membranas que se pegan a sus paredes, por ejemplo, son ricas en colágeno que se emplea en la fabricación de cremas que rejuvenecen la piel tras las quemaduras o con fines estéticos; en cuanto a la cáscara, limpia de restos orgánicos, y triturada puede añadirse a algunos plásticos para darles consistencia o emplearse como esponja para absorber CO_2...

Con un escritor experto no se puede hacer nada de nada. O se es experto o se es escritor. En un despacho de experto, la wifi no conecta con miedos y misterios, con el cielo o el infierno. Sólo vomita hechos muertos: datos, especificaciones, ítems descarnados, estadísticas, márgenes y desviaciones... nada de síntomas, nada de pistas, nada de sentimientos. Ni un solo pirata.

A través de un pequeño pasillo interior, el estudio se comunica con otra zona de anchos zócalos de madera, vestida en tonos ocres. Frente a la precisión del diseño de su vecina, este segundo taller carece de planos. En él conviven armónicamente objetos tan diferentes como un caballo de madera traído de la India; una alfombra persa, que tiene un curioso defecto en una de las esquinas; una *chaise longue* antigua, comprada en un mercadillo (nos engañaron), tapizada en terciopelo ajado por el tiempo; una placa de bronce procedente de un mercante ruso (cuyo mensaje no entendemos); una bastonera y un sextante adquiridos en Portobello Road; un baúl de alcanfor lleno de manuscritos; una colección de collares de cuentas, algunos nuevos, algunos viejos, algunos míos y otros heredados; mil libros apilados sin orden ni concierto; una cómoda victoriana con cajones secretos, que aguarda desde hace años una buena restauración; un cuadro estrambótico por el que Freud me hubiera condenado a una sesión de electrochoque, o una enorme cama.

Sobre cualquiera de esos objetos, mis cosas, se pueden encontrar cuadernos de tapas negras y hojas de color crema, repletos de notas inconexas, pensamientos de todo género y calidad, ideas peregrinas, argumentos imposibles, tonterías, que separo con tiras de colores amarillos, rosas, verdes y azules. Para cualquier foráneo, mi taller alberga una perfecta definición del desorden; no es así para mí. Hay un orden preciso dentro de ese caos, un orden mental, matemático, donde mi pluma fluye como un río caudaloso porque está en casa, en su mundo, en su contexto. Por los dos balcones de madera, se cuela el ruido de los pájaros que anidan en el pino piñonero de ancha copa que nos contempla desde abajo: he contado, al menos, cinco especies distintas; y también me llega el llanto de los gatos en celo, abundantes en la zona; y el de la podadora del vecino y el transistor de su mujer, sorda como una tapia. Podría parecer una perfecta anarquía, acústica esta vez, pero no, es sólo un pueblo... Mi pueblo, mi mundo, mi barco pirata: el mejor lugar para fabricar chocolate para el alma.

Santiago Álvarez de Mon, uno de mis profes del IESE, me ha conducido hasta un libro de Royston M. Roberts del que no tenía noticia, que me ha fascinado. Se titula *Serendipity: Accidental Discoveries in Science*,[3] y en sus páginas se otorga carta de natura-

3. Wiley, 1989.

leza a la casualidad. La palabra *serendipia*, casi en desuso, sobre la que mi querida Real Academia ha discutido largamente en 2012, es un neologismo acuñado por el escritor británico Howard Walpole a mediados del siglo XVIII, tomado precisamente de la literatura, que significa algo así como «hallazgo casual». Se trata de descubrimientos, tan afortunados como inesperados, con los que te topas cuando estás buscando otra cosa. Chiripa científica, que diría algún castizo.

Descubrir por accidente es habitual en las ciencias básicas: la penicilina de Alexander Fleming es un ejemplo evidente, pero desde luego no es único. He aprendido mucho de ese libro (y de Santiago), pero algo de lo que cuenta me ha resultado especialmente atractivo: que no todo entorno permite esos hallazgos fortuitos. El laboratorio de Fleming, por ejemplo, padecía de una cierta dosis de desorden; nada especial, supongo: más o menos como mi guarida. Sin embargo, ese factor permitió que la colonia de aquel hongo espontáneamente contaminara una de las placas de Petri sembrada de *Staphylococcus aureus*. Eso no le quita mérito alguno al gran Fleming: su genialidad le permitió darse cuenta de la potencialidad del descubrimiento fortuito.

A veces, el desorden necesario no es exterior ni espontáneo. A veces, es buscado y se llama interdisciplinariedad: mezclar científicos de diferentes ciencias sin apriorismo, sin forzar nada, sólo a la espera que alguna idea fecunda caiga en la mente de otro y dé fruto.

Mi vida, como mi guarida, es bastante ecléctica, «interdisciplinar». En mi desordenada cabeza, los macarrones con chistorra conviven armoniosamente (o casi) con la metafísica (con la poca que entiendo); las matemáticas y la literatura, con el exterminio impenitente y feroz de los ftirápteros reincidentes (es decir, los puñeteros piojos); el fracaso con la pasión; y la economía política con el crimen... todo en una coctelera de la que salen mis hijos, mi amante de hace treinta años o Lola MacHor...

Llegados a este punto, alguno de ustedes estará preguntándose (no crean que yo no lo hago) por qué les estoy abriendo las puertas de algo tan íntimo como mi barco pirata o mis entornos de *serendipia*; por qué, en suma, estoy violando mi propia ley del arcano. La pregunta es del todo pertinente y requiere una respuesta, que más o menos puede ser ésta: si estoy venciendo mi resistencia, casi mi repugnancia a hablar de ello es por un motivo muy concreto: éste es un libro (de páginas, que diría Marta) que firmo como Reyes Calderón. Muchos de ustedes no me conocen en absoluto; otros me conocen a través de la juez MacHor, el inspector Iturri, el letrado Porcina o el padre Chocarro, es decir, a través de mis personajes.

Como escritora de ficción, en un juego de espejo y reflejo, puedo permanecer en un segundo plano, más o menos oculta, más o menos camuflada. En un libro como éste, no resulta posible: no se ha inventado pared donde esconderme ni velo que cubra a un escritor que olfatea la felicidad. Un libro de no ficción sobre algo que, de alguna manera, se alinee con el alma ha de salir del interior de la guarida, es decir, de mí misma. Por ese motivo, no puedo seguir del todo los consejos de Marta. A ella no le he dicho nada todavía: entre té y té, poco a poco, trataré de ir contándoselo.

Lo que trato de decirles es que si excluyo de mi discurso el matrimonio, el fracaso, los piojos (a decir verdad, dejar la permetrina aparte me causaría una gran satisfacción), el aburrimiento, mis clases o mis tres kilos de más, mi guarida no dejaría margen para que apareciera ningún moho verde y de fascinante apariencia, y lo que ustedes se encontrarían sería una falsedad, una burla artificial, que no podré firmar.

Un libro que sale de una casa suspendida en un árbol interior debe ser tan mágico como la guarida misma. Debe ser humano... debe «oler a oveja», expresión del nuevo pontífice Francisco, que me parece verdaderamente acertada. Y por tanto, debe ser Marta, *ma non troppo*...

¿Me he explicado? Probablemente no...

¿Tendré más fortuna si les digo que, furtivamente, me acabo de zampar otro trocito de chocolate negro? Quizá mi subconsciente quiera así reafirmar mi decisión de no hacer del todo caso a mi amiga. Entonces, ¿voy a prescindir de Marta? ¡Por todos los santos, no! Sería imposible; es más: sería un gran error.

9

No hay risas de monos

Un día, en el mundo, se agotaron las risas.

Los pescadores dejaron de pescar; los profesores, de enseñar; y los niños se quedaron sin madres de las que mamar.

Y todos comprendieron, por fin, qué era la ciencia ficción.

Olvidar a Marta, despreciar sus sugerencias o su visión de la vida hubiera sido mala noticia para nuestro negocio de chocolate. Detallar el elenco de razones en el que apoyo mi afirmación anterior, todas de peso, me llevaría más páginas de las que dispongo. Pero no me gustaría dejar de mencionar una, una especial, que tiene mucho que ver con otra de mis carencias, que me veo en la obligación de confesar. Tengo un problema serio: después de quince millones de años de evolución primate; después de decenas de miles de años de evolución humana y cultural; después de decenas de años de liberación femenina, yo sigo sin poder contar un chiste en condiciones: no tengo ninguna gracia, ningún ingenio, ni el don de la oportunidad. Simplemente, no puedo, aunque es muy necesario...

Es más: imprescindible.

Y eso, ¿por qué? Pues porque pertenecemos a la raza humana.

Nos miremos como nos miremos, somos animales: mamíferos placentarios, para ser exactos. Dentro del fascinante y nutrido mundo de la naturaleza (en realidad, hablo sólo de los *bichos*), los mamíferos formamos un grupo pequeño. Y dentro de ese grupo, los hombres estamos en la pequeñísima sección de los *rarillos*.

Somos, en muchísimos sentidos, la excepción: nuestras hembras no se comen la placenta tras el alumbramiento (la dejamos para aprovechamiento de las farmacéuticas); andamos erguidos y, teniendo los pulgares opuestos a los demás dedos, usamos herramientas o escribimos *e-mails* a toda velocidad. Somos especiales, mucho: en vez de andar desnudos o con unas hojitas de parra debidamente colocadas, vestimos de Prada o de H&M; hemos abandonado las cuevas y ahora construimos viviendas unifamiliares; y en nuestros ratos libres, con un palo metálico en la mano, tratamos de meter unas pequeñas pelotas en unos también pequeños agujeros a los que rodeamos de césped, lagos y arenales. Sí, somos singulares, peculiares: gente racional (que no es lo mismo que razonable) capaz de realizar operaciones conceptuales y simbólicas tan complejas como el lenguaje, el razonamiento abstracto o la introspección, pero que, luego, en vez de conversar y arreglar los conflictos, diseñamos bombas y nos las lanzamos unos a otros.

«No digo diferente, digo raro», que dirían Fito y sus Fitipaldis.

Se señala que no existe otra especie con un sistema lingüístico como el nuestro, y es cierto, no obstante, según aseguran los expertos, los delfines poseen una suerte de lenguaje que les permite comunicarse y los lobos emiten distintos sonidos (aullidos, gruñidos, ladridos) para expresar sentimientos diversos (camaradería, advertencia, nerviosismo...). Se indica que el hombre es el único mamífero que emplea instrumentos, pero algunos chimpancés han desarrollado la habilidad de utilizar palos finos como herramientas para extraer las deliciosas hormigas del interior de los troncos. Sin embargo, y aquí es donde quería llegar, hay algo en lo que los humanos tenemos la patente, el monopolio absoluto: la risa, y su opuesto, el llanto.

Ningún mono, ningún chimpancé, ningún delfín es capaz de soltar una carcajada al escuchar un chiste verde, ni mucho menos uno marrón (me refiero a uno político). No existe animal que se ría, aunque, en realidad, reírse tiene mucho de animal, ya que nos reímos con todo el cuerpo y no siempre conscientemente.

Mientras el lenguaje es algo sesudo, procedente de nuestro

intelecto, con la Academia de la Lengua como policía, la risa (o su reverso, las lágrimas) te asalta casi sin buscarla. Funciona más o menos así: estás ante una situación que no dominas, no te sientes amenazado, pero no sabes cómo responder: y, entonces, te ríes. La risa es la solución humana a esta realidad tan densa, tan pesada y absorbente; a esta sociedad tan jerárquica y tan férrea. Como los sueños, o el erotismo, o la belleza intensa, o el dolor... la risa es una respuesta netamente humana, una huida hacia delante.

Algo nuestro.

«¡Era una broma!», te dicen. Te echas a reír y desaparece la tensión.

Los que entienden de estas cosas aseguran que ese estallido efervescente propio de lo cómico tiene muchas fuentes: puede proceder de un juego intelectual, al que llamamos *ingenio*; puede ser utilizado como un arma (todos hemos sufrido a algún *sátiro*); puede interpretarse como un consuelo ante las desgracias de la vida (la *tragicomedia*) o puede proceder de una simple diversión. Yo entiendo que hay todavía una fuente más de comicidad, una risa auténtica e infantil, una risa trascendente que acompaña siempre a la amistad. «Lo cómico —señala Berger— cuando se percibe con fe constituye un gran consuelo y un testimonio de la redención que todavía está por llegar», frase que, leída con zapatillas de andar por casa, yo reinterpreto así: si te ríes con alguien, si ese amigo te enseña a reírte de ti mismo, te darás cuenta de que, en el largo plazo, no hay ningún problema irresoluble, y que todas las historias acaban bien; que el llanto es la avenida que desemboca en la risa.

Como confesaba anteriormente, soy una auténtica negación contando chistes: los mato antes de nacer; olvido proporcionar a tiempo el dato fundamental o equivoco el orden... En fin, que sólo hay dos, muy cortos, que me funcionan, y procuro no abusar de ellos. Desprecio la sátira, como el resto de las armas, y siendo positiva, tampoco me gustan las tragicomedias. Pero me encanta reírme —tengo a la risa como una de las más baratas y realistas formas de huir de la realidad, junto con la música y la literatura— y me río mucho con (que no de) Marta. Y espero que todos ustedes también lo hagan: Marta siempre me pone en mi sitio y, aunque no me deje tomar chocolate y se meta con mi inexistente *glamour*, me permite relativizar mis subidas de tono, mis cencerradas, mis egocentrismos y mis tonterías.

No: no hay chocolate que cure el alma sin Marta.

Eso no quiere decir que no hable de lo que me dé la gana, y luego me ría con Marta de ello, quiere decir, en suma: Marta, *ma non troppo*.

Y, ¡cómo no!, empezaré no haciéndole caso y hablando de lo más cercano.

—¿Del sombrero?

—No, Marta: del matrimonio.

10

Noches infinitas, tangas de color lila

La mujer se desabrochó la blusa en cuanto lo vio acercarse.

Fue un movimiento casi reflejo, ausente de cualquier sentimiento.

Llevaba tantos años siendo usada, que no se le ocurrió pensar que él sólo quisiera un abrazo.

Es lo que tienen los matrimonios útiles: en algún momento, se echa de menos el amor.

Pensé que cuando me pusiera a escribir sobre el matrimonio, las palabras brotarían de mi pluma como el agua del grifo de la cocina: a chorros. Era *mi* tema. Al fin y al cabo, tengo cierto *expertise*: llevo cerca de treinta años casada. Debería tener más datos sobre ese tema que sobre la clase turista de Iberia, pongamos por caso, en la que sólo vuelo una vez por semana. Sin embargo, nada ocurrió como había previsto: escribí de corrido seiscientas palabras sobre la aerolínea para mi columna de *La Razón*, mientras que, sobre el matrimonio, no logré ni una línea decente. De pronto, sin saber cómo ni por qué, el grifo había dejado de fluir.

Pese a todo, insistí e intenté ordeñarlo, diciéndome que algo saldría porque ninguna vaca es demasiado vieja... Tras algunas noches en vela, logré culminar dos páginas (doce párrafos para ser sincera), que terminaron en la papelera una vez hechos trizas: eran basura, frases huecas y completamente falsas. Por el motivo que fuera, mi mano no se ponía de acuerdo con mi cabeza y mucho menos con mi corazón.

A primera vista, el diagnóstico era inapelable: no tenía nada interesante, nada sugerente (nada, en suma) que contar sobre el tema... Confieso que, durante un tiempo, me preocupé. El amor es una de esas palabras redondas, gordas, granadas que fluyen en todos los contextos, más de la pluma de una mujer. Resulta difícil, casi imposible, no localizar al menos un fleco por donde sujetarlo, pero eso fue exactamente lo que ocurrió: no lo encontré.

La preocupación se acentuó. Podría tratarse de una de esas fases de aridez por las que pasan tarde o temprano los creativos. En mi caso, sería la primera. Puedo necesitar veinte o treinta intentos para lograr lo que quiero, pero nunca he dejado de poner las manos en el arado. O podría tratarse de algo mucho peor... Como aseveraba el gran Norman Mailer, un escritor sólo puede narrar experiencias verdaderas, de esas que te salen de las tripas sin que tú puedas controlarlas ni influir sobre ellas. Pensaba que, transcurridos treinta largos años, 10.950 días y 10.950 noches, sobre el amor, habría acumulado alguna experiencia vital. Pero, al parecer, no era así.

El sueño se fugó y, con él, mi tranquilidad. Como empezaba a obsesionarme, decidí achacar el percance al cansancio acumulado y tomé medidas contundentes. Deporte (me apunté a *spinning*, un ejercicio que recomiendo a todo el mundo), cine, visitas furtivas a la tableta de chocolate suizo y... consumo abusivo de bibliografía sobre el amor.

No tenía idea de que se hubiera escrito tanto y tan variado sobre el fenómeno del amor, y no precisamente folletitos. Los textos salidos de las mentes de psicólogos, psiquiatras, sexólogos, filósofos y «gentes de mal vivir», que diría un escéptico, pasaban la mayoría de las quinientas páginas.

Me puse manos a la obra. Tengo que reconocer que mi elección estaba bastante sesgada. Soy de ciencias. Aun así, le di un poco a todo. Pero, hete aquí que las funciones del hipotálamo, las narraciones sobre el comportamiento sexual de los bonobos (unos animalitos del género de los chimpancés que copulan pacífica y creativamente cada día, sin generar problema social alguno) o las estadísticas sobre la fecha de caducidad de los matrimonios que, en un primer momento, me resultaron entretenidas, llegaron a parecerme soporíferas. Por no hablar de los enjuiciamientos del tipo «ese simple percance bajo las sábanas», «voluntaria ofuscación», «sexo económico», que se me antojaron tan faltos de acierto y rigor como las páginas que yo misma había escrito y destruido.

Pero volvamos a mi libro sobre el chocolate (en el Ritz). Lo importante es decir que, después de muchas horas planeando sobre la literatura, mi pluma, lejos de mejorar, se paralizó por completo. Hasta empecé a sentir repulsión por el tema. Me disgustaba la imagen de un vientre en busca de los genes más aptos para reproducirme, o de una hormona perdida entre las piernas de alguien. No me veía hablando de emociones químicas, de interpretaciones psíquicas freudianas o de neuronas espejo en busca de autoafirmación.

Mi mente estaba tan confusa que, naturalmente, terminé pensando en males mayores; en daños estructurales, vamos. De tener a un sexólogo por vecino, tengo por seguro que me hubiera aconsejado soltarme la coleta, echar una canilla al aire; buscar genes nuevos en ese compañero de trabajo, o en ese atractivo entrenador de golf. No digo que el tipo del club de golf no sea atractivo para quienes les gusten los mofletudos con código *fitness* en el estómago. Pero a mí no me gustan los niños a los que saco veinte años, y con los compañeros de trabajo, prefiero trabajar. Además, aun siendo incapaz de explicarlo, estaba y estoy contenta (no creo que sea un término preciso, pero dejémoslo así) con lo que tengo.

Por otro lado, ¡qué demonios!, acertar a la primera tiene una ventaja esencial: te evitas la pesadez del cortejo reiterado. Sólo pensar en ello, me invade una terrible pereza. Comprendo que en la adolescencia, cuando uno entra en el mercado, el juego de ofertas y demandas pueda ser divertido, pero, pasadas ciertas edades, resulta nauseabundo. Si alguien no me cree, que vaya a tomarse una copa de madrugada a uno de esos bares a los que acuden los adultos solteros-divorciados-separados para ligar. A mi entender, son patéticos.

Patéticos o no, el caso es que no pude escribir nada. Pero tras tantos escarceos con esa fábrica de teorías más o menos absurdas que emite la comunidad de los psicólogos-genetistas-sociólogos-divulgadores del sexo «científico», llegué a percibir algo sobre mí misma: me di cuenta de que contaba con una suerte de resorte interior, una especie de chip oculto y perdido, que me impedía compartir algo absolutamente mío (nuestro, mejor): para mi subconsciente, hablar sobre el matrimonio equivalía a abrir de par en par las puertas de mi casa, algo que no estaba dispuesta a hacer por mucho que se empeñara mi editora: ese arcano resulta, definitivamente, inviolable.

Lo comenté con Marta en nuestra siguiente cita. Naturalmente, no me entendió. Marta no es lo que se dice una mujer pudorosa. Muy al contrario: lo cuenta todo. Y cuando digo todo, quiero decir todo, con pelos y señales, tanto que, en ocasiones, me veo en la obligación de pararle los pies. Recuerdo a la perfección el jueves en el que, desoyendo mis enérgicas protestas, se empeñó en mostrarme las piezas de ropa interior que acababa de adquirir. Se acercaba el Día de los Enamorados, y se iba de cacería con Fede y unos amigos de Fede, con sus respectivas. Había comprado ropa interior nueva para la ocasión, a juego para los dos: seda de color malva y diminutas dimensiones. No me extrañó la suya, era más o menos como todas, pero la de él... ¡Dios mío, nunca había visto nada similar! No pienso describirlo: háganse una idea...

Sacó las compras en el salón del Ritz, donde no cabía un alfiler. Levantó los brazos para estirar la prenda y enseñarme los detalles: casi me muero del susto. Tuve que enfadarme para que volviera a meter en la bolsa los dichosos tangas.

—¡Como no lo guardes, Marta, te prometo que no vuelvo!

—¡Mujer, qué estrecha eres! —me afeó, cuando ya había devuelto las prendas al sitio de donde habían salido.

—¿Estrecha? ¡Cuando vuelva a ver a tu Fede no voy a poder imaginármelo de otro modo que vestido con ese espantoso taparrabos!

(Debo confesar que, desde entonces, lo huyo: la imagen que me devuelve mi memoria es, por lo menos, hilarante, por no decir esperpéntica.)

En fin, lo que quería decir es que Marta es capaz de contarte abiertamente todas sus intimidades, sin que su vida pierda su perfecto orden cósmico. Yo no.

—Mi matrimonio es cosa mía, no voy a compartirlo. ¿Me entiendes?

—Pues no, la verdad, eres bastante rarita. Pero cada uno es como es... Veamos, se me ocurre una solución para tu problema: hasta que llegan los papeles del divorcio, siempre hay solución.

—¿Divorcio? ¡Yo no quiero escribir sobre el divorcio!

—¡Vaya una escritora estás hecha: no era más que una forma de hablar! Lo que quería decir es que, si no quieres discutir sobre tu matrimonio, no lo hagas: habla sobre la institución. O habla sobre el mío, que a mí no me importa. El titular puede ser algo así: «Amor con abogado y preacuerdo.»

Me quedé pensativa.

—De la institución...

—¡Claro! Tú eres partidaria, pero otros muchos no. Piensan que lo que tú tienes es algo obsoleto, completamente pasado de moda...

—Lo que tengo yo y lo que tienes tú... Tú eres de las que cree en el matrimonio, ¿no?

Se quedó pensativa y bajó los ojos. Cuando los levantó, los tenía húmedos. Debí percatarme entonces de que algo ocurría, pero estaba tan obcecada con el dichoso capítulo que no me di cuenta hasta que, mucho más tarde, los hechos me hicieron atar los cabos sueltos.

Sonrió y me dijo:

—Habla de eso, Reyes, de lo que tú tienes... Ahora tengo que marcharmc...

Se levantó, me dio un beso en la frente y se fue a toda prisa. Mencionó algún cóctel al que tenía que asistir. Yo cogí un taxi para ir a la T4. Mi vuelo a Pamplona salía hora y media después. Durante el trayecto no podía dejar de pensar en lo que Marta había sugerido: en realidad, tenía mucho sentido.

Había niebla en Pamplona y no pudimos aterrizar. Casi tocaba mi cama cuando el piloto dio media vuelta y nos devolvió a Madrid. Pasé la noche en un hotel cercano al aeropuerto escribiendo. Lo hice justo hasta el mismo momento en que tuve que embarcar de nuevo. Las palabras de Marta me habían hecho evocar uno de los episodios más extraños de mi vida literaria. No el que más (eso ocurrió cuando uno de mis lectores empezó a imitar lo ocurrido en *Los crímenes del número primo* y me lo hizo pasar fatal), pero sí uno peculiar.

Voy a seguir al pie de la letra el consejo de Marta. Y voy a contar lo sucedido, un hecho real, que envuelvo en ficción, para que nadie se sienta interpelado u ofendido. En realidad, no habla del matrimonio, pero sí. O quizá no. En fin, juzguen ustedes mismos.

11

Sexo moderno

La observó desde la cama, fumando un cigarrillo, mientras ella se vestía.

Con su habitual tacto, le dijo, como quien habla del tiempo: «Estás vieja: se te caen las tetas.»

Ella sintió ganas de gritarle que se mirara en el espejo, pero lo pensó mejor. Sonrió y le contestó: «Gracias por fijarte. Eres muy amable.»

Ocurrió durante unas jornadas literarias en el sur...

Quise apurar la mañana y esperé al último tren, por lo que llegué a mi destino con el tiempo justo. Bajo una lluvia oblicua, tomé un taxi y le leí al conductor la dirección del hotel que la organización me había facilitado. Resultó ser un tres estrellas, de aspecto oscuro pero apañado, en una estrecha vía lateral en pleno casco histórico. Durante el trayecto desde la estación, pude comprobar que la adversa climatología no había logrado vaciar las calles: paisanos de toda edad y condición se arremolinaban alrededor de tascas, bares y tabernas, tan abundantes en el lugar como los balones en el patio de un colegio.

En la recepción del hotel me esperaba nuestro anfitrión: un tipo paliducho y flaco, con manos heladas y semblante de viudo, a quien los ojos le brillaban como si fueran estrellas fugaces. Como las apariencias engañan, diré que resultó ser un magnífico poeta, monógamo y felizmente casado, adornado con ese humor sarcástico de fracasado crónico muy propio de los poetas. No conocía su obra, pero, antes de despedirme, me regaló un ejemplar de su última antología. Se lo agradecí enormemente: me alegró el viaje de vuelta hasta casi arrancarme lágrimas de emoción.

Me excusé por llegar tan justa. Movió la cabeza en señal de comprensión y me concedió cinco minutos para dejar la maleta y cambiarme de ropa, los mismos que había regalado a mi colega. Él había llegado a primera hora de la mañana, y había subido un momento a la habitación.

Aquella noche era una privilegiada: compartía cartel con un primer espada. Como dije, no voy a revelar su identidad. Es más, lo voy a retocar tanto que ni yo misma podré certificar que aquello ocurrió allí y así. Para los efectos, poco importa. Siendo muy, pero que muy generosa con los cálculos, diré que era un sesentón corpulento, de pluma exquisita y humor pasado, asilvestrado por los años. Un tipo de mente formidable, que bajó mal afeitado (había olvidado pasarse la maquinilla por debajo de la nariz) y con la ropa arrugada y no muy limpia. Nada de eso cambió mi percepción inicial: conocía su obra, toda su obra, y estaba fascinada de poder compartir con él una agradabilísima cena.

En realidad, lo fue. Aunque no como esperaba. A ver cómo explico esto...

Veamos... El escritor en cuestión, que, como digo, había llegado a primera hora de la mañana, no parecía de los que frecuentan catedrales ni gustan de contemplar monumentos históricos. Por otro lado, el hotel era más o menos un *bed & breakfast* justito para dormir. Supongo que ante la necesidad de entretener a tan famoso *speaker*, nuestro anfitrión, el poeta, decidió llevarlo a explorar el fino de la zona, envuelto en pescadito frito. Y explorar, doy fe que exploraron: absorbieron como esponjas.

Desde el hotel, fuimos caminando en silencio hasta la carpa donde se celebraba la velada. Ensayé dos conversaciones, pero el escritor no me respondió, de manera que, sin inmutarme, me cobijé bajo el paraguas y adopté el modo silencio: la genialidad, a veces, es arisca y ceñuda. Por mi parte, me llevo bien con el silencio: empleé el tiempo en mirar a mi alrededor. Toda la ciudad parecía un patio, por la sensación de cercanía que transmitía. Hasta la lluvia nocturna tenía toques de sol: no es de extrañar que los extranjeros que ponen el pie en nuestra tierra no quieran marcharse.

En la carpa blanca nos esperaban unas cincuenta personas,

casi ninguna joven, y dos botellines de agua mineral: yo me bebí los dos al ver que mi colega se aplicaba aquello del agua para las ranas... En su honor diré que aguantó bien la velada; contestó con gracia, e incluso con momentos de verdadera genialidad, las preguntas del público congregado y firmó ejemplares de su último libro (que, a mi modo de ver, no es el mejor). Yo cumplí con mi papel de acompañante del maestro, telonera con cuota femenina, con la mejor de mis artes y fui premiada por ello con una modesta transferencia de fondos y una cena en uno de los restaurantes típicos, gentileza del Ayuntamiento, acompañada por el poeta y el famoso novelista.

El local, estrecho y largo como los pasillos de los hospitales, estaba medio vacío, porque era de los caros. Cuando nos sentamos al fondo, en unas cómodas sillas de espadaña, bajo una luz mortecina, hice válida mi hipótesis inicial: los dos hombres llevaban mucho más alcohol en sangre de lo deseable, algo completamente excusable en tipos con tales habilidades literarias, pero algo incómodo para mí, que sólo había ingerido agua mineral.

Con las aceitunas y la primera copita (un fino fresquito amontillado, viejo y delicioso) yo me entoné y ellos alcanzaron eso que los físicos llaman *the tipping point*, es decir, el punto de inflexión a partir del cual el sistema cambia de estado y se desinhibe por completo. Desde entonces, nuestra conversación, hasta ese punto extraña, se volvió líquida, suelta, casi inconveniente... y no sé cómo, terminamos dedicando la noche a ese complicado asunto llamado amor (o eso creí yo, que hablaba del matrimonio, porque él farfullaba de sexo o de algo parecido).

—¿Casada? —preguntó al tiempo que señalaba mi alianza de oro, una simplona pero magnífica pieza de la que nunca me desprendo, no me vaya a ocurrir como a la pobre y llorosa lagarta de Lorca, la del delantalito blanco.

Asentí. Continuó con el interrogatorio.

—¿Hijos?

Volví a asentir.

—¿Cuántos?

Respiré un par de veces y contesté:

—Varios.

Lo sé, fue una contestación estúpida, pero eso fue lo que respondí. No tenía ganas de dar explicaciones, aunque acabé haciéndolo.

—¿Varios? ¿Desde cuándo varios es un número?

Me encogí de hombros: me iba a dar la cena y, al fin y al cabo, en aquel contexto no hacía falta demasiada precisión.

—De acuerdo, como quieras: tengo nueve.

—¡Nueve! ¡Anda, como Norman Mailer! ¡Vaya *crack*! ¿De cuántas parejas? —añadió, mientras me pasaba descaradamente revista.

¡Ya empezamos!, pensé. Porque la referencia a Mailer resultaba significativa. Por si a alguno no le suena *La canción del verdugo*, que le hizo bastante famoso también en la vieja Europa, puedo contarles que Mailer era (murió en 2007) un judío de Brooklyn nacido en los años veinte, y pasado por Harvard y la Segunda Guerra Mundial, que está considerado una de las plumas más relevantes del panorama norteamericano. Mi colega tenía razón: tuvo nueve hijos. En eso nos asemejábamos, salvo que él, para llegar a esa cifra, se casó seis veces y no dio a luz a ninguno.

No, no me he equivocado: seis.

—¿De cuántas parejas? —insistió.

—Del mismo: acerté a la primera.

—¿Nueve, del mismo? ¡Joder: qué excéntrica!

Excéntrica: ésa fue la perla que soltó. Excéntrica. Mi querido y admirado escritor es un experto en palabras. Puede que el vinillo andaluz hubiera escogido por él, pero lo más probable era que no. Me había llamado lo que quería llamarme: rara, extravagante, alejada del centro que se supone que tiene el universo.

Excéntrica.

—Pero ¿es que no te enseñaron nada en la escuela? —me preguntó.

Reconozco que, en ese instante, me vino a la cabeza aquella escena de *El silencio de los corderos* en la que Anthony Hopkins, en el papel del asesino Lecter, decía, con esa voz suya, tan de loco, tan de cuerdo: «Recuerdo la última vez que me hicieron una pregunta estúpida. Fue uno del censo que intentaba hacerme una encuesta. Me comí su hígado con un gran plato de habas y un buen chianti.» En vez de eso, respondí con una larga cambiada.

—Me enseñaron matemáticas... Y tú, ¿tienes hijos?

—Uno, al que hace casi diez años que no veo. Pero no vayas a equivocarte: yo creo en el amor...

El fino seguía fresquito y entraba bien. Era mi tercera copa. No mi *tipping point*, pero sí que estaba un poco más suelta de lo normal. Creo que por ello dejé la educación aparcada y me eché a reír.

—¿Que crees en el amor? ¿Tú? ¡Y un jamón! Si es cierto lo que se dice de ti, con el número de mujeres que han pasado por tu cama se podría tejer un tapiz.

—Mismamente. A eso se le llama experiencia. Como Mailer...

—Yo a eso lo llamo sexo, no amor. Es distinto...

—¿A ti no te gusta el sexo?

—Yo lo único que no como es carne: soy medio vegetariana —respondí, irónica.

Creo que, en ese preciso instante, me puse a bien con mi madre. En mi casa (la de mi madre), esa palabra «sexo» no se pronuncia. Tampoco «mierda», «culo», «tetas» o cualquier otra ordinariez. Mi padre soltaba un solo taco de vez en cuando, pero aseguraba con gracia que tenía permiso del obispo para hacerlo. Yo salí rana: me los sé casi todos. Pero no me gusta hablar de sexo con extraños que están de alcohol hasta las orejas. En realidad, no me gusta hablar de sexo y no por mojigatería: el sexo es una estupenda cosa, pero no para hablar; se habla de fútbol, de política, de cine, pero lo que se hace en la cama queda en la cama. Eso le digo siempre a Marta, pero no me escucha.

—Oye, guapa, dime una cosa, ¿y cómo os entretenéis? Porque será bastante aburrido —insistió—. Lo que tiene de bueno el sexo es precisamente la novedad.

Decidí cambiar de tercio.

—¿Te gusta la fabada asturiana? —le pregunté.

—Chachi...

—A mí también. La comemos a menudo. Y, fíjate por dónde, la preparo siempre con la misma receta, y cada vez me sale mejor...

Se echó a reír.

—¡Lista la tía! Mira, con la fabada y el vino funciona, pero no con lo demás. Yo, de hecho, nunca he comprendido la monogamia. La relación de pareja puede ser estimulante para cuerpo y alma, pero la exclusividad... sinceramente, me parece mortalmente aburrida. No le encuentro la gracia, vamos, por no decir que me parece un coñazo. Las buenas relaciones son sólo por un tiempo, les pasa como al champán, se desinflan y mueren. Sí, las mejores alianzas son las fugaces: interesantes, placenteras, pero caducas... Y no hablo de oídas: te lo dice alguien que se ha ganado una buena reputación como amante. He leído en algún sitio que los científicos hablan de que la infidelidad es genética... es posible que tengan razón y que tú seas la excepción que confirma la regla... ¿Por qué me miras así, acaso te estoy escandalizando?

Me eché a reír.

—¿Escandalizarme? No, quizá sea más fácil que esta excepción que confirma la regla te escandalice a ti: tu pensamiento, según dices, es mucho más común que el mío. Es cierto que muy poca gente dice ya «te quiero» y mucha menos se atreve con un «te quiero para siempre». Sin embargo, a mi entender, eso no significa nada... al fin y al cabo, se trata de ser feliz. Yo lo soy con mi sistema. Si tú lo eres con el tuyo... bueno, pues enhorabuena...

No me respondió. En vez de eso, se volvió hacia nuestro anfitrión.

—¿Tú qué dices, colega? También eres de los monógamos...

El pobre poeta estaba para pocas, aun así se despachó con unos versos alcohólicos...

—«El amor es como el aire frío. Te limpia los pulmones, pero te deja helado.»

—¿Eso quiere decir que estás a favor o en contra?

—Ambas cosas —respondió y volvió a sumergirse en su mutismo.

—Vale, pues te toca —me espetó.

—¿Me toca qué?

—Te toca hablar a ti. Quiero conocer tus razones...

—¿Para qué? ¿Acaso estás abierto a cambiar de opinión?

—Creo que no: es simple curiosidad.

Me fijé en sus ojos: le brillaban de un modo especial. Sin duda, por el alcohol, pero quise ver algo más. Aun así, decidí no jugar.

—Si sientes curiosidad por la monogamia, querido amigo, puedo recomendarte algunas lecturas: hay una extensa bibliografía. Pero ahora, debo marcharme. La verdad es que me hubiera gustado hablar de tus libros, de tu proceso creativo...

—¡No me lo puedo creer! ¡Jamás te hubiera tildado de cobarde!

—No soy cobarde. Es que te empeñas en hablar de sexo y yo de amor. Lo mío es un misterio, lo tuyo simple técnica. Y los misterios son difíciles de explicar: no pueden venderse como quien vende un coche o medio kilo de plátanos.

—¿Dices cultivar la ficción y no sabes describir un misterio? ¡Pues vaya una escritora!

Aquello era un reto en toda regla. Y yo, naturalmente, piqué.

—Vale, lo intentaré. Pero empieza tú: define «amor».

—¿Quieres que defina «amor»? De acuerdo, te daré ese gustazo: el amor es el argumento que alimenta las canciones y proporciona finales lacrimógenos para las novelas románticas: eso es todo. Al fin y al cabo, somos como las aceitunas deshuesadas: en cuanto perdemos el corazón, se nos puede rellenar de cualquier cosa. ¿Dónde está el misterio, dónde la magia?

Le interrumpí:

—Contéstame una pregunta: ¿cuándo perdiste tú el corazón?

No me respondió. Sólo dijo:

—Te toca.

Tragué saliva y terminé el fino. En realidad, no quería hablar de ello, pero tampoco estaba dispuesta a darle la razón.

—Recuerdo bien la escena. Me había puesto un vaquero, deportivas y una simpática chaqueta azul de lana, de mangas rojas. Tenía veintiún años. Era el último día de las fiestas patronales. Había llovido intensamente durante toda la semana, pero aquella tarde salió el sol. El ambiente seguía oliendo a humedad y las calles estaban llenas de charcos, pero la luz nos animó a todos. Él vestía un pantalón mil rayas (entonces se llevaban) y un niqui azul marino de Lacoste: vivíamos en la misma ciudad, pero nunca nos habíamos visto. Recuerdo el vino dulce y los mantecados de Portillo, y la música de feria en la carpa improvisada, pero sobre todo recuerdo lo que sucedió, algo que nunca antes me había ocurrido y que nunca ha vuelto a ocurrirme... De pronto, junto a él, el presente se plagó de sentido y el futuro desapareció. De pronto, no tenía planes y no quería hacerlos: todo lo que necesitaba lo tenía delante. Sí, en ese momento, mi felicidad dejó de ser anónima, y adquirió nombre y rostro. Ese día supe que, ocurriera lo que ocurriera, todo mi futuro sería presente: cosas ordinarias vividas con alegría extraordinaria. Lágrimas compartidas, amabilidad cansada, calor, dolor, risas... un cigarrillo a medias (entonces, fumaba). Fíjate si se me quedó grabado el momento, que aún conservo aquel pantalón mil rayas. Desde entonces, descubrirse y redescubrirse juntos, en un clima de absoluta y total confianza. Tú y yo. Yo y tú. Nosotros. Saboreo las manos enlazadas... la confianza, tantas cosas... Porque el amor se nota, ¿sabes? En el día a día, en la fabada asturiana, en el trabajo, en el descanso, en el sexo que tanto te preocupa...

Se puso a aplaudir.

—¡Bravo, premio internacional de pasteles de nata! Ahora me dirás que mide metro noventa, tiene los ojos azules y es un caballero sin defecto conocido.

—En realidad, tiene los ojos verdes y para el metro ochenta le faltan algunos centímetros. Pero en la monogamia que tanto llama tu atención, la perfección no es tan importante. Siempre me viene a la cabeza aquella escena de *Cuando un hombre ama a una mujer*, con Andy García y Meg Ryan: «Mi mujer es una alcohólica, la mejor persona que he conocido... tiene seiscientas clases distintas de sonrisas, y todas te iluminan la vida.» O Jack Nicholson en *Mejor imposible*, cuando le decía a Carol: «Haces que quiera ser mejor.»

—Vamos, que te da igual uno que otro...

—¿Sabes qué? Llevas tantos paquetes en las manos, tanto peso muerto, tantos prejuicios, que como tengas que correr para coger el autobús, se te escapará. ¿Me permites que sea sincera contigo, que te cuente lo que veo en ti?

—Adelante...

—Puede que no te guste...

—Me arriesgaré.

—No soy más que una maestrilla de provincias que escribe, pero miro a mi alrededor y me hago mis propios mapas. Por ellos te digo que la peor enfermedad que asuela este mundo no es el sida, el cáncer o la pobreza: es no importarle a nadie. No hay medicina para eso; no se puede comprar remedio. Dime, ¿por quién morirías tú? ¿Por quién arriesgarías la vida?

—Por nadie.

—Me lo figuraba. Dime, ¿conoces a alguien dispuesto a morir por ti, a sufrir contigo, a cuidarte y soportarte durante una larga enfermedad, a velar tus noches inquietas esperando el infierno, a limpiarte el culo con una sonrisa, mientras te dice que eres más guapo que Brad Pitt?

Esta vez no contestó.

—Te dije que no podrías entenderme: sólo si alguien te ha amado mucho se es capaz de apreciarlo. Yo ya tengo a ese alguien.

Volvió a su soniquete.

—No me creo que no te aburras.

—¿Te aburres tú de escribir?

—No, pero...

—Pues entonces me comprenderás si te digo que mi vida es una novela inacabada, que está en la página más interesante —como le vi desfondado, añadí—: Así es como yo lo veo: eres un gran escritor, te pasas el día de acá para allá, recibiendo premios o impartiendo conferencias. Vives en una gran ciudad, donde todo ocurre deprisa. Eres como uno de esos despampanantes Ferraris rojos. Vas a tal velocidad que los árboles son palos y lo demás, obstáculos. Sin embargo, te he leído. Te imagino ante una hoja en blanco: todo por hacer; sólo silencio y corazón. Tal y como escribes, tengo por seguro que no puedes hacerlo deprisa, ni a la ligera. Necesitas capacidad de escucha y de pensamiento. Al papel no se le oculta nada. Se le dice todo: primero, a borbotones; luego, con más cuidado; finalmente, con mimo. Te veo sufriendo, pasando sueño, calor, frío y nervios. Hasta que liberas tu pensamiento de todo lo que puede hacer daño a tu novela: la quieres. Para escribir, necesitas desearlo; para escribir una novela, se necesita oficio: querer de continuo. Mimar, amar, ser feliz... ¿Te sientes identificado con lo que digo?

Asintió.

—Yo también. Hace treinta años empecé mi libro. Aún trabajo en él: mi personaje es fantástico... y el sexo... —Noté cómo se incrementaba su expectación; entonces sonreí con picardía al decirle—: De eso, no te voy a hablar hoy. Me voy a la cama. Mañana cojo el tren de las siete. Por cierto, que tú también deberías espabilar: te estás haciendo viejo...

12

Nostalgias

Ya no lo aguantaba más. Era peor que un sapo, desagradable, golfo y verde.

Estaba decidida a acabar con él. Quedaba elegir el método.

Pensando en usar explosivos, le echó para atrás el estruendo.

Ponderó su cuchillo de cocina, el del jamón, mas odiaba la sangre.

Quedaba la estricnina, pero vomitaría y le tocaría limpiarlo.

¿Flechas envenenadas? Podría ser, pero ¿de dónde sacarlas? Además, no tenía un arco.

Tras meditarlo mucho, decidió que lo mejor sería asesinarlo lentamente.

Y empezó a llamarlo «cariño». Sin amor, esa palabra es mortal de necesidad.

Estaba segura de que no podría soportarlo y moriría de asco.

Todos los grandes libros contienen páginas aburridas. Incluso esas benditas plumas que cambiaron el mundo o nos cambiaron a nosotros, entre sus escenas magistrales y sus extraordinarios personajes, dejaron colarse partes y personas grises. También las grandes vidas —insiste Bertrand Russell (y los grandes matrimonios, añado yo)— «tienen trechos desprovistos de interés». Los años alternan primaveras, otoños, inviernos y veranos; los seres humanos nadamos entre días alegres y noches aciagas, entre luces y sombras, entre bautizos y funerales.

Marta y yo, también. Iba a decir que como todo el mundo, pero no: algunos, pocos, se libran. A ésos se les llama sabios.

Dicen que un sabio es un tipo recto, lineal, imperturbable. Cuando me refiero a un sabio no pienso en esos empollones que conocen todos los detalles de la existencia del *Mesocricetus auratus*, conocido en el lenguaje de los mortales como hámster dorado, ni tampoco en quienes pueden citar con memoria de papagayo las hazañas del enérgico Napoleón Bonaparte o la lista de goles metidos por *el pibe* Maradona antes de que la vida misma lo obligara a retirarse. Hablo de quien posee el arte de la vida; de quien sabe vivir y, por eso, sabrá morir.

Ese sabio, dicen, mantiene la sonrisa en los labios en toda ocasión porque posee un carácter rectilíneo, sin altos picos ni valles profundos. El sabio, aseguran, no se ve abrumado por la angustia del fracaso ni pierde la humildad o la paz por el éxito. El sabio, aseveran, se parece más a Dios, que es siempre el mismo, que el resto de los que andamos por el mundo saltando como abejas de flor en flor o esforzándonos como perros que intentan morderse la cola.

No haría falta que lo mencionara, ya que resulta una obviedad, pero más vale que empiece por constatar la evidencia desde el principio: ni Marta ni yo somos demasiado sabias ni demasiado divinas. Quizá por ello a ambas nos gusta el *rojo pasión*, sentimiento, como se sabe, muy poco lineal.

Para empezar, somos mujeres: seres sujetos a las caprichosas y demoledoras hormonas, una desgracia (o una fortuna, vaya usted a saber) que rara vez podemos controlar y mucho menos combatir. Además, precisamente por ser mujeres, mantenemos permanentemente abiertos todos los sentidos y cada uno de los poros de la piel. Por esa manía de nuestro carácter, estamos mucho más expuestas a todo lo que ocurre a nuestro alrededor: sentimos más, amamos más y, por tanto, sufrimos más. Y, si había algo que añadir, por carácter Marta y yo somos lloronas...

He visto varias docenas de veces *Lo que el viento se llevó* y otras tantas *Ghost*, por no hablar de *Ben-Hur*, *Casablanca* o *Pretty Woman*, y, aunque no se trata de una película de culto en ninguna de las categorías posibles, cada vez que pasan en la tele *Tienes un e-mail*, y veo a Tom Hanks y Meg Ryan rodeados de libros, reincido. A Marta, las cuadrigas compitiendo en el Circo Máximo no le apasionan, prefiere *Oficial y caballero* o *Los puentes de Madison*, pero lo importante es que, si nos dejaran, nos pondríamos ante un televisor, bajo el cobijo de una buena manta, con los pañuelos de papel al alcance de la mano para pasar un magnífico rato llorando. Porque el otoño y el invierno, tanto en la ficción como en la realidad, forman parte de nuestro carácter. Llorar, soñar, disfrutar de la nostalgia de ese pasado que no volverá, de esos días color sepia que empiezan a desvanecerse, nos permite aminorar la fatiga de este gran esfuerzo que llamamos vivir.

El pasado no existe: es inútil, no se puede comprar ni vender; no tiene título de propiedad ni posee cuerpo ni espíritu; no es nada. De tal suerte es inservible, que dedicar siquiera un minuto a rememorarlo resulta una de las más estúpidas formas de perder el tiempo. Sin embargo, para las personas que, como Marta y yo, padecemos las estaciones, especialmente en los días en que es de noche, rememorar el pasado resulta una estupenda medicina, casi un tratamiento de diván.

Llaman nostalgia a esa tristeza caliente, melancólica, suave, donde el recuerdo de un bien perdido, quizá de insignificante valor, pero, en cualquier caso, irrecuperable, toma las riendas. Puede que nunca te haya sonreído la suerte, puede que jamás hayas triunfado en el amor, en los negocios o en la misma vida: no importa, sea como sea, seas quien seas, la nostalgia está eternamente a tu alcance. Porque «siempre nos quedará París»...

Aquella tarde, Marta y yo estábamos en pleno otoño. No recuerdo por qué, aunque la mayor parte de las veces ni siquiera hace falta un porqué. Lo que sí recuerdo es que el tiempo estaba plomizo en Madrid, y nuestros ánimos también. Habitualmente, una está eufórica y la otra decaída, de modo que ambas acabamos poco más o menos en el centro. Pero aquella tarde no. Marta estaba callada y yo iba sin maquillar. Y a lo tonto, a lo tonto, terminamos mirando hacia atrás, evocando nuestra infancia: los largos ratos en el patio del colegio, los guateques y los pantalones de campana, la cautivadora sonrisa del profesor de matemáticas, la verruga de sor Mónica o ese primer novio que quedó definitivamente disecado en nuestra memoria...

—¿Sabes? Yo inventé los Wonderbra —me confesó al cabo.

—¡Anda ya!

—¡Que sí, te lo juro! Ahora las tengo del tamaño adecuado, pero entonces, a eso de los quince, estaba bajo mínimos. Así que robé un sujetador a mi madre y empecé a hacer *probatinas*. Primero lo rellené con algodón, pero como te chocaras con algo se metían para dentro... y si se mojaban se hacían bolas... Luego usé trapos, pero no logré darles la forma redondeada que necesitaba... Hasta que tuve una idea genial: le quité las hombreras a un abrigo y se las cosí al sujetador: ¡mano de santo! Si hubiera tenido un poco de visión empresarial lo hubiera patentado y ahora sería rica...

—Ya eres rica...

Se le borró la sonrisa de repente.

—De otra manera... ya sabes.

Hubo unos instantes de silencio, incómodos. No sabía qué pasaba, aunque era evidente que ocurría algo. De pronto, sin venir a cuento, Marta soltó:

—Perdí la virginidad un 28 de febrero. Tenía catorce años, tuve que beberme tres gin-tonics para aguantarlo. Él tenía dieciséis, y era tan guapo como imbécil. Fue una mala experiencia, pero ya sabes, tocaba. Se llama Julio. Un día, de esto hace ya algunos años, me topé con él en un centro comercial: ahora vende seguros, está calvo y gordo como una foca gorda. Me preguntó si seguía soltera (él estaba divorciado) y me propuso quedar a cenar... ¡Tío asqueroso: todavía se creía con algún derecho sobre mí! Un completo imbécil. ¿Y tú?

Sonreí. Mis recuerdos me habían llevado por otros vericuetos.

—Mi hijo Gonzalo, el cuarto, nació también un 28 de febrero, el día en que acabó la primera guerra del Golfo. Estuve tropecientas horas de parto. No decidió abandonar su calentita guarida hasta que Bush hizo público el anuncio. «¡Serás un cielo!», recuerdo que le dije cuando lo vi: era una delicia, con ese gorrito en la cabeza. Y así ha sido: un tipo pacífico...

Marta chasqueó la lengua. Lo hace siempre que me salgo del guión, como los pastores con las ovejas.

—Estábamos hablando de la virginidad, Reyes: no te me vayas por las ramas...

—¿Los maridos cuentan? —indagué.

—¡Por supuesto que no!

—Entonces creo que no tengo nada que contar... Cuando me acuesto con alguien, quiero que se levante a mi lado: es una manía.

Tendrían que haber visto la cara de Marta.

El término «persona» procede del vocablo griego *prósopon*, «rostro». En efecto, la cara —el rostro— es la parte más espiritual del cuerpo humano, la que refleja con mayor claridad los sentimientos y el interior de una persona. Pues bien, lo que el rostro de Marta exponía aquella tarde gris era una mezcla de estupor y cariño. Me sujetó las manos y me dijo:

—Me hubiera gustado tener una madre como tú...

Me azoré muchísimo y salí como pude del apuro.

—Si me estás llamando vieja, tú y yo tendremos más que palabras.

—¡No, lo digo en serio! Si yo hubiera tenido a alguien que me hubiera prohibido algo, a alguien que hubiera reconducido alguna de mis tonterías, otro gallo hubiera cantado... Si hubiera tenido a alguien a mi lado, quizá todo hubiera resultado distinto. Pero no: ella sólo me dio unas pastillas y me aseguró con desprecio que si «venía con un problema» me mataría... Si alguna vez tengo un hijo, juro que no haré nada parecido. Me preocuparé de que sea feliz.

La acidez de su voz era extraordinaria. En las contadas ocasiones en que había mencionado a su madre, y siempre de soslayo, su expresión corporal había sido de encogimiento. Traté de centrarme en mis propias vivencias, para hacer regresar de ese pozo a mi amiga Marta.

—Tienes mucha razón: yo tuve una madre y una hermana mayor, es decir, horarios y límites. Entonces, me daba cien patadas; hoy, cuando echo la vista atrás, lo agradezco: a los quince (bueno, y a los dieciséis y de ahí hasta los cuarenta, poco más o menos) tenía una especial facilidad para encontrar agujeros en donde meter la pata. Siendo escorpio y gustándome el rojo, más vale que contara con quien me cinchara: mis probabilidades de fracaso eran de cien sobre uno...

A Marta los ojos se le velaron. Como digo, siempre he sabido que tuvo algún problema en su infancia, pero nunca me he atrevido a preguntarle por ello.

—Yo, por el contrario, le daba al gin-tonic. Había que acostarse con un tío, pues vale: lo hacía. Había que fumar porros, o dejarse tocar las tetas: pues vale, lo hacía... Lo idiota es que no me apetecía. ¡Yo sólo buscaba a un chico que me quisiera, que me sujetara suavemente la mano y me llevara a ver una puesta de sol! Quería un beso, un abrazo... no estaba preparada para aquello... —Calló un momento, y suspiró—: Pero los hombres buscan otras cosas... nos utilizan como si fuéramos cosas de usar y tirar. —Se detuvo unos instantes. Luego, continuó—: Nunca me besa, Reyes, salvo cuando quiere sexo, ¿me entiendes? ¿Es que acaso no sabe lo que es el cariño...?

Me di perfecta cuenta de que, de su madeja mental, se había desprendido un hilo del presente. Marta no hablaba de aquel vendedor de seguros, calvo y seboso, al que había besado borracha y por obligación. Marta no clamaba por el pasado perdido, sino por un presente que no terminaba de convencerla. Marta añoraba ser amada por primera vez, y ésa es una nostalgia distinta: ya no es dulce, ni suave, ni se parece a *Ghost.* Esa nostalgia no tiene cura tan rápida, ni tan fácil. Y me preocupé por ella. Mucho. Hasta aquel momento, Marta había sido vino y rosas, y *su* Fede, un tipo que le compraba regalos caros.

Pero algo no cuadraba.

Las personas somos como los edificios: de la fachada de piedra, tiesa y blanca, al interior hay, al menos, diez mil millones de kilómetros, dos galaxias y tres universos. Sin embargo, todos los edificios cuentan con alguna ventana iluminada que deja escapar parte del calor interior o el humo de las esperanzas calcinadas. Como edificio, Marta me había parecido una estructura moderna todo-cristal-todo-a-la-vista, pero estaba claro que no era así.

Hasta ese momento, nada en su comportamiento me había hecho pensar en que podría existir algún problema en su matrimonio: su vida parecía una verde pradera, donde ella era la oveja saltarina y Fede el pastor que la obsequiaba con suculentas golosinas.

Al parecer, me había equivocado. Otra vez.

Mientras ambas guardábamos silencio, recordé aquel primer beso, ése del que no puedo hablar, y di gracias a mi madre por ser madre, y salí del Ritz con ansias de llegar a casa y pedir perdón a mis hijos por todas las veces en que me dejé llevar por las modas del presente y olvidé que no existe un solo pegamento capaz de recomponer la inocencia perdida.

—Podríamos patentar un Wonderbra para hombres —sugirió Marta cuando ya estábamos en la puerta—. Se me escapó el original, pero quizá con éste...

—Mujer, ellos no tienen necesidad...

Se echó a reír.

—Yo estaba pensando en los toreros. Ya sabes...

—No, Marta, no sé ni quiero saber.

—Pues todo será que lo pongamos de moda. ¿Dónde está tu espíritu empresarial? Venga, haz unos números, ¿quieres? Déjame a mí lo del diseño.

Me eché a reír, pero sospecho que mi amiga hablaba en serio...

13

Casi perfecto

Cuando se sentía feliz, sacaba el móvil del bolso y encendía la grabadora.

Almacenaba las risas, como botes de mermelada, por si había escasez.

Y cuando el llanto picaba y a las almas les sonaban las tripas, regalaba calorías a granel.

Estaba resultando un día prodigioso. Mi última entrevista de la mañana, que partía con expectativas bajo cero, había concluido con un éxito tan contundente como inesperado y me encontraba feliz. Agotada pero feliz. Pasaban unos minutos de la una y la primera de las reuniones vespertinas comenzaba a las 15.15 horas. Tenía por delante dos largas y magníficas horas para almorzar y pasear. Lo excepcional se estaba convirtiendo en perfecto.

Hacía fresco en Madrid, pero, en consonancia con mi ánimo, lucía el sol. El barrio de Salamanca estaba en la quinta estación, la de las rebajas, y su reino de consumo se hallaba en plena ebullición. Aplaqué mi ánimo consumista con dos camisetas al 70 por ciento de descuento para dos de mis hijas, y me senté en la única mesa libre de la terraza más próxima, justo bajo una de las *setas calefacción* que permitían obviar que estábamos en febrero. Pedí una ensalada de tomate y ventresca y un refresco *light*, saqué el libro del bolso (siempre llevo, al menos, uno), respiré hondo y, aislada del mundo, me dispuse a leer *Humanizing the Firm*, un libro que me había regalado mi amigo Josep Maria Rosanas. Estaba en la gloria: sosiego en vena; optimismo radical.

En la mesa de mi derecha hablaban en inglés, aunque cuatro

de las cinco sillas estaban ocupadas por jóvenes españoles. Por lo que decían (muchísimo más de lo que debían), gestionaban algunos fondos de inversión... En la mesa de mi izquierda había una pareja de argentinos. Él andaría por los sesenta y cinco bien llevados; ella, por los cuarenta, también con honor, pero con mucho menos *sex appeal*.

No tardé mucho en decidirme. «Rusa», recité para mis adentros, mientras adoptaba pose de extranjera de esa nacionalidad. Me encanta ese pasatiempo estúpido. Con Marta lo juego a menudo. Hablamos en un idioma inventado y pedimos el té al camarero con acentos marcados. Una bobería, barata y divertida, que puedo hacer en Madrid pero no en Pamplona, a riesgo de verme al día siguiente en el *Diario de Navarra*, que viene a ser algo así como el *Boletín Oficial* de la provincia. ¿Acaso hacemos daño a alguien?

Estaba pensando en ello y sacando de mi pequeño bolso mis enormes gafas de sol cuando al vecino argentino le sonó el móvil y mi día casi, casi, rozó la perfección.

«¡Por todos los santos; cuando le cuente esto a Marta no va a creerme!» Pensé en sacar el móvil y grabarlo, pero obviamente no lo hice: simplemente, resultaba impropio.

Cuando mis hijos eran pequeños, como alternativa a los habituales gritos y reprimendas, escribí una colección de pequeños relatos sobre los valores esenciales: decir la verdad, obedecer, no reñir... y se los contaba de cuando en cuando, para reforzar la enseñanza. Recuerdo uno, protagonizado por una gallina presumida, a quien su curiosidad conducía hasta las mismísimas garras del avispado zorro. Debería habérmelo aplicado, pero ¡estaban tan cerca y la conversación resultaba tan insinuante!, que caí.

«Insinuante» significa «dar a entender algo sin decirlo completamente; dejar entrever, provocar la curiosidad...». Les aseguro que lo que entreví era fascinante y provocó la mía.

Juzguen ustedes mismos.

La persona que llamaba (una mujer de nombre Cristina) informaba a mi talludito vecino argentino de que su mamá acababa de fallecer y le preguntaba cómo quería que procediera. Quizá la muerte era esperada, quizá no era un buen hijo, no me atrevo a juzgarlo, pero les puedo decir que el tipo ni se inmutó y la conversación que siguió resultó de lo más curiosa, dadas las circunstancias. Prometiéndole que ingresaría de inmediato dinero en la cuenta de *su mamá* para sufragar los gastos, el hombre pidió a la tal Cristina que se acercara a una funeraria, que ordenara recoger discretamente el cuerpo a última hora de la tarde y lo incineraran cuanto antes. En cuanto el procedimiento concluyera, debía dejar las cenizas en la mesita del salón, junto a las fotografías, y no contárselo a nadie. Para que la casa pareciera inalterable, le ordenó que, durante los dos meses siguientes, limpiara la entrada, subiera las persianas y comprara diariamente el pan...

—Cristina, debe usted saber que sé ser generoso con las personas leales. Muy generoso. Además de lo dicho, sin prisa, discretamente, en el horario de siempre, va usted buscando las joyitas que mi mamá tenía, y los dólares. Dólares, desde luego, había, pero estarán escondidos: ella siempre lo escondía todo. También encontrará pulseras y varios anillos. Le gustaban los anillos. Recopile todo eso y guárdelo hasta que yo vaya por allí, que no será de inmediato. Pero, antes que nada, necesito que me haga un favor... Es un asunto sencillo, pero importante, escúcheme bien: al abrir la mesilla de mi mamá tropezará con una caja de alfajores Havanna, una caja de lata, antigua. Ábrala. Encontrará muchos papeles, no se preocupe por ellos. Sólo interesa que me localice una partida de matrimonio expedida en Buenos Aires a nombre de A y B. Vaya a la cocina, encienda el fuego y quémela. Que no quede ni resto... Y recuerde que será usted generosamente compensada.

Di un bote tal que ni las gafas de sol ni mi pose de matrioska rusa lograron ocultarme. El hombre me dirigió una mirada extraña y yo, para disimular, levanté la mano y pedí al camarero otra Coca Zero. Intenté sosegar mi respiración, pero no lo conseguí. ¡Era magnífico! Mi mente chorreaba preguntas. ¿Por qué querría quemar esa partida de matrimonio? ¿Quiénes eran los contrayentes? ¿Sería suya y de su exmujer (era evidente que quien lo acompañaba no era la original)? ¿O era por una cuestión de herencias? ¿Y por qué no quería que nadie se enterase del fallecimiento?

Me estaba relamiendo imaginando el discurrir de la historia

cuando decidieron pagar la cuenta y marcharse. Me quedé con las ganas de conocer el final. «Servirá para algún argumento», me dije y volví a la Coca y al libro.

Al fin y al cabo, seguía siendo un día casi perfecto...

Sin embargo, no todos los fantasmas habían sido exorcizados. Aquella gran avenida de neón y alegría no conducía a todos hacia la realización de sus mejores sueños.

14

Islas de vacío, pobres con corbata

Él sacaba conejos blancos de la chistera y pequeñas monedas de cobre de las orejas de los niños.

Lo hacía por divertirse, por eso se extrañó cuando lo visitó el ministro de Economía y le aseguró que su país lo necesitaba.

A las tres menos cuarto, la gente que me rodeaba fue levantándose y abandonando el lugar, supongo que para volver a sus sesudas ocupaciones en los grandes despachos y consultoras de la zona. Yo me quedé donde estaba: en la página ciento doce y siguiendo. Estaba allí sentada, disfrutando del café, cuando se acercó a la improvisada terraza un hombre. Era un tipo de mediana edad, calculo que unos cuarenta y tantos. Pese a que iba algo desaliñado y no demasiado limpio (se le notaba especialmente en los zapatos, impregnados de polvillo blanco), vestía ropa del barrio: incluso su jersey lucía el pequeño logo de tres colores de una conocida marca. Portaba una pequeña bolsa de plástico en la mano, una de esas transparentes que se utilizan para congelar alimentos, en la que fue introduciendo cuidadosamente toda la comida que los comensales de las mesas contiguas habían abandonado en sus platos: no dejó ningún alimento que pudiera ser de utilidad, pero no tocó las propinas, que permanecieron inconmovibles sobre las mesas. Cuando se acercó a mi posición, nuestras miradas se cruzaron durante un instante: el hombre me sonrió. La suya era una sonrisa cómplice, ni orgullosa ni servil, como si me dijera: «Tengo un motivo para hacer esto, aunque preferiría no hacerlo.»

—¿Te lo vas a comer? —me preguntó. Tenía una voz melodiosa, pura, sin mezcla de animosidad o irritación. Su dedo señalaba el bollito de pan, que yo no había tocado y que seguía sobre la mesa.

—¡No, por supuesto! —le dije, y yo misma se lo entregué.

Me dio las gracias, lo guardó con el resto de los alimentos y se marchó.

La escena, de una extraordinaria simplicidad, me dejó sin habla, paralizada. Enseguida me vino a la cabeza que debería haberle invitado a almorzar o hablado con él; quizá podría haberle preguntado si necesitaba ayuda, no sé, si podía serle de alguna utilidad... pero no fui lo suficientemente rápida. Cuando se marchó, me quedé allí sentada, como una boba, con el libro abierto por la página ciento veintitrés y la mente en otro lugar. Finalmente, la vista se me fue a la bolsa de plástico que había depositado en la silla contigua, y que contenía las dos camisetas de rebajas que acababa de comprar, y que me habían parecido no una ganga, sino todo un negocio, y me sentí fatal. Fue como una repentina indigestión...

Sé que lo que acabo de narrar, real como la vida misma, no es más que un detalle, un pequeño sucedido, un dato minúsculo en un mar de datos, pero, por lo inesperado y lo ignoto en aquel contexto, me dejó sin sangre en las venas. Creo no exagerar si digo que me causó un disgusto mayor que una mala crítica en *El País*. Como explicaba con acierto el guionista de *Hitch*, por boca de Will Smith: «La vida no se mide por las veces que respiras, sino por los momentos que te dejan sin aliento.» Ésta fue una de esas veces. Aquel tipo no pedía polos de Lacoste ni camisetas de Prada: pedía el pan que había sobrado porque tenía hambre. Era un pobre del barrio de Salamanca, un pobre con buena pinta, un tipo normal; un poco rollizo, incluso...

Cuando pensamos en un pobre, la imagen que se nos viene a la mente es la de esos indigentes a los que la madre Teresa de Calcuta atendía en los suburbios de la India; pordioseros con hambre y con sida, que buscan textualmente un sitio donde caerse muertos; refugiados hacinados en tiendas improvisadas para los que un vaso de agua potable resulta un placer inalcanzable; niños con moscas rondándoles las pestañas... En España, gracias al cielo, menesterosos de ese tipo no tenemos, pero pobres desde luego sí. Pobres hay incluso en el barrio de Salamanca.

Investigando sobre el tema, he encontrado un blog que hace un listado de los mejores comedores gratuitos de la zona, adjuntando la línea de metro más próxima, los turnos y las condiciones que los distintos lugares imponen para acceder al servicio. «Pero ¿es que los pobres tienen wifi y ordenador?», se preguntará alguno. Bueno, aparte de que hay wifi gratuito en muchas zonas, vuelvo a insistir en que la crisis nos ha caído tan de repente encima, que hay pobres de solemnidad con piso en propiedad, que no consiguen vender ni alquilar, y están pasando hambre y frío porque les han cortado la luz y el supermercado no les fía.

Mi día perfecto ya no iba a ser tan perfecto, empezaba a llover. Y no se trataba de una lluvia fina, un chirimiri[4] como el que suele caer en mi adorado pueblo de Orio, cerca de San Sebastián, muchos días que vamos allí a bañarnos o a pescar en invierno: olía a tormenta. Y eso que aún no sabía que me aguardaba una galerna... Estaba intentando digerir la mirada de ese hombre anónimo, al que, por carecer de rapidez de reacción, había dejado marchar sin prestar la debida atención, cuando me sonó el móvil: me llamaban de casa, una de mis hijas.

No la dejé hablar: como siempre (es una costumbre), formulé la pregunta que suelo hacer cuando me llaman:

—¿Sangra?

Porque, cuando estoy trabajando, mis hijos sólo me interrumpen si ocurre algo serio. Saben que, en ese momento, salgo zumbando. Dejaría al presidente del Gobierno, al del Banco Central Europeo o hasta al mismo Papa con la palabra en la boca con tal de estar en casa cuando alguno de los míos me necesita. Por eso, sólo me llaman con desastres mayores, del tipo «niño en urgencias con brecha de tamaño indefinido en la frente», «rotura de rótula»; «fiebre de treinta y nueve grados con preaviso a papá»,

4. El término está aceptado por la Real Academia, en su sentido de «llovizna» o «calabobos». Pero lo bonito de esta palabra (que procede del euskera guipuzcoano, *txirri-txirri*, y del vizcaíno, *ziri-miri*) es cómo suena: parece mojarte al pronunciarla. A mí, me huele a mar.

«aparición de la Policía en casa en busca de los sinvergüenzas que han provocado el caos en la avenida principal», «crisis sentimental honda por abandono de novio/a» o cosas por el estilo.[5] En cuanto recibo un aviso, calibro los hechos del mismo modo que lo haría con una empresa. No es lo mismo que hayan caído las ventas del último trimestre que estar en concurso de acreedores. En los libros de una empresa, lo primero que miro es si pierde dinero; en la llamada de mis hijos, lo primero que pregunto es si sangran. Sin sangre ni hospital a la vista, la cosa pinta mejor: hay tiempo de reacción.

5. No sé si alguno de mis lectores tiene algún hijo digamos... creativo; de esos que ponen cubos de agua sobre las puertas y luego suplican a la asistenta que venga a toda prisa; de esos que taponan los grifos con papel higiénico endurecido para que el agua desborde y hacen bombas fétidas caseras (se pueden imaginar con qué); de esos que meten bichos en los bolsillos de sus hermanas y los dedos en los enchufes, para ver qué pasa; de esos que quitan los cartones de las latas, de todas, de modo que te pasas seis meses rezando para acertar con el bonito en escabeche. Yo, de ésos, he tenido cuatro. Cuatro angelitos... a cual más creativo. Ahora me río, pero les aseguro que, en alguna ocasión, los hubiera matado: no había señora de la limpieza que permaneciera en casa más de un telediario... Certifico que aquella vez, me refiero a la vez en que la Policía nos «invadió» con cara de enfado supino, ellos no tuvieron la culpa. Se trató de un simple descuido, que tuvo como resultado mantener la vía principal de tráfico de Pamplona cortada durante varias horas. La cosa fue más o menos así: mis hijos llevan la comida de casa. Como eran cuatro, la fiambrera era una olla, más o menos el tipo de ollas que, en aquellos momentos, empleaba la banda terrorista ETA para poner bombas. Aquel día, el autobús del colegio se retrasó y los niños se pusieron a jugar delante de la oficina bancaria donde estaba la parada. Y cuando llegó el bus, dejaron la fiambrera olvidada. Eran las 7.45 horas. Alguien vio una olla y llamó a la Policía. Los apellidos figuraban en la funda, pero eso no tranquilizó a los artificieros. Pamplona era territorio con plus de peligrosidad... En fin, que mis alubias blancas (una de mis especialidades) terminaron volando por la calle, mis hijos tuvieron que comer en el comedor del colegio y, a mí, la señora que trabajaba en casa me llamó asustadísima porque unos señores que decían ser policías habían entrado en casa como una tromba sin pedir permiso. Fuimos portada del diario del día siguiente: gracias a Dios, no repitieron los apellidos de «esos gamberros».

Aquel día no sangraban. Era otra cosa.

Mi hija me explicó que había una *señora muy pesada* que tenía mucho interés en hablar conmigo; había telefoneado varias veces e insistido hasta finalmente dejar su número de móvil. Me dijo el nombre y me pidió que la telefoneara con el fin de que dejara de llamar a casa: mi pobre hija tenía examen de física y tanto ajetreo no le permitía concentrarse. Reconocí el nombre de la *señora* (para las chicas de quince años, todo lo que pase de veinticinco es una *señora*) nada más escucharlo: pertenecía a una antigua secretaria, con la que había colaborado en uno de mis antiguos trabajos. Remamos juntas ese barco algunos años; luego, ella cambió de ciudad y le perdí la pista. No tenía idea de por qué quería hablar conmigo, pero la llamé de inmediato.

—¡Qué alegría saber de ti! ¿Cómo estás? ¿Qué tal Pepe y los niños?

La pobre no pudo contener las lágrimas mientras me explicaba que estaba embarazada de su tercer niño, pero que José María, a quien todos conocemos como Pepe, estaba ingresado en un hospital público de Madrid aquejado de neumonía...

Bueno, me dije, una neumonía es una patología seria, pero no para un hombre joven, sin antecedentes pulmonares: una tanda de antibióticos y problema resuelto. En suma, que no me pareció lógico que llorara de esa manera, aunque a una mujer embarazada hay que darle algún margen para explayarse: las hormonas pueden hacer más de una tontería. En todo caso, al escuchar neumonía, pensé que con quien querría hablar sería con mi marido, médico, y le ofrecí telefonearla por la noche, cuando regresara a Pamplona. Pero no: ella no quería hablar de la fisiopatología del neumococo, cuanto de la extraña correlación entre esa enfermedad pulmonar y su aciaga vida.

Dejé que llorara cuanto quisiera (cuatro minutos para ser exacta). Luego, ya más serena, me explicó lo que ocurría. Intentaré ir al grano para no aburrirles. Pepe había llegado una tarde a su casa con mucha fiebre. Su mujer lo llevó al servicio de Urgencias. El médico les aseguró que tenía una neumonía «de caballo» (ésa fue su expresión) y regañó a Pepe por no haber acudido ante los primeros síntomas. Con toda su buena intención, lo sermoneó con el argumento de que un padre de dos niños pequeños, con su mujer en avanzado estado de gestación, debería ser más responsable y preocuparse por su salud. Fue en ese momento cuando el pobre hombre se vino abajo y confesó a su mujer que lo habían despedido de su trabajo ocho meses antes.

Pepe es ingeniero industrial, al parecer de los buenos, pero los títulos, las habilidades y las competencias no te aseguran acumular valor para coger un toro como ése por los cuernos: seguro de encontrar otro empleo en poco tiempo, decidió no darle un disgusto a su mujer embarazada y se lo calló. Cada mañana, como era costumbre, salía de casa a las 6.45 para regresar a eso de las 19.00 horas, tras pasarse el día en el parque del Retiro. Tenía miedo de que, en otro sitio, su mujer o alguno de sus amigos lo pillaran holgando. «¡Serán unas semanas! —se dijo—. Tengo ahorros suficientes.» Cuando del jamón de la despensa sólo quedaban los huesos y había llamado a todas las puertas sin conseguir nada, comenzó a desesperarse: era ingeniero, desde luego, y el kilo de ingeniero se cotiza bien en la capital, pero tenía treinta y nueve años, una edad elevada para que nadie le ofreciera un salario de primer empleo. Fue un noviembre duro; diciembre, fue peor. En enero tenía ya el frío metido en los huesos y en febrero una neumonía «de caballo».

Por descontado que la historia de Pepe, real como los noticieros, como la del pobre del barrio de Salamanca, no es comparable con la situación de la India, o de esos tres mil millones de seres humanos que sobreviven con menos de dos dólares al día, de las personas que nunca han leído ni leerán un libro o enviarán un *e-mail.* Evidentemente, la historia de Pepe o del tipo que recolecta comida sobrante no es confrontable con la de Aman, Abdul, Yanir, Teresita, Denali, Entekele y tantos otros que morirán antes de cumplir los veinte sin haber montado en avión, entrado en un restaurante o visto un grifo del que mana agua corriente. Por descontado que ser medio pobre en un país rico sale mucho más a cuenta que serlo en un país donde el umbral de pobreza te cerca. Pero, a su modo, un pobre es un pobre.

Los nuestros van calzados y acceden a los hospitales cuando están aquejados de neumonía. No visten a la moda, pero sí decentemente; alguno incluso tiene un piso alquilado. Pero, y no quito una letra, son pobres de solemnidad. Pobre es el que carece de lo necesario; sin embargo, en Europa, necesidad imperiosa es tanto comer como tener un trabajo que te permita comprar el pan que pones en la mesa para alimentar a tu familia. Nuestros pobres malcomen gracias a los bancos de alimentos, Cáritas y un largo etcétera, pero no pueden pagarse la comida. Ése es el problema: que hemos diseñado una sociedad bonita y eficiente, una sociedad que incluso se permite el lujo de despilfarrar, a la que le sobran algunos millones de personas. De no ser por esos milloncejos de seres humanos inútiles, todo sería perfecto.

Pero están ahí (estamos ahí, porque podríamos ser cualquiera de nosotros). Son esos millones a los que la lógica de nuestro sistema productivo excluye sin siquiera mirarlos. Cientos de personas (la *infraclase* de la que hablaba Gunnar Myrdal ya en 1963) que, de pronto, se han convertido en superfluas. Las mantenemos a base de prestaciones y desempleo, pero simplemente son stock obsoleto e inservible.

No son proxenetas, ni drogadictos, ni ladrones, ni prostitutas, pero se funden y se confunden con ellos. No son amenazadores, ni siquiera desagradables. No producen miedo, sólo desconcierto, hasta que, como verdaderos pobres, se tornan invisibles. Como Pepe, rondando los cuarenta... o Pedro, menor de veinte, sin experiencia previa... O María, que estudió Magisterio y conoce tres idiomas, lo suficiente para poder emigrar y refugiarse en otro país.

Lo expresa muy bien Kant cuando dice que el hombre no tiene valor, sino *dignidad*: algo inconmensurable, sublime; sagrado, me atrevería a decir, que hay que respetar de modo incondicional...

No es lo mismo cobrar el paro que contar con un trabajo. Me consta que hay gente a quien le gusta vivir del Estado; es más, hay gente que disfruta abusando del Estado y de sus conciudadanos (no quito una letra) y que luego complementan «esa miseria» con alguna chapucilla y la pensión del abuelo. Pero también sé que hay muchos —muchísimos— para quienes cobrar ese subsidio resulta una indignidad porque lo que quieren es ganarse su sustento y el de sus hijos, y salir de casa sin cogerse neumonías en el parque del Retiro... Hay muchos Pepes hambrientos de dignidad tirados en la cuneta. Mi problema como economista no es ser partidaria de John Maynard Keynes, Paul Krugman o Friedrich von Hayek. Mi problema es esta sociedad y su nefasto diseño: ¡hay tanto talento en las letrinas, tantas joyas flotando en la basura! Si cada pyme contratara a un solo trabajador, desaparecía el paro de un plumazo. ¿Por qué entonces seguimos con políticas propias de multinacional?

De momento, Pepe ha salido del hospital y ha vuelto a salir de casa a las 6.45, esta vez hacia un destino cálido.

—Sólo me pagan mil euros, Reyes, pero tengo que llevar corbata: ¡nunca pensé que una simple corbata fuera tan importante para mí! —me comentó entre tristón y emocionado.

Yo me alegro por él, pero me quedo triste. Se nos aplica, creo, el dicho de Confucio: «En un país bien gobernado, la pobreza es algo de lo que avergonzarse. En un país mal gobernado, la riqueza es algo de lo que avergonzarse.»

15

Sopa de rebajas

El *barman* le sirvió el cuarto whisky, dejó a su lado la abultada cuenta, y siguió sacando lustre a los vasos redondos.

Su trabajo no consistía en meterse en la vida de los demás. Sin embargo, al percibir la amargura en la cara de aquel hombre, se sintió en la obligación de aconsejarle que se fuera a casa.

Como si aquellas palabras hubieran apretado un resorte secreto, el tipo levantó la mirada. Le brillaban los ojos cuando le espetó:

—Estás despedido. Soy el dueño del hotel y no quiero empleados melindrosos que me hagan perder dinero.

Resolví lo mejor que pude las dos reuniones que figuraban en la agenda de la tarde, y salí a toda prisa hacia el Ritz. Me sentía especialmente sola, necesitada de alguien con quien hablar. Estaba deseando ver a Marta para contarle la historia de Pepe y del mendigo anónimo (el argentino y la partida de matrimonio habían descendido a segunda división), pero mi amiga no apareció. Pasaron diez largos minutos; luego, unos cuantos más... Cuando el retraso alcanzaba los treinta, sopesé marcharme: era demasiado, incluso para ella. Aunque es de las que hará esperar a la propia muerte, sabe que, tras nuestro café, voy directa al aeropuerto: Iberia puede hacerte esperar a ti, pero no te espera nunca.

El estirado y amanerado camarero de acento peruano se había acercado en un par de ocasiones a ofrecerme sus servicios y las dos veces le había aconsejado con una sonrisa que fomentase la paciencia, que es una gran virtud. A la tercera, venció: pedí un café con leche desnatada.

Mordisqueando la pastita de té (¿por qué les pondrán tanto azúcar glas?, ¡te pones perdida!), trataba de cincharme la mente, que regresaba una y otra vez a los sucedidos del día. Por fin, con media hora larga de retraso, Marta se dignó en presentarse en el Ritz. Se envolvía en un vestido corto y muy ajustado, y un ancho y larguísimo visón de color miel. Sus piernas, delgadas y marrones, emergían de la tela beis para adentrarse en unas botas de tacones inmensos. A duras penas, se abrió paso entre las mesitas hasta llegar a mi lado: llevaba ambas manos ocupadas. Conté, lo menos, una docena de bolsas.

En cuanto la vi de esa guisa, frívola, rubia, estúpida, perfecta, empezó a hervirme la sangre y supe que la poca prudencia acumulada con los años no sería suficiente para hacerme salir con bien de aquella situación. Marta se desprendió de las pieles y de las bolsas con un mismo gesto entre indolente y descuidado, y se dejó caer en el sillón de la derecha. Verdaderamente, estaba magnífica. Por la teatralidad de su entrada, ella era plenamente consciente de que todos los caballeros del salón la habían seguido con la mirada. Pese a que le van sobrando años, y ya no hay forma de ocultarlos, Marta aún posee las medidas justas y todos los excesos debidos (creo que no es necesario detallar).

—¡Perdona! He ido de compras y me he entretenido. Empiezas y no puedes parar —se excusó. Encogió los hombros y me sonrió. Cuando sonríe, a Marta le nacen unos simpáticos hoyuelos en las mejillas, un gesto pícaro y al mismo tiempo inocente, que en aquel momento me sonó casi blasfemo.

Debí darme cuenta de que, tras el cuidado maquillaje había un mensaje, pero estaba tan furiosa con la vida, tan decepcionada con el barrio de Salamanca, con el mundo y conmigo misma que arremetí contra ella sin piedad.

—¡Por favor, Marta! ¿Acaso has dejado algo en las tiendas?

—No te preocupes: hay suficiente para todo el mundo.

—¿Celebráis algo especial, un cumpleaños o un aniversario? —pregunté, intentando calmarme.

Cruzó descuidadamente la pierna y apoyó ambas manos sobre la rodilla levantada.

—¡Pero qué mosca te ha picado hoy! ¿Acaso se necesita una razón para salir de compras?

—Yo diría que sí... y estamos a final de mes. Para muchos, esa fecha es la frontera que separa lo posible de lo imposible.

Me miró con cara de hastío y respondió con una acidez inusitada.

—Mira, yo no sé en qué día vivo, ni en qué mes: y me importa una mierda. Pero si te quedas más tranquila... te diré que tengo que acompañar a Fede a una cena de tiros largos: abrí el armario y no encontré nada que ponerme.

Clavé en ella los ojos. Mi mirada era dura. Ella tampoco sonreía como otras veces, con el gesto del niño pillado con el dedo dentro del bote de Nocilla. Su maquillaje parecía haber perdido el brillo. Tenía los ojos hinchados.

—¿Ocurre algo? ¿Todo va bien? —indagué a la desesperada.

—¿Por qué habría de ocurrir algo? ¡Espera, déjame que te enseñe lo que he comprado! Me he pasado por Loewe. Ese emblema es como un fetiche para mí. Te lo aseguro: es mágico.

—Como el chocolate —respondí a regañadientes...

Me señaló con el dedo.

—¡Justo, como el chocolate, pero muchísimo más caro!

No conseguí que se detuviera. Empezó a sacar cosas y más cosas de bolsas de colores neutros, hasta que le tocó el turno a una camisa de color beis. Era una bonita pieza de seda, con un cuello muy marcado, firmada por Carolina Herrera. La tenía repetida: lo sé porque ya se la había visto puesta, aunque ella no parecía recordarlo. Me vino a la mente la obra de Marcuse, *El hombre unidimensional*: mi amiga se me antojó el más fiel reflejo de esa «euforia dentro de la infelicidad». Fue la gota que colmó el vaso.

No dije nada, ni falta que hacía.

—¿Por qué me miras de ese modo? —me espetó, al darse cuenta—. De acuerdo, estás rarita. Pero no te preocupes: se te pasará cuando veas lo que voy a regalarte.

Cogió la mayor de las bolsas, de una conocida y prohibitiva

marca, y extrajo del interior dos sacos de tela idénticos. Abrió uno de ellos: era un bolso de color fresa. Me lo entregó.

—¡Es para ti! Yo me he comprado otro igual. Nos lo podemos poner juntas, a juego. Ahora se lleva: las niñas pequeñas y sus mamás con el mismo bañador; los chicos y el padre vestidos igual. Dos buenas amigas se merecen un buen bolso a juego...

—No puedo aceptarlo —declamé tajante, mientras estiraba los brazos para que quedara claro que se lo devolvía.

—¿Cómo que no puedes aceptarlo? ¡Es un regalo: lo pago yo!

—No.

—No lo entiendo, ¿por qué? Si prefieres otro color, podemos...

Sabía que no le iba a gustar, pero el sucedido de la terraza me estaba comiendo las entrañas y me apresuré a contárselo. Así entendería mejor mi negativa...

Soy una mujer vehemente. Cada vez que tomo la palabra parezco defender una causa por asesinato. Cada vez que actúo podría pensarse que he descubierto un tesoro escondido durante siglos. Sólo es eso, vehemencia, repiqueteo de campanas, boquilla con labia. Sin embargo, en aquel momento, mi carácter, lejos de ayudar, agravó el asunto.

De lo que ocurrió a partir de ese momento, no me siento orgullosa. Me consta que Marta tampoco. No me arrepiento de lo que hice, pero sí de las formas que empleé; del continente más que del contenido. Quiero decir que mi situación no es la del futbolista a quien las cámaras pillan propinando un codazo gratuito al contrario cuando éste acaba de pasar el balón, y se ve en la obligación de pedir perdón. Es más bien la del defensa que, al ver escaparse al delantero y notar que la portería está débilmente asistida, le siega la hierba bajo los pies y recibe una tarjeta amarilla como amonestación. Él y todos saben que sus excusas salen de una boca pequeña, porque, de haberse repetido la situación, volvería a actuar de la misma manera: buscando el bien mayor.

«A veces, lavándonos las manos nos ensuciamos la conciencia», dice un anónimo. La idea ha sido largamente repetida por mil y un autores a lo largo de la historia. Como los grandes males del mundo proceden de que la gente buena se blinda con educados silencios, y Marta era mi amiga, decidí hacérselo ver. Debería haber obrado con más tiento, pero como me hervían las entrañas no lo hice y, en mi relato sobre aquel pobre y aquella injusta neumonía, cargué las tintas de tal modo que dejé en evidencia lo inconveniente de su fiebre consumista.

Cuando concluí, Marta se cruzó de brazos. Sus mil pulseras entrechocaron emitiendo un ruido de campanillas. Su voz presentaba otro tono, gélido y arisco esta vez:

—Oye, ¿acaso te has propuesto amargarme la tarde? ¿Quién eres para decirme que compro como una posesa?

—Esa palabra no ha salido de mi boca...

—¿Y qué más dan las palabras? Es lo que has querido decir.

—Lo que he querido decir es que esa camisa beis, que cuesta cerca de quinientos euros, la tienes repetida, y ni siquiera te acuerdas. ¿Te parece normal?

Marta se puso en pie. Su cara estaba roja de rabia y, ofendida, me recriminó que me atreviera a juzgarla. Sus frases destempladas, en un tono tal que todos los clientes del Ritz dejaron lo que estaban haciendo y se sumaron al espectáculo, terminaron con un clásico «ocúpate de tus asuntos» y algunas lindezas de ese tipo.

Comparativamente, yo estuve más comedida, pero confieso que no estuve tampoco callada.

No es frecuente que las mujeres lleguemos a las manos, o nos tiremos de los pelos unas a otras. No suele haber puñetazos, escupitajos o llaves de yudo, pero el filo de nuestras lenguas sacaría cuerpo y medio a cualquier espada samurái... La última frase que escuché, antes de abandonar el Ritz, fue algo así como «no te molestes en volver por aquí: no voy a perder más tiempo contigo ni con el estúpido libro que estás escribiendo»...

Les ahorro los detalles desagradables. Les diré, eso sí, que salí de allí como alma que lleva el diablo. En mi marcha, me choqué con el cargante camarero y el contenido de mi bolso acabó desparramado por la alfombra. Recogí con toda la celeridad que pude mis cosas, pagué la cuenta (por no decir el robo) y abandoné el lugar. Esa tarde, extravié la barra de labios, una preciosa, de Chanel. Pero perdí mucho más que eso: perdí, ambas perdimos, los papeles y, con ellos, una bonita amistad... Tomé un taxi y me fui al aeropuerto. Iba destemplada, triste, enfadada con Marta y conmigo misma.

Al llegar, la T4 lucía magnífica, como siempre: entré en Zara y devolví las dos camisetas. No me preguntaron por qué lo hacía. No me ofrecieron otra talla u otro modelo: ni siquiera me miraron. No hicieron nada: no era más que otra transacción, una entre millones. Hoy el consumo es como la bulimia: puedes ponerte morada y luego vomitarlo todo, sin que a nadie le preocupe lo más mínimo.

Cuando abandoné el establecimiento, envié un mensaje a mis hijos: «Mi avión sale a tiempo. Llego pronto a cenar.»

Gracias al cielo, el asiento contiguo al mío estaba vacío. La azafata nos indicó en español y en otro idioma, próximo al inglés aunque bastante innovador, que debíamos apagar los teléfonos móviles. Iba a hacerlo, cuando entró un último *whatsapp*. Era de Marta. Se trataba de una única frase, pero, conociendo a mi amiga, resultaba demoledora. Insistía:

«¡No es de tu incumbencia, nadie te ha dado vela en este entierro! Pero mira, ya puestos, voy a juzgarte yo a ti: eres vulgar, mojigata, mala escritora y tienes las caderas de una vaca.»

Me pasé la noche en vela, rascándome el picor de conciencia (debía haberme contenido: al fin y al cabo, le saco unos cuantos años) y el escozor de la soberbia. Y pudo más esta última... No puedo decir con exactitud cuál de sus insultos me dolió más. Me debato entre la calidad de mi pluma y la anchura de mis caderas... En fin, el siguiente jueves señalado en rojo en el calendario, nuestro jueves, me encontraba en un avión cruzando el charco.

Durante aquel mes no había hecho intento alguno de ponerme en contacto con ella.

Ni ella conmigo.

16

Golpe de suerte

> Soñaba y soñaba, y cuando se despertaba, no podía dejar de preguntarse si lo que vivía era realidad o sueño.
>
> Como allá la besaban, dejó de trabajar y se aficionó a los somníferos.

Aquel jueves, a las 5.45 de la madrugada, un taxista taciturno me recogió en la puerta de casa y me acercó al aeropuerto. El automóvil, un Citroën viejo y fachoso, con una fotografía manoseada del Litri decorando el salpicadero, desprendía un desagradable olor a tabaco. Lo habían tratado de disimular con un ambientador de pino, dando lugar a un entorno nauseabundo que mis expertas fosas nasales de ex fumadora captaron de inmediato. Bajé un poco la ventanilla. El chófer ni se inmutó. También yo permanecí en silencio: mi alma seguía entre las sábanas.

El primer vuelo a Madrid es conocido en Pamplona como «el inhumano» y no sin razón: el embarque se cierra a las seis y diez, de modo que hay que levantarse cuando aún no han puesto las calles.

A las cinco, mientras aún manda la luna y las cafeteras no alientan, se está bien entre las sábanas. Cambiar ese placer para embutirte en el estrecho asiento de un avión lleno hasta la bandera nunca es agradable. No me quejo: si hay que hacerlo, se hace y punto. Pero, cuando el esfuerzo tiene como premio tres largas horas en la terminal del aeropuerto hasta empalmar con el siguiente vuelo, como era el caso, sabe a cuerno quemado. En fin, lo reconozco: estaba de pésimo humor.

Pedí un recibo al taxista. Cogió el librillo, lo rellenó manualmente y me lo entregó sin mentar palabra.

—Gracias, es usted muy amable. ¡Que pase un buen día! —le espeté con toda intención. La amabilidad es gratuita y bastante eficiente. No recibí respuesta.

Arrastrando un enorme estómago, el hombre descendió del vehículo, abrió el maletero, sacó mi equipaje y lo depositó sobre la acera cercana. Ya estaba enfilando la puerta de la terminal cuando, ¡oh, hados del destino!, las constelaciones se alinearon. El tipo, que finalmente no era mudo, cambiándose de lado el palillo varado en sus dientes, abrió la boca y me respondió:

—¡Agur, guapa!

¿Guapa? ¡Pero de dónde había salido el tío aquel! Empezábamos bien. Estaba claro que no iba a ser un buen día.

Y era raro.

Partía rumbo a Latinoamérica. El rector de una universidad de la región me había invitado a impartir la conferencia de clausura de su año académico, todo un honor que recibí con sumo agrado. Los viajes suelen ser eternos (en aquella ocasión, entre vuelos y escalas, invertiría diecinueve horas), pero me encantan. Viajar a Latinoamérica es como tomar una bocanada de aire fresco. Todos y cada uno de los países de ese continente que sonríe al sol son lugares bellísimos, únicos, especiales. Todo allí es al por mayor. Y no me refiero sólo a sus tasas de crecimiento, que nos vuelven locos a los del Viejo Continente, hablo de su vegetación exuberante, de su espléndida temperatura, de su comida picante, de sus contrastes, de sus ciudades y, por encima de cualquier otra cosa, de su gente. ¡Oh, su gente! Me siento como una princesa de cuento desde que me levanto hasta que me acuesto. Admito que para una feminista como yo, los hombres y las mujeres de la región latinoamericana se me antojan un tanto machistas, pero lo compensan con su extrema amabilidad, su creatividad y la sonrisa que siempre llevan pintada en la cara.

Viniendo de mi querida España, la divergencia hoy, desgraciadamente, se nota.

«Madrid es una ciudad de más de un millón de cadáveres (según las últimas estadísticas).» La frase la escribió Dámaso Alonso allá por el año 1944, una época bien distinta a la de nuestros días. Y, sin embargo, en algunos aspectos, logra captar la desilusión que tiñe el ánimo de muchos de mis compatriotas, cadáveres que ya no respiran porque han tirado la toalla, jóvenes que gimen, luz de luna fría... Yo no soy pesimista. Tengo para mí que nuestra máquina productiva, aunque renqueante, va poco a poco recuperando su funcionamiento. Estoy convencida de que saldremos de ésta antes de lo que pensamos; es más, que ya estamos empezando a desenterrar parte de ese cementerio. Aun así, al pisar México, Colombia, Perú, Ecuador o Chile (desgraciadamente, no puedo incluir Argentina) se respira una esperanza fresca, inocente; una confianza de la que aquí carecemos. Por eso me encanta viajar allá.

Y, sin embargo, me resistía a subir al avión...

Creo que ya he dado demasiadas vueltas. Debo decirles la verdad...

He dejado claro que estaba de un humor de perros. Pero las raíces de ese enojo no se localizaban en el madrugón, en la mala educación del taxista o en el descuadre de los vuelos, que me obligaban a una larga antesala. Estaba enfadada porque era jueves, jueves de Ritz, y no iba a acudir a mi cita. Hasta ese día, Marta y yo podíamos tener excusa: demasiado trabajo, líos varios, viajes... A partir de ese momento, todo cambiaría. Si eludía el encuentro, lo más probable es que nada volviera a ser como antes.

Y el antes me gustaba.

Permanecí algún tiempo en la entrada de la terminal, viendo cómo el tubo de escape del Citroën me regalaba un humo tan gris como su ocupante. Dilucidaba qué demonios debía hacer. Sin llegar a ninguna conclusión, a las seis y cinco se me acabó el recreo y entré en el edificio.

Los de siempre ya estaban allí, con sus caros maletines de ejecutivo y sus móviles pegados a la oreja. Invariablemente, me pregunto con quién podrán mantener tan largas conversaciones de madrugada. Sé que soy muy malpensada, y que se trata de meras especulaciones que nunca podré comprobar, pero los días que se me cruzan los cables llego a sospechar que se llaman entre ellos para mantener sus respectivas reputaciones. *¡Hombre al teléfono, hombre importante!*, parece ser la premisa. Yo, por el contrario, sostengo que un tipo importante no viaja en «el inhumano» y no habla por teléfono: dispone de los servicios de una secretaria particular.

—¡A ver si tenemos suerte y salimos a la hora! —comentó el caballero que me antecedía, un hombre mayor, no habitual, mientras descargaba el contenido de los bolsillos de su pantalón en una bandeja de plástico.

¿Suerte? ¡Odio esa dichosa palabreja! No me gusta apelar a la suerte. Esa lógica desconcertante que llamamos suerte, fortuna o estrella nunca me ha sido favorable: jamás me ha tocado nada; ni tan siquiera en las rifas del colegio de los niños, donde hay más regalos que boletos. Por descontado, podría haber sido peor. Soy una de esas personas a las que todo el mundo diría: «Mujer: tienes salud, un marido apañado, hijos majos, un trabajo apasionante... ¿No pretenderás, además, tener suerte?»

Pues, hombre, no estaría de más. Porque la suerte no es sortear males: enfermedades, pérdida del trabajo, o esa teja que se estrella contra el suelo y no contra tu cabeza, por poner algunos ejemplos. Suerte tiene la persona a la que le ocurren inesperadamente cosas buenas y extraordinarias, como tener un décimo del número premiado en la lotería. Tienes suerte si, rondando el veintitantos del mes, cuando andas haciendo cábalas y escogiendo qué factura tendrá que esperar, te encuentras abandonado en el suelo, esperándote, un billete de cien euros que te alegra la semana. Suerte es que se jubile tu jefe mucho antes de lo previsto y te ofrezcan ese trabajo tan interesante para el que nunca fuiste candidato y que, quizá por ello, sabe más a domingo. Suerte es que tomes un tren hacia cualquier sitio y a tu vera se siente un tipo interesantísimo, que resulta ser espía del Centro Nacional de Inteligencia, te reconoce como escritora y te invita a almorzar a esa extraña fundación donde se cuece en España toda la inteligencia militar... Eso es suerte, y yo, de eso, no tengo ni una *miajilla*, que diría un andaluz.

Bueno, debo reconocer que, en lo de toparme con gente especial algo de fortuna tengo: ahí está Martita...

De nuevo, Martita: una rubia tonta a la que sentía perder.

Hubo suerte y, pese a la neblina, el avión despegó con mi manuscrito (el primer borrador de este libro) y conmigo incrustados en el asiento 10D. Pretendía trabajarlo durante las largas horas de vuelo que tenía por delante, ya que, ingiera lo que ingiera, más allá de una siestecilla, me resulta difícil conciliar el sueño en los aviones y, como he dicho, sólo en el trayecto de ida invertiría (ésa es la palabra correcta, teniendo en cuenta que el tiempo es nuestro recurso más escaso) casi un día.

Mi enorme vecino de asiento, según rezaba su tarjeta de embarque, a la que eché un vistazo de reojo, se llamaba Vladimir y no era muy aficionado al jabón. A tenor de cómo sus chichas se expandían por mi asiento, tampoco lo era a las dietas o a los gimnasios. Definitivamente, no era mi día. Cerré los ojos, traté de respirar lo justo, y seguí pensando en mi dilema.

Tras el despegue, ya suspendida entre el cielo y la tierra (¡qué impresionante es volar!), llegaron esos dulces minutos de desconexión. Y mi subconsciente, sin saber por qué, mezcló a Marta con Gary Ridgway y a mi oloroso vecino con otro Vladimir, algo más flaco y bastante más interesante.

En cuanto bajé del avión, tenía claro qué debía hacer.

17

Amores fallidos

Cada beso que veía, cada risa que escuchaba, cada caricia que observaba, imprimían un nuevo dolor en su alma.

Si él no podía ser feliz, ¿por qué habrían de serlo los demás?

El razonamiento no tenía vuelta de hoja, por eso, empezó a matar.

Y cuando ya no quedó nadie, se quitó la vida.

Quienes conocían a Gary Ridgway, vecino de la tranquila ciudad de Auburn, en el estado de Washington, aseguraron que era un hombre callado y tímido, pero afable. Como empleado de la fábrica de camiones no había dado mucho de que hablar, de modo que sus compañeros se quedaron boquiabiertos cuando aquella tarde, al acabar la jornada, se chocaron con tres dotaciones de la Policía en la entrada lateral de la nave, junto al aparcamiento. La estupefacción llegó a su límite cuando aprehendieron a Ridgway, le colocaron las esposas y lo detuvieron como sospechoso de segar la vida de nada menos que cuarenta y una mujeres, en distintas capitales de Estados Unidos y de la vecina Canadá. La mayoría de ellas, aunque no todas, ejercían la prostitución. Tras recibir sus servicios, Ridgway las estrangulaba en la cabina de su camión y luego se deshacía, con mayor o menor cuidado, de los cadáveres.

El camionero confesó enseguida la autoría de esos crímenes y, sorprendentemente, de unos cuantos más, hasta alcanzar la cifra de setenta y uno. Recordaba vagamente alguno más, un número que elevaba el montante total a casi cien, pero no pudo precisar los detalles. Tampoco fue capaz de concretar dónde había ocultado aquellos cuerpos.

—He matado a tantas mujeres que me resulta difícil recordarlas a todas —señaló, y con esa frase dio por concluida su confesión.

Conocido como el Asesino del Río Verde por el lugar donde aparecieron los cinco primeros cadáveres, Ridgway es uno de los especímenes criminales más prolíficos de Estados Unidos y su detención concluyó una de las más prolongadas investigaciones de la historia policial de aquel país. Los agentes fueron pacientes y tenaces, pero de no haber sido por las nuevas técnicas de identificación por ADN es muy posible que no hubieran logrado probar que había sido él. Se necesitaron veinte largos años y miles de pesquisas para que el tribunal finalmente escuchase su fría e impía autoinculpación. Gracias a ella, y a la promesa de ayudar a las autoridades a localizar los cuerpos de las restantes víctimas, conocidas o desconocidas, se le conmutó la pena de muerte por la de cadena perpetua sin fianza.

Si a alguno le extraña lo que acabo de afirmar, debe saber que las leyes norteamericanas permiten ese tipo de pactos, en la medida que suponen un enorme ahorro para el erario público, tanto por la cantidad de medios, materiales y humanos, que deben emplearse en las localizaciones de los cuerpos, como por los millones de dólares que han de invertirse en la celebración de los necesarios juicios con jurado.

En su inmensa mayoría, los familiares de aquel centenar de víctimas, que deseaban por encima de todo ver cómo las insolentes neuronas del camionero se freían en la silla eléctrica, se mostraron en total desacuerdo con ese pacto, y se opusieron a su firma con indignación y gritos de rabia en las mismas puertas de los juzgados. Alegaban que el perdón y la clemencia resultaban no tanto imposibles cuanto impropios, al no concurrir determinados supuestos previos.

Para empezar, los crímenes de Ridgway eran, a todas luces, monstruosos, tanto en lo relativo al número, abultadísimo incluso para un asesino en serie, como a los abusos previos a los que sometía a sus víctimas. Por otro lado, había quedado probado que el camionero era un tipo metódico y calculador que, como un depredador, salía a la caza de víctimas desvalidas y desarraigadas socialmente porque sabía que nadie denunciaría su desaparición en los días siguientes, lo que le dejaba margen para una cómoda huida. Ahí entraban las prostitutas, pero no hacía ascos a las menores de edad que habían huido de sus casas algunos meses atrás y cuyas familias habían perdido la esperanza de encontrar en un corto lapsus de tiempo. Por si esto fuera poco, el asesino jamás había mostrado arrepentimiento por sus acciones y tampoco había pedido perdón, en forma alguna, por el dolor causado. De hecho, durante las vistas, mientras escuchaba las declaraciones de labios de sus madres, padres o hermanos, se mantuvo entero, inconmovible, imperturbable; podría decirse que aburrido.

¿Sin signos de arrepentimiento, mediando materia tan grave y asegurando los forenses que era plenamente capaz de distinguir entre el bien y el mal, era posible que el Estado mostrara compasión? ¿Podía la sociedad manifestarse clemente ante un ser de esa calaña? Los familiares de las mujeres asesinadas estaban seguros de que no. Sus protestas, sin embargo, no lograron su propósito: el asesino evitó la silla eléctrica. Aunque no se puede decir que hubiera un total consenso.

Y quien disentía no era, precisamente, el fiscal.

Hubo una persona, un hombre de nombre Robert Rule, padre de Linda, una de las víctimas que contaba dieciséis años cuando Ridgway la mató, que no participó en las manifestaciones ni lloró rabioso por perderse el espectáculo de ver morir al asesino de su hija, apenas una niña. De hecho, durante ese juicio, sorprendió a todos los asistentes comportándose de un modo peculiar. Cuando le correspondió subir al estrado para ofrecer su testimonio, miró al asesino directamente a los ojos y le dijo:

—Míster Ridgway: hay mucha gente aquí que le odia, yo no soy uno de ellos. Y perdono todo lo que usted ha hecho... Dios dice que perdonemos, pero no a ciertas personas, a todas. Por tanto, usted está perdonado.

Al escuchar esas palabras, el frío y calculador asesino pareció despertar del sueño interior en el que se encontraba desde que comenzó el proceso y, por primera y única vez, levantó la vista, miró al estrado, se emocionó y dejó escapar una lágrima.

Una única lágrima.

You are forgiven, sir.

Ésa fue la frase que yo tenía enganchada en la mente cuando descendí del avión que me había acercado desde Pamplona a Madrid, ésa y la imagen de Marta en nuestra fatídica reunión del Ritz, con una camisa repetida en la mano y una Visa Oro ordeñada como una vaca en un campo de refugiados.

Muchos de ustedes estarán pensando (no crean que yo no lo hice) que situar en la misma argumentación a mi rubia amiga y a un asesino en serie norteamericano es una auténtica canallada: ¡lo mío con Marta había sido una estupidez, una salida de tono sin importancia!

No puedo explicar por qué tortuosos senderos mi subconsciente unió de aquella torpe manera esas piezas tan distintas. Es lo que tiene la mente humana, que no siempre la gobernamos a nuestro antojo. Sin duda, me había perdido mi veta criminalística; quizá sólo fue el nombre de Vladimir. No mi grueso y poco aseado vecino, sino otro Vladimir cuyos textos había leído no hacía mucho.

Sea como fuere, eso fue lo que ocurrió. Y el resultado fue positivo, al menos para mí. Recordar aquel tema de extrema gravedad me ayudó a calibrar mi pequeñísimo dilema; me permitió aclarar las ideas y tasar la estúpida forma en que, a veces, vivimos la vida.

Según certifican los estudiosos, las estadísticas y creo que la experiencia de la mayoría de nosotros, son precisamente los asuntos menores, los detalles sin importancia, las tonterías más tontas, y no las grandes cuestiones, los que minan las relaciones entre las personas y terminan, desgraciadamente, gobernando nuestra historia. La disputa por la sortija de oro de una madre (de exiguo valor o, en todo caso, relativo) puede hacer que sus hijas estén años sin hablarse: hubiera sido mejor que la enterrasen enjoyada. Una conversación desafortunada, con algún ajuste verbal de cuentas, por sucedidos pasados que no van a ninguna parte, puede romper un negocio exitoso y, lo que es peor, una profunda amistad. Un hijo puede pasarse décadas odiando a su padre por algo que éste dijo o hizo durante su infancia, sin pararse a pensar que su progenitor no sólo no lo recuerda, sino que, muy probablemente, se expresó con una intención muy distinta a la que él interpretó.

18

Bromas pesadas

Si me quisieras bien, paloma mía, notarías cuánto tus píos se parecen a los míos.

Si bien me quisieras, paloma del alma, descubrirías que cagamos en la misma rama.

Si de veras me amaras, paloma pesada, dejarías de solfearme en días de fútbol.

He visto muchas veces, quizá demasiadas (suelo encelarme con lo que me impacta), el vídeo que recoge el momento en el que Rule se dirige, de modo tan inusual, al asesino de su hija. Todo en esa escena resulta inusitado, desacostumbrado, casi asombroso, pero desde el primer momento captaron poderosamente mi atención dos aspectos: el primero, la actitud del padre, pacíficamente esforzada; el segundo, su logrado razonamiento.

«*You are forgiven, sir.* En este juicio, hemos escuchado todas las cosas horribles que ha hecho; el nombre de tantas jóvenes a las que ha segado la vida. Nada justifica arrancar una vida, tampoco la suya. Por eso, de todo corazón, *you are forgiven, sir.*»

El padre de la pequeña Linda no picaba en hueso, como tantos psiquiatras o como tantos de nosotros, padres, que no caemos en la cuenta de que no hay perdón sin algo que perdonar y buscamos excusas para comportamientos injustificables hasta debajo de las piedras.

A ver si les suena algo de esto.

«¡Compréndalo usted, agente, es que había bebido! Pero ella no es así: en circunstancias normales jamás la hubiera emprendido contra las lunas de esos escaparates. No se preocupe: su padre y yo pagaremos los daños que haya causado. No es más que una niña.»

«¡Le ha dejado la novia, es lógico que suspenda tres! ¿Acaso no tiene usted corazón? No puede estropearle la vida de esa manera: no va a repetir, ¿me oye? Además, ¿quién es usted, estúpido profesor, para reñir a mi hijo? ¡Aquí el único que levanta la voz soy yo!»

«¡Es la edad: hay que disculparlo! Para nosotros es pornografía infantil, para él no es más que un juego. Son dieciséis años. ¿Qué quiere? ¡Tiene las hormonas en pie de guerra!»

«¡Es la pandilla: se volvieron rebeldes! Además, hay que reconocer que el chico al que pegaron era un poco rarillo. Lo de colgar el vídeo en internet... bueno, es lo que hace la juventud... No es para tanto.»

«Siempre tuvo envidia de su hermana; quizá robar ese bolso fue un modo de llamar nuestra atención. No le demos demasiada importancia, aunque, naturalmente, lo pagaremos. La mandamos en verano a Inglaterra para que se airee y punto.»

Excusas, excusas y excusas que nos evitan reconocer el problema y anulan cualquier posible solución. No es eso lo que Rule hizo. No esgrimió eximentes, buscó excusas o pidió un sobreseimiento por falta de pruebas: el daño era evidente, cuantificable, mordía las entrañas.

Y aun así, lo perdonó. Curioso, ¿no? Casi tanto como la forma en la que lo hizo.

A tenor de su imagen, cuando subió al estrado y ofreció su testimonio, Rule parecía estar en paz consigo mismo. Y, no obstante, resultaba evidente a los ojos de cualquiera que alcanzar ese estado interior le había dejado una profunda huella, porque, aunque sea obvio y parezca una perogrullada, merece la pena recordar que *perdonar cuesta.* No somos máquinas de perdonar, ni distribuidores automáticos de misericordia: a nadie nos sale gratis indultar a quien nos ha herido gravemente.

La pregunta que suscitó en la sociedad norteamericana este padre bravo y que nos lleva persiguiendo desde el origen de los tiempos es, finalmente, quién merece nuestro perdón. O, por ser más preciso, en qué condiciones la sociedad (que no deja de ser la víctima), pudiendo eliminar al criminal con una sencilla inyección letal (y de paso ahorrarse los muchos miles de dólares que cuesta una cadena perpetua), debe ser magnánima. ¿Deberíamos exigir, como paso inexcusable, al delincuente que reconozca la maldad de sus actos, que se arrepienta y pida perdón como señalaban los familiares de las víctimas de Ridgway? En caso de no hacerlo, ¿hay lugar para la misericordia?

Cuando trabajé el material de ese caso, la mirada del padre misericordioso atrapó de tal modo mi atención que busqué documentación sobre el tema con el fin de intentar comprender mejor su inusual actitud. Entre los libros que leí, hubo uno —un ensayo de un filósofo francés, Vladimir Jankélévitch, titulado *El perdón*—que me resultó especialmente esclarecedor, en la medida que casaba a la perfección con el comportamiento de Rule. Eran unas páginas densas, pero muy bellas, donde exponía las facetas de ese fenómeno, al mismo tiempo extraño y común: nos demos cuenta o no, en realidad, nos pasamos el día perdonando y siendo perdonados.

Como decía, es posible que la coincidencia entre el nombre de pila de este filósofo y el de mi compañero de asiento fuera la chispa que pusiera en marcha mi subconsciente. O quizá no, vaya usted a saber.

La actitud de Rule y el pensamiento de Vladimir Jankélévitch tenían mucho en común; para empezar, éste recordaba la necesidad de no perder el tiempo buscando excusas a lo que no las tiene. Pero había más: estaba la intensidad.

Nos han hecho daño, de acuerdo. ¿Ha sido mucho o poco? ¿Me ha pisado el callo o me ha pegado un tiro? ¿Me ha buscado las cosquillas o sólo pasaba por allí? La primera gran hipótesis que Jankélévitch sostiene, con una naturalidad pasmosa, casi sin despeinarse, es que esa pregunta carece de importancia. Según él, *todo* crimen merece perdón. Y cuando dice todo, quiere decir todo: es decir, de algún modo, todos los pecados son veniales, aunque, claro, siendo el perdón una decisión personal que sale directamente del orden del corazón, cuanta mayor densidad tenga el delito, mayor densidad necesitará el perdón. Como Rule: «Dios dice que perdonemos, pero no a ciertas personas, a todas», que es lo mismo que decir cualquier ofensa.

Es posible que ustedes y yo perdonáramos sin grandes esfuerzos la mala contestación de un hijo, el desprecio del jefe o la falta de atención del cónyuge. Pero ¿lo haríamos de encontrarnos en la situación de los familiares de las víctimas de Ridgway?, ¿lo haríamos si fuéramos esa madre que ha perdido a su hijo por el disparo de un ladrón que huía; o esa viuda joven, que recibe el cadáver de su marido en un ataúd porque a un extremista no le gustó el mensaje de su camiseta o el cuerpo al que pertenecía; o ese padre, mientras vela el sueño extraño de su hija, violada por un degenerado que sale de permiso penitenciario porque hay alguien que no sabe que un violador nunca se cura? ¿Lo haríamos si nuestro hijo faltara gravemente al respeto a nuestro cónyuge o insultara reiterada y maliciosamente a uno de sus abuelos? Me temo que yo particularmente no puedo anticipar mi respuesta. Hay que tener un corazón muy grande para que te quepa todo ese perdón...

Pero Vladimir Jankélévitch va todavía más allá al afirmar que el arrepentimiento del criminal resulta conveniente, pero no indispensable.

Eso sí es un salto al vacío.

El perdón, como toda relación humana entre personas adultas, es siempre un diálogo, no un monólogo. Ahora bien, ¿si la otra parte se niega a hablar, ya no hay nada que se pueda hacer? Si quiero perdonar a mi asesino, a mi marido o a mi amiga Marta, pero él o ella no están dispuestos a reconocer que me han hecho daño y a pedirme perdón, ¿el negocio se acaba? La respuesta merece cierto detenimiento. En sentido estricto hay que contestar afirmativamente: no se puede dialogar con quien no quiere oír. Sin embargo, no es menos cierto que no se nos debe exigir más de lo que podemos dar. Dicho de otro modo, en esa relación, cada uno debe ir a lo suyo: la víctima a perdonar y el criminal a pedir perdón. Cada acción depende de su actor: cuando ambos aceptan ir en busca del otro, todo resulta sencillo y el contrato se perfecciona... Pero otras veces no es así: el terrorista no sólo se niega a pedir perdón por su crimen, sino que se mofa de su víctima para duplicar el dolor. No hay perdón completo sin arrepentimiento del criminal y magnanimidad de la víctima, pero a esta última no debe exigírsele que logre convencer a su torturador, sólo que recorra su parte del camino y espere allí pacientemente.

Cada uno a lo suyo: Rule ofreció su perdón, y perdonó; de Ridgway, tras esa lágrima, no sabemos nada... Yo tampoco sabía nada de Marta, pero estaba plenamente dispuesta a recorrer mi parte del camino, fuera o no correspondida. Por eso, sin pensarlo dos veces, al llegar a la terminal, busqué un sitio donde sentarme (harto difícil, la verdad: embarcaban vuelos para Bilbao y Bruselas, y lo llenaban todo), saqué mi iPad y me dispuse a redactar la nota que debí haber escrito semanas atrás.

Querida Marta:

Salgo de viaje en este instante y, sintiéndolo mucho, me va a resultar imposible acudir esta tarde a nuestra cita del Ritz. Regreso el martes a las nueve de la mañana a Barajas. El vuelo a Pamplona no sale hasta las doce. Si tienes tiempo, y te apetece, quizá pudieras acercarte hasta aquí. Me gustaría mucho verte, y charlar...

Un abrazo fuerte.

Reyes

19

Rabia

Ciego de ira, lo derribó y, ya en suelo, lo molió a palos.

Todo el colegio contemplaba la escena.

Era un enclenque. Tres minutos después, sangraba por la boca y por la ceja.

La misión estaba cumplida: no olvidaría aquel día fácilmente.

Se acababa el recreo. Con la bota embarrada en su cuello, agachó la cabeza y le chilló para que todos pudieran oírlo:

—Y ahora, empollón, ¿tienes algo más que decir?

El herido asintió con la cabeza y con voz orgullosa le replicó:

—Sí. ¡No me duele!

Una vez hube dado ese paso, me sentí otra persona. Me sentí vencedora. Había derrotado por K.O. a la sutil tentación que me acompañaba desde hacía un mes sugiriéndome al oído que la razón, toda la razón, estaba de mi parte. Perdonar, poco importa la magnitud de la ofensa, implica superar esa ira inicial y renunciar al deleite de mantenerte, de enrocarte, en tus trece. El último asalto de esa contienda no duró más de un instante, pero una vez superado, el asunto se deshizo como una tormenta en un vaso de agua.

Parece fácil, pero en realidad no lo es. De dejarlo coger cuerpo, se lleva por delante parejas, amistades, negocios, familia y otras cosas variopintas, como, por ejemplo, coches... De eso puedo dar fe porque lo he visto con mis propios ojos.

Permítanme que se lo cuente.

Recuerdo bien la ocasión. Aguardaba pacientemente, con el

intermitente encendido, a que un coche arrancara para aparcar en la plaza que iba a quedar libre. Llevaba media hora dando vueltas y llegaba tarde a una reunión importante (como todas). Me aparté unos metros para facilitar al conductor (un hombre mayor y poco habilidoso) la maniobra y, en ese preciso instante, otro conductor oportunista (concretamente, la manceba de una farmacia cercana) aprovechó la ocasión para colarse en aquel sitio. Me bajé del coche, me acerqué a la listilla, que ya estaba saliendo del vehículo y lo estaba cerrando, e intenté hacer valer mis derechos. Se echó a reír: era obvio que lo había hecho a propósito y que le importaba un rábano lo que yo pensara.

—¡Espabila para la próxima, nena! —me escupió a la cara. Cerró su birrioso cuatrolatas y se escabulló pitando.

Todavía puedo sentir ese calor ascendiendo por mi cuello hasta teñirme la cara de grana. Me subí al coche, me coloqué a su cola y me dispuse a replicar lo que vi hacer a aquel enorme Mercedes en el aparcamiento de El Corte Inglés de Vigo el verano del año 2005. Me salvó que soy economista, que no tenía seguro a todo riesgo y, probablemente, la educación recibida... De haber sido rica y haber recibido una formación ética más laxa es muy posible que hubiera implementado el plan que mi mente me sugirió de inmediato. Un plan que, en ese momento, me hubiera hecho feliz. Un plan que, estoy segura, me hubiera pesado durante años.

Como digo, se lo vi poner en práctica una tarde lluviosa a un ciudadano español, un caballero de níveos cabellos, sereno como un diplomático de carrera y con trazas y aspecto de grande de España. Vestía pantalón beis, americana azul marino y camisa de rayas finas. Un fular de seda le recubría discretamente el cuello. La situación era similar a la mía, salvo que él conducía uno de esos Mercedes Clase S que pasan de los cien mil euros, y el que se coló era un tipo japonés al volante de un minúsculo Honda. El caballero descendió, se acercó al oriental y le explicó con paciente amabilidad que estaba esperando para aparcar con el intermitente encendido. El japonés se carcajeó, con risa de rata, y se marchó dejándolo con la palabra en la boca. Hubo de volver, cuando los contundentes y sonoros golpes le hicieron girar la cabeza: el propietario del Mercedes había echado marcha atrás, acelerado y golpeado violentamente al Honda. Repitió la operación una segunda y una tercera vez. Antes de la cuarta, el japonés estaba ya tirándose de los pelos junto a lo que quedaba de su coche, casi reducido a chatarra. El caballero descendió, sacó una tarjeta de visita del bolsillo de su americana, se la entregó al anonadado japonés y le dijo sin levantar la voz:

—Que tenga usted un buen día...

Se subió a su Mercedes (que no sufría demasiados daños) y se fue en busca de otra plaza de aparcamiento.

De pertenecer al gremio de los ladrones, habría anotado la matrícula de su coche para averiguar sus datos y asegurarme de no robar jamás en una de sus propiedades...

En fin, que me despisto: la rabia que sentí aquel jueves al escuchar a Marta se me había pasado por completo. Es más, en ningún momento sentí calor subiéndome por el cuello ni tuve la tentación de acordarme de su madre o de su cirujano plástico. Pero el orgullo llegó enseguida y se quedó conmigo hasta acompañarme a la mismísima T4.

En la vida social está tan mal visto alardear de las propias cualidades como poner en pública evidencia los defectos de los demás. Pero, en nuestro fuero interno, las reglas sociales no imperan. En casa, emerge el otro yo, el yo en zapatillas. No diré que el de verdad, porque también el otro lo es, pero sí el original, el genuino... Cuando nos quitamos la corbata o los tacones, cuando nos desembarazamos del necesario envaramiento y de las sonrisas de plástico; cuando nos calzamos las pantuflas y nos quitamos el rímel de las pestañas, todo lo que vemos cambia. No sé si se trata de algún tipo de virus, o de alguna suerte de daltonismo que pinta de colores lustrosos, hermosos, las muchas áreas en las que nos sentimos mejores, mientras tiñe de gris esas otras en las que, con la boca pequeña, pensamos que quizá podríamos no estar del todo a la altura... El daltonismo es un defecto genético; el orgullo, no. Es, más bien, un virus que contamina nuestras emociones y nos posiciona de forma distorsionada en la realidad. Es como si el mundo dejara de girar sobre su eje y la Luna sobre la órbita de la Tierra; como si el mismísimo universo hubiera decidido escogerme a mí como punto central.

Ser el centro de atención y de atracción, que todas las miradas y los cuidados se te dirijan, hay que reconocerlo, mola. Es difícil que nos ocurra a alguno de nosotros. Que te imagines que eso puede ocurrir es otra cosa. Porque, en nuestra imaginación, nos creemos suficientemente valiosos para merecerlo; en cierto modo, lo esperamos, aunque jamás confesaríamos ese punto a nadie. ¿No te has visto de jefe de tu jefe; de novio de la inalcanzable novia de tu guapo (y mucho más estúpido que tú) colega? ¿No te has visto recogiendo un Oscar, o un Nobel, o un premio fin de carrera, o firmando libros en la Feria de Madrid o en Sant Jordi, ante una cola tan larga de personas que han tenido que venir los de la compañía de seguridad para poner un poco de orden?

Vemos lo que hay, pero desenfocado... y las probabilidades, nimias, se muestran tan agrandadas que, cuando la imaginación se da de bruces con la propia realidad, aparecen la rabia, la maldad o el rencor. La vanidad herida, como el oso herido, es harto peligrosa, da miedo, pero, a diferencia del animal, el círculo vicioso se rompe con mucha facilidad. Basta con un pequeño paso, a veces con una sonrisa, o con un simple y mísero *e-mail*...

Aunque sea un *e-mail* camuflado. Porque lo que en realidad hubiera querido escribir era esto:

> Querida Marta:
>
> Que eres querida, y sobre todo eres Marta, una rubia un poco tonta, pero no menos que yo, que nací morena, pero miope. Tanto que me he creído rubia platino, tan perfecta como para ganar simultáneamente el Oscar a la mejor dirección y a la mejor actriz (principal, naturalmente), cuando el que deben concederme es el del mejor vestuario: porque de disfraces, entiendo un rato.
>
> Querida Marta, te espero en la T4. Te aseguro que su cafetería puede llegar a ser tan glamurosa como el Ritz; un cinco estrellas donde ocurren milagros tales que las tontas se caen del burro y se quedan tan contentas.

Pero Vladimir (el flaco) tenía mucha razón. La libertad impera. Dos horas después de enviarle ese cariñoso (e inconfundible) mensaje, Marta no había dado acuse de recibo.

Cansada de esperar y de comprobar el móvil cada minuto, cogí mis bártulos y entré en una de las librerías de la T4.

Peor el remedio que la enfermedad. Resultaba evidente (creo que lo he dicho hasta la saciedad) que no era mi día.

Lo cierto es que no pensaba comprar nada (llevaba ya tres libros en el bolso, que pesaba más que un abanico de tablones), sólo quería echar un vistazo a las novedades y, de paso, tomar el pulso a mis *inversiones*. La librería estaba bien surtida tanto en textos como en diarios y revistas. Sin embargo, ninguno de mis títulos estaba a la vista. El último, *El jurado número 10*, que había conseguido el Premio Abogados de Novela, apenas llevaba cinco meses en el mercado y, según me decía la editorial, estaba funcionando estupendamente. Me llevé un disgusto, no digo de muerte, porque no sería verdad, pero reconozco que sentí en las entrañas el escozor del fracaso.

Es curioso este mercado. Los libros parecen objetos sólidos, duraderos, estables: se palpan, están llenos de hojas; se almacenan, se apilan, se envuelven para regalar. Sin embargo, se trata sólo de una ilusión óptica. De ser agua, los libros se aproximarían más al vapor que se esfuma en el aire que al hielo que permanece. La vida de un libro es tan corta que resulta efímera.

La palabra «efímero» procede del griego *ἐφήμερος* (¡qué bonitas son las letras griegas!, ¿no creen?), y significa «que dura un día», por lo que también se entiende en el sentido de corta duración o pasajero. Por si a alguno de ustedes no le suena, existe un insecto del género de los pterigotos (de entre los insectos alados, los más primitivos conocidos) que habita especialmente los cursos de los ríos y que lleva el nombre de *efímera*. Lo curioso de la efímera es que pasa la mayor parte de su vida (que se prolonga más o menos un año) en el agua dulce, en forma de ninfa. Cuando emerge a la superficie como individuo adulto, su vida resulta tan corta que no dura más de unas horas, un día a lo sumo. En ese cortísimo tiempo, se desprende de su traje, emprende su vuelo de apareamiento y luego muere. Es tal la brevedad de esta etapa, que la efímera ni siquiera cuenta con piezas bucales: no necesita alimentarse.

Más o menos así funcionan los libros: un inmenso tiempo de

gestación, largas y largas horas de trabajo, de estudio (y de disfrute, eso hay que reconocerlo también) y, luego, en un instante, el viento lo arrastra con forma de stock al almacén de destrucción más cercano. En fin, al menos las efímeras son monas y, cuando mueren, sus fundas abonan los campos...

Como mi nuevo libro no estaba a la vista, me acerqué a la cajera. No había nadie más en el local. Parecía aburrida. Sus dedos tamborileaban con desgana sobre el mostrador. Le pregunté si tenía «algo» de Reyes Calderón. Me miró con desgana y aún con más desidia consultó el ordenador, y me respondió que sí, que había dos libros, ambos en edición de bolsillo. «*El jurado...*, que es el último, está agotado», añadió. Me indicó dónde encontrar los existentes y siguió ojeando la revista que acababa de llegar. Le di las gracias y me fui algo más contenta: si estaba agotado, es que se había vendido...

Con la maleta a rastras (si puedo evitarlo, no facturo) y el bolso al hombro, maldiciendo mi manía de viajar rodeada de libros cuando dispongo de un iPad, cogí el trenecito de conexión con la terminal S, la zona internacional de embarque.

Conozco relativamente bien la T4, y cada paso por ella es ya, en parte, repetitivo, pero cuando me acerco a la terminal S no dejo de sorprenderme del grado de multiculturalidad que exhibe. Latinoamérica está presente allí en todo su esplendor; no en vano, el Atlántico norte y medio han sido tradicionalmente mercado de Iberia. Madres; bultos inmensos, que se arrastran por el suelo forrados de plástico; voces elevadas; gentes comiendo...; y niños, muchos niños: los niños proliferan por todas partes, más grandes y más chicos, y con todas las tonalidades de piel. Nadie parece tener prisa allí; nadie parece triste.

Nadie, salvo yo, que lo estaba...

Hay un viejo y, como casi todos, sabio refrán que reza: «Amigos que no dan, cuchillos que no cortan, perderlos no importa.» A tenor de mi estado de ánimo, estaba claro que Marta me aportaba mucho más de lo que yo pensaba.

20

Felicidad hasta fin de existencias

Con el primer éxito, se compró una alfombra.
Cuando se hizo famoso, la cambió por otra mayor.
Tenía tantas cosas guardadas bajo el tejido, que llevaba inventario.
Una de las veces, la levantó para buscar un mérito, y el éxito se lo tragó.

Hay conversaciones en las que, lo prudente, es guardar silencio. Hay días en los que es preferible permanecer entre las sábanas. Pero correr el velo del destino nos está vedado, de modo que sólo cuando hemos hablado de más o metido la pata con el encono digno de un animal en celo caemos en la cuenta.

Cuando es tarde.

Debí quedarme en la cama aquel día. Debí perder el avión. Pero hice caso al despertador y seguí al pie de la letra las instrucciones de Iberia, de modo que me encontré mirando bajo la alfombra. Y allí, ocultos, esperándome, estaban Vladimir, Ridgway, un taxista taciturno... y un escritor fatuo. Acaso «fatuo» sea palabra demasiado fuerte. Quizá no sea más que envidia por mi parte. Quizá...

Quizá deba avanzar y dejar que juzguen por ustedes mismos.

Con la mirada fija en la pantalla, a la espera de la contestación de Marta, no había caído en la cuenta de que, aquel día, volaba en clase preferente y una magnífica sala vip esperaba mi visita. Sólo cuando vi el cartel indicador de esa zona fui consciente de ello.

Según Iberia (lo leí en la revista *Ronda*, que, por cierto, me gusta), las salas vips son lugares especialmente diseñados para hacer más agradable la estancia en los aeropuertos a los clientes *especiales* (el calificativo es mío). Lo cierto es que son salas amplias, decoradas con gusto, que ofrecen múltiples servicios de bar, prensa, televisión o internet. Vistas con ojos de sociólogo aficionado, son lugares donde la gente, mientras toma café, lee el periódico o habla con su oficina, compite para no desentonar en ese paraíso de la displicencia.

El vip es un prototipo con carnet de socio y hay que hacer ver que perteneces al club. No se me da bien eso de la displicencia. Soy de provincias. Eso quiere decir, por ejemplo, que no dejo el ordenador sobre la mesa para ir al baño, me lo llevo. Estoy convencida de que todos los que están por allí, sin excepción, tienen ordenadores mucho mejores que el mío, pero si pierdo mi instrumento de trabajo y mi información, pierdo la mitad de mis neuronas. De modo que, por si acaso, me lo llevo. Y también la maleta, el abrigo y el bolso... (los cacahuetes los dejo).

Y una vez en el baño, toco todos los chismes: me lavo tres veces las manos, huelo la crema, me pongo colonia en las palmas...

Debe de ser una manía... En aquella excursión del colegio, sobre la columna de alta tensión, había un letrero que rezaba: «No tocar, peligro de muerte.» Naturalmente, todas tocamos, a ver qué pasaba.

En fin, seguía siendo un mal día, pero enseñé mi billete a la señorita de la entrada esperando que el café con sacarina y el bollito de crema (simple esquizofrenia) que pensaba tomarme me animaran la mañana. Pero no.

Debía haberme quedado en la cama.

En la sala, marcado a rojo vivo por el éxito, a punto de implosionar, se sentaba él.

Él, ni más ni menos. Solo, replegado sobre su periódico, en una zona de sofás, contemplaba complacido la doble cara que la sección de Cultura del diario *El Mundo* le dedicaba. Tenía la pierna izquierda cruzada sobre la derecha y su pie se balanceaba en el aire mostrando sus cómodos y antiestéticos zapatos. No se movió cuando entré, pero hizo un gesto con el brazo que indicaba que me había visto.

No me quedó más remedio que acercarme.

—¡Ah, Reyes! La última persona que pensaba ver aquí. —Sic: interprétenlo como quieran—. ¿Cómo van esas novelillas policíacas? ¿Vas aprendiendo a jugar en esta liga?

Por el tono en que dijo esas frases, me pareció percibir que aquella liga era sólo para hombres. O, al menos, para mujeres de un pelaje muy diferente al mío. Dejé el bolso en uno de los sillones, junto a la maleta y el abrigo, y contesté sin pensar:

—Las novelillas, bien; y yo como una rosa, gracias.

Sabía que no era necesario preguntar nada. Correría la cortina quisiera o no.

—Yo a doble página en *El Mundo*, ya ves —me indicó al tiempo que señalaba el periódico con el dedo índice—. Y eso que en la cabeza de los periodistas sólo hay un cúmulo de imbecilidades: no han entendido nada. Me consta que han leído la novela, pero ni han olido el mensaje. ¡Qué le vamos a hacer: sólo son periodistas! No se les puede pedir más.

Deseé haber tenido a mano una grabadora. O haber olvidado definitivamente que volaba en *business*. Pero era tarde y estaba de mal humor: reconozco que me cebé.

Mea culpa.

—Perdona, querido Fulano, déjame ver... —Me acerqué—. ¡Ah, sí, tienes algo en la nariz! —aseguré con cara de asco. Ya saben, esa que se te pone cuando alguien vomita a tu lado.

El recurso es infalible. Pensar que «algo» (en ese «algo» se incluye la posibilidad de todo tipo de mucosidades no deseadas) puede colgarte de la nariz deshace inexcusable e inmediatamente la seguridad de la gente. Desdobló la pierna, cogió una de las servilletas que descansaba sobre la mesa y se la llevó de inmediato al lugar.

—¿Ya está?

Volví a acercarme.

—¡Déjame ver! Sí, ya está —le informé, tras dejarle sufrir un poco—. En realidad, no era más que una manchita negra. Perdona, ¿qué me estabas diciendo?

Volvió a sonreír.

—¡Ah, me metía con los periodistas, iletrados casi todos!

—Al menos te hacen promoción, ¿no?

Por un momento, pensé que iba a asegurar que no la necesitaba. Si lo pensó, no lo dijo. Y siguió con el comentario de la crítica de su libro. Pero yo había tenido suficiente.

—Bueno, pues enhorabuena. ¡Disfrútalo mientras dure! Discúlpame, voy a sentarme por ahí, necesito enviar unos *e-mails* antes de embarcar.

Me alejé todo lo que pude. Reconozco que ese tipo de personas me causa desazón. Desconfío de esa gente de apariencia invulnerable, para quienes lo que los rodea, semejantes incluidos, no son más que meras piezas de ajedrez honradas de servirles. Gentes con tan alto concepto de sí mismas que nunca giran la vista para fijarse en quién tienen a su alrededor.

¿Envidia? Es posible, aunque, en el fondo, siento lástima por aquellos que están contentos con su situación en el mundo; gentes a las que todo les va bien. Creo que sólo son incapaces de ver lo que no les va bien; que, a base de pintar blanco sobre blanco, creen que el mundo es tan blanco como ellos.

Estoy convencida de que, quien no tiene caries en el cuerpo, las tiene en el alma, y éstas son mucho peores. Dan lugar a tipos ridículos, que terminan buscando el manual de instrucciones del suicida en la sala *business*.

No quisiera engañar a nadie. El tipo del que hablo es un artista famoso, con caché y currículum de premios. Pero, no sé, tras el encuentro, eché de menos ese otro tipo de artistas decadentes, atolondrados, esnobs, príncipes mundanales que, junto al opio en los cigarrillos y el vodka en vaso alto, exhibían sangre en las venas. Aquel tipo no era jazz ni burbuja, no era Hemingway ni Scott Fitzgerald, cuyos procesos de demolición interna atraen en cierta forma mi lado sentimental. Aquél era varón, pura Real Academia, incapaz de revelarse contra su propia mediocridad, porque no la percibía; sólo veía la de los demás, incluida la mía y la de «mis novelillas». Y, sin embargo, cuando olvida su orgullo, ¡ah, cuando olvida quién dice la gente que es!, es un artista: estoy convencida de que eso le salvará. El arte tiene esa magia.

Saqué el iPad. Marta seguía sin responder.

Debí haberme quedado en la cama.

Me llamaron para embarcar.

21

Tesoros escondidos

> La mafia le mostró su fotografía. La orden fue clara y tajante: no debía matarlo, sólo asegurarse de que no volviera a sonreír.
>
> Lo siguió durante días, buscando cómo arrancarle su propiedad más valiosa.
>
> El periódico del lunes recogió la esquela de su mejor amigo. En ella podía leerse: «Tu sonrisa me acompañará siempre.»

Catorce horas después de aquel fortuito encuentro, la tripulación del avión encendió las luces y anunció por los altavoces que tomaríamos tierra en breve. Miré por la ventanilla: desde el aire, mi destino se extendía como una extraordinaria mancha de aceite cuyos perfiles no alcanzaba a dibujar. Créanme que las palabras se quedan cortas para describir aquel inmenso sembrado de rascacielos, plazas, iglesias, edificios, surcado por lindes dibujadas con tiralíneas... Sentí un vuelco en el estómago: bajo nosotros alentaban ocho millones de almas. Ocho millones es mucha gente: produce vértigo y un poco de miedo, todos sufriendo a la vez, riendo a la vez, soñando a la vez. Y yo en medio, llorando cuando tenía que estar riendo.

¿Por qué había tenido que meterme donde nadie me llamaba? Marta padecía el síndrome de la Visa Oro, de acuerdo, una adicción que, si bien no engorda, es como cualquier otra. Y a mí, ¿qué? Ya era mayorcita. ¡Que se divirtiera como le diera la gana!

«¡Pero es que se ha comprado una camisa repetida!»

«Es cierto, ¿y qué? ¡También los alcohólicos se emborrachan una y otra vez! Todo tiene efectos secundarios.»

«Pero es que comprándose medio Madrid no va a resolver lo que fuera que le pase.»

«Es cierto, pero eso es cosa suya: no nos compete.»

Quizá alguno de ustedes estuviera de acuerdo con mi mente que aseguraba que debería haberlo dejado correr, como con esas cosas que hacen los hijos o los empleados, y que evitamos ver mirando a otro lado y esperando que sean pasajeras.

Pero me resistía. Dice el anónimo que, muchas veces, «de tanto lavarnos las manos nos ensuciamos la conciencia». ¿De qué sirve un amigo, un padre, un jefe, que no nos quiere lo suficiente para decirnos qué es lo que todo el mundo, menos nosotros, ve? De modo que yo decidí escribir a Marta y rezar para que ella quisiera aportar su parte.

Pero no sería justa si no me aplicara el cuento. Porque yo había tenido también un mes largo para haber recorrido mi parte del camino y escribir ese mensaje, o llamar por teléfono, y no lo había hecho. Estas cosas tienen su liturgia, pero también sus tiempos y fechas de caducidad: si dejas pasar demasiado, conviertes la reconciliación en una broma pesada o en algo peor.

Un caballero trajeado, conduciendo un coche aún más tuneado, me recogió en el aeropuerto y me llevó al hotel. Llegué hecha polvo. Pero, debido al *jet lag* y a mi mal dormir, a las tres de la madrugada ya estaba de nuevo en pie. A las cinco, había visitado el gimnasio (cuya puerta se abría con la llave magnética de la habitación), me había comido íntegramente las frutas que contenía la cesta de bienvenida (cambiar las rutinas siempre me despierta el hambre), había escrito a casa, contestado todos y cada uno los ochenta y tres correos atrasados, y repasado la conferencia que debía dictar al día siguiente, lunes. La llevaba preparada, en eso soy extremadamente meticulosa, pero nunca está de más confirmar el orden de las notas.

A las cinco y media, cansada de la clausura de mi habitación, decidí salir a conocer la ciudad. La seguridad no es uno de los fuertes de esta tierra, y los organizadores, preocupados, habían puesto un coche a mi disposición. Pero era muy temprano y día festivo, y no quise molestar al chófer con mis tontos caprichos. Además, lo mejor para conocer un país es patearlo. Yo tengo por costumbre hacerlo de madrugada, porque entiendo que, aunque la seguridad escasee, a esas horas, los delincuentes nocturnos suelen haberse ido a dormir y para los diurnos es demasiado temprano. Dispongo incluso de un disfraz, que no olvido meter en la maleta y, aunque doy por sentado que huelo a turista española excéntrica desde kilómetros, a mí me produce cierta sensación de seguridad.

Me quité los pendientes y el reloj (no suelo llevar anillos); dejé el móvil en la mesilla; me puse los vaqueros viejos de patear mundo, las deportivas (aún más viejas), una coleta de caballo y dispuse mis sentidos para absorber lo que me rodeaba, fuera lo que fuera. Me había estudiado el plano de la ciudad antes de salir y aprendido de memoria el trayecto del paseo, de aproximadamente una hora.

Conmigo el tópico funciona: no comprendo los malditos mapas. Me cuesta incluso saber por qué lado debo leerlos. Sin embargo, rara vez me he perdido en las grandes capitales del mundo donde las tiendas presentan escaparates, neones o rotulaciones muy marcadas. Mi sistema es pedestre, pero muy efectivo: me aprendo los escaparates en el trayecto de ida y los recuerdo en el de vuelta, así de fácil. Con ese sistema primitivo, me he pateado medio mundo: empezando por San Francisco, donde lo puse en práctica por primera vez.

Sin embargo, en aquella ocasión, el hotel estaba situado en un tranquilo barrio residencial periférico, donde, para desagrado de mi GPS particular, no había tiendas. Además, las calles eran rectas como juncos y anchas como ríos caudalosos, y todas las casas se parecían.

Aun así, seguí la ruta aprendida sin vacilar.

Treinta y cinco minutos después había alcanzado mi primera meta: una pequeña iglesia pintada en vivos colores.

—¡Como un hombre, mamá! —susurré, evocando el rostro de mi hija pequeña. Ella me lo dice, a modo de halago, siempre que aparco hacia atrás. Tiene media docena de años, pero es observadora, y se ha dado cuenta de que muchas mujeres preferimos aparcar con el morro por delante, mirando de frente a la vida, o al muro con el que pretendemos llevarnos bien. Hacerlo hacia atrás es, a su entender, «conducir como un hombre»; comprender los mapas, también.

Tengo una amiga gallega (el relato es tan veraz como la luna) cuyo maletero esconde, junto al gato o el chaleco reflectante, un enorme desatascador; me refiero a uno de esos utensilios con mango de madera y una boca de goma que se emplean para desobstruir cañerías por el sistema de succión. Obviamente, su Golf no cuenta con cañerías: ella lo utiliza cuando la aleta de su Volkswagen la emprende con la columna del garaje, que, según dice, le ha cogido manía. Lo más sorprendente es que funciona.

En fin, que, habiendo recorrido «como un hombre» el trayecto de ida, a la vuelta cogí la izquierda en vez de la derecha, o la derecha en vez de la segunda derecha, o vaya usted a saber, y me encontré perdida. Continué caminando a buen paso. Las viviendas fueron poco a poco perdiendo metros y *glamour*; los adoquines del suelo, limpieza. El lugar se volvió inhóspito y de apariencia peligrosa. Eso sí: por aquella zona, todas las calles lucían nombres religiosos. Nada de revoluciones o de niños obreros; nada de historia o de venganzas; nada de héroes cercanos, como Zapata o el Che: sólo santos. Santa Lucía, San Isidro, Santa Isabel, San Roque, San Blas... Cuando llegué a la calle de Santa Elena, agotada, me detuve un instante, sin percatarme de que había alguien mirándome, un paisano con tripa de ocho meses y aspecto amenazante.

Sé que esas palabras, en una mente calenturienta como la mía, pueden parecer una exageración, pero, en este caso, les aseguro que no exagero lo más mínimo. Me atengo a las pruebas: bulto en la cintura, bajo la holgada camiseta marrón; cigarrillo encendido entre los dientes; mirada fría propia de un sociópata; y completa inacción. Podría haberme servido de prototipo para alguna de mis novelas, pero confieso que el miedo se impuso a la curiosidad y no le dirigí ni una segunda mirada de reojo.

Pero él me vio a mí. Es más, sacó las manos de los bolsillos y comenzó a seguirme. Aceleré; él, también. Cuando estaba a punto de echar a correr (y a llorar), a lo lejos, apareció un autobús de transporte urbano. Se detuvo unos metros antes, en la acera de enfrente. Sin preguntar adónde se dirigía, a todo correr, crucé, me sujeté a la barandilla y subí. No sé qué hizo el matón, pero sé que, cuando la puerta del autobús se cerró, él no estaba dentro.

Tomé asiento en la ventanilla, justo detrás del conductor: de haber podido, creo que me hubiera sentado en sus rodillas, tan necesitada estaba de calor humano. Era un tipo joven, amable y de apariencia pacífica que, no obstante, masticaba chicle como un poseso.

Íbamos medio vacíos: sólo un par de personas, ambas mujeres. Ese punto me tranquilizó: la tendencia del sexo débil al asesinato o las lesiones graves es sensiblemente más baja que la de los hombres. Además, las dos vestían lo que me pareció un uniforme de camareras de hotel: chaleco y falda negros, pajarita desabrochada al cuello, camisa blanca y zapatos planos. «¡Bien! —me congratulé—. Me bajaré donde ellas lo hagan y, desde ese hotel, llamaré al chófer para que venga a recogerme.» Mi respiración poco a poco volvió a la normalidad y pude empezar a reírme de mí misma.

¡Menuda cagueta! Lo cierto es que había pasado bastante miedo...

Las calles con nombres de santos dieron paso a otras menos pías; las casas comenzaron a mejorar, primero se acicalaron; luego crecieron en tamaño; finalmente, aparecieron los jardines, y yo recuperé el ánimo y la compostura.

Estaba pensando en lo ocurrido y en el titular que hubiera proporcionado al diario local (algo así como «Turista española secuestrada») cuando, de pronto, un perro grande y flaco se cruzó en nuestro camino. No sé de dónde salió porque no lo vi hasta que lo tuvimos encima. El conductor, tampoco, y aunque frenó, no pudo evitar embestirlo. El animal salió volando, chocó contra la luna delantera, luego contra el capó, para acabar cayendo estrepitosamente sobre el asfalto. De película: el chucho ascendió lentamente por el aire, como si hubieran ralentizado la imagen, se detuvo ingrávido sobre nosotros, y finalmente se despanzurró en el asfalto, con la lengua fuera de la boca y los ojos muertos. La sangre rodeó enseguida su cabeza. De una de las callejas próximas, salió corriendo un joven de aspecto estrafalario que se arrodilló junto a él. Colocó la oreja en el pecho del animal unos instantes, y luego empezó a sollozar y a lamentarse, con grandes voces.

—¡Un doctor, un doctor! Mi amigo se muere...

Nadie le prestó demasiada atención. Era evidente que el perro estaba muerto. Para todos los que lo mirábamos, no era más que un chucho flaco y feo; para su dueño, un amigo. Levantó su cuerpo con ambas manos y lo abrazó con ternura. Pero, antes, hizo un gesto extraño con la boca, tanto que, por un instante (¡fíjense cómo tengo la cabeza!), pensé que le haría el boca a boca.

(«¿Cómo se hará el boca a boca a un perro?», recuerdo que pensé... Creo que debo hacérmelo mirar. Voy a terminar pensando como un médico forense...)

Yo me había dado un susto de muerte, pero, sujeta como estaba con ambas manos a la barra metálica que me separaba del habitáculo del conductor, fui capaz de dominar el impacto y salir más o menos indemne: apenas un chichón. El conductor no tuvo la misma fortuna: el golpe le provocó un corte en la frente y otro en la mejilla; ambos sangraban abundantemente. Las dos mujeres salieron también volando y se golpearon: una contra la puerta; otra, contra una de las lunas laterales, que finalmente se rajó. Sufrieron pequeños cortes y también se les llenó la cara de sangre. Saqué un paquete de pañuelos de papel y empecé a repartirlos junto a las palabras amables que pude cosechar: poco más podía hacer.

El conductor llamó a la Policía, que llegó enseguida. En algunos países, con sueldos de miseria, los uniformes esconden intenciones, digamos, poco transparentes; por eso, en cuanto le escuché telefonear a Emergencias, leí el nombre de la calle en el cartel, le pedí que me prestara su móvil y marqué el número del chófer (lo llevaba apuntado en un papelito) y le rogué que viniera a buscarme.

Antes de marcharme, el conductor del autobús se me acercó:

—¿Seguro que está usted bien, señorita, no quiere que la vean en el hospital?

—No hace falta, gracias: no tiene importancia.

—¡Ese maldito perro...! ¡Si lo agarro, lo mato de nuevo!

A esa frase siguió un completo recopilatorio de términos que no me atrevo a repetir ni siquiera en el idioma original. El único que me sonaba era «huevón», algo que aplicado a un perro callejero famélico tenía poco sentido, la verdad.

Mi chófer acababa de llegar. Me subí al coche.

—¿De modo que no se ha hecho daño ni le ha pasado nada? ¡Pues vaya suertuda que es usted! Debe de haber nacido con duende.

Estaba en lo cierto. Tanta que rompí a llorar.

—¿Miedo, señorita?

—Sí, un poco.

—Ha sido bastante imprudente por su parte: a mí puede llamarme a cualquier hora, ése es mi trabajo. Esto es peligroso. Insisto en que ha tenido usted mucha suerte...

En efecto, soy una mujer con suerte a la que nunca ha tocado un premio en una rifa, a quien las desgracias pasan rozando, pero no le alcanzan. No es la primera vez. Tenía pasaje para el vuelo 93 de United Airlines, que hacía el trayecto entre Nueva Jersey y San Francisco, uno de los implicados en los atentados del 11-S. Lo reservé por internet. Estaba entonces de profesora visitante en Berkeley, California, y había tenido que regresar a España porque mi suegra amenazó con morirse. En el caso de mi suegra fue una falsa alarma (acaba de fallecer con noventa y dos años), pero en el del 11-S no. Cambié el vuelo al día anterior, y a la mañana siguiente, ya en la universidad, me topé con la desgracia: dos de los pasajeros de aquel vuelo eran profesores en Berkeley.

Una chica con suerte. Sin duda.

Mi mente volvió a aquel hombre que abrazaba desconsolado el cadáver de su perro y lloraba como si le acabaran de arrancar el corazón.

—¡Amigo, mi fiel amigo! —le decía, doliente. Era, quizá sólo se sentía, tan indigente como el chucho. Más o menos, como me sentía yo.

En cuanto llegué al hotel, me desprendí de mi disfraz de turista-no-turista, tomé una ducha reparadora y llamé (desperté) a mi marido. Luego, comprobé el correo.

Había un mensaje de Marta, escueto, pero suficiente:

«Allí estaré, Reyes. Bsss.»

Afortunadamente, las últimas palabras suelen ser las penúltimas...

22

Muñecas de plástico

Una mañana despertó y notó que no podía moverse.

Estaba tirada en el suelo de su habitación, junto a un sofá lleno de ropa usada.

Pensaba y sentía, pero no notaba su cuerpo. No escuchaba su respiración, ni el calor de la sangre fluyendo por sus venas. No notaba el cabello, no sudaba.

Empezó a sentir un miedo terrible. Cuando intentó gritar, percibió que no tenía boca. Entonces, cayó en la cuenta de que el proceso había concluido.

Primero, la convirtió en su amante; luego, en su alfombra. Finalmente, el ingeniero químico había logrado un agujero barato donde desaguarse.

Quiso llorar, pero sólo obtuvo bolitas de plástico.

«Debería haberme buscado un escritor: al menos, me habría convertido en libro.»

Para salir de las tripas de la T4, hay que bajar una interminable escalera mecánica, y atravesar la fría y larguísima zona de recepción de equipajes. Se tardan unos diez o doce minutos; si vas con prisa, se hacen eternos. Yo no llevaba mucha, pero iba un poco nerviosa y me entretuve recordando la tonta conversación que nos había alejado, por si Marta pretendía insistir. Yo, desde luego, no tenía la intención de poner de nuevo el dedo en la llaga, pero mi memoria repetía datos y más datos...

—Pero ¿es que no te das cuenta? El consumo es la música que sostiene el cotarro —había comentado—. ¿Qué sería de Madrid si la gente dejara de consumir? ¡Sucumbiría! Sin compras, todo se iría al garete. El consumo es lo que alimenta a la bestia.

Nadie puede escapar: es más, ya no quedan lugares donde esconderse.

—¿Nadie? Pero ¿es que no me has oído? Acabo de contarte...

—Mira, siento mucho lo que le ha ocurrido a ese hombre del barrio de Salamanca. Pero nadie ha dicho que la vida sea justa. Ni lo es hoy ni lo será nunca. Además, nada es blanco o negro. Los ricos consumimos a raudales, es cierto, pero también lo hacen los pobres, que, dicho sea de paso, sueñan con consumir como ricos. Yo voy a Loewe; ellos se entretienen con la moda *low cost*. Si no me crees, date una vueltecita por Zara, Mango, C&A o H&M. Y ya puestos, perdóname que te diga que tú, que te permites el lujo de recriminarme, también llevas bolsas y no tienes una Visa Oro a tu disposición...

—No compares, yo he comprado dos camise...

No me dejó terminar la frase.

—No hay nada que comparar. Cuando era enfermera, una de las auxiliares de la planta donde trabajaba pidió un préstamo a cinco años para irse de vacaciones al Caribe con su marido, que estaba en paro: deseaba disfrutar de la experiencia de un crucero. Había escuchado en la peluquería comentar a una vecina lo divertido que era y no quería ser menos. ¿Acaso eso no es consumismo?

—Por supuesto —accedí—, pero...

—Mira, guapa, yo vivo en un mundo en el que debo disfrazarme permanentemente: Fede no sería feliz casado con una mujer normal y corriente. Ya sabes lo que decía Coco Chanel: «Si no puedes ser elegante, al menos, sé extravagante.»

Lo cierto es que ambas teníamos razón. Yo porque, aunque nos cueste darnos cuenta, no somos lo que tenemos, y ella porque estaba en una posición harto ficticia, forzada: debía abrirse hueco en el artificial mundo de Fede, un mundo que describe bien Ortega en *La rebelión de las masas* en términos tan precisos como éstos: «Un hombre llega a la ciudad. A los cuatro días puede ser el más famoso y envidiado habitante de ella, sin más que pasearse por delante de los escaparates, escoger los objetos mejores (el mejor automóvil, el mejor sombrero, el mejor encendedor, etc.) y comprarlos.»

Cuando logré abandonar la terminal y alcanzar la cafetería

exterior, Marta ya estaba allí. Era verdaderamente excepcional: siempre espero yo. Vestía vaqueros raídos, un jersey de cuello alto y una americana de terciopelo verde manzana, y se recogía el cabello en un coleta alta. Me acerqué para darle un beso, con cierta prevención. No llegué a hacerlo: ella me abrazó. Me sorprendió. Marta siempre me sorprende. Yo también la abracé: casi ni recordaba por qué habíamos reñido y nos habíamos dicho aquellas cosas tan desagradables.

—Lo siento, Reyes, de verdad...

Tras aquel recibimiento, a mí se me nubló la voz, pero, al menos, fui capaz de decir lo que quería decir:

—Yo también lo siento. No tenía ningún derecho a juzgarte: lo que hagas con tu tarjeta de crédito es cosa tuya, sin embargo...

No me permitió continuar...

—No te disculpes: tenías toda la razón. Aquella tarde salí dispuesta a fundir la tarjeta. Me gasté diez mil euros en ropa y otro tanto en bisutería...

—¿Diez mil euros?

Asintió.

—Diez mil.

No respondí. ¿Qué hubiera podido decir? A mi mente volvió la imagen de aquel tipo, con su bolsita de plástico con trozos de sándwich. Me cuentan que en los restaurantes de Brasil te ponen los restos de tu almuerzo en un envase de plástico, para que se los repartas a los pobres que hacen cola en los alrededores. Pero esto es España...

Pedimos un café y nos sentamos. Tras unos instantes de silencio, Marta se decidió:

—¿Sabes por qué lo hice?

Negué con la cabeza. ¿Quién comprende el comportamiento humano? Y, aunque lo comprendiéramos, ¿quién es capaz de escudriñar las intenciones de una rubia «no tonta»?

Marta se explayó.

—La noche anterior a nuestra cita, Fede me llamó a eso de las ocho para avisarme de que estaba muy liado y se quedaba en la oficina. Dijo que no vendría a cenar y que no le esperara despierta, porque era posible que llegara de madrugada... No podía quejarme, de modo que intenté machacarle la cuenta corriente. Y seguí haciéndolo toda la semana, pero con algo más de tino: joyerías. Las joyas siempre tienen valor...

—¡Mujer, no ir a casa a cenar una noche no es tan grave!

Se echó a reír. Una risa cínica, dura, gélida.

—¡Cómo se nota que llevas tropecientos años con el mismo hombre, Reyes! Venir a cenar no es importante, pero sí lo son las circunstancias...

—Perdona, no te sigo. Está claro que hay algo que no me has contado...

—Cierto: no te he dicho que ésas fueron las palabras que empleó cuando llamó a su ex mujer aquella primera noche que pasó conmigo. Exactamente las mismas palabras. —Se detuvo un instante, pero, enseguida, volvió a la carga—: Sé que fundirle la tarjeta de crédito no va a arreglar gran cosa, pero, al menos, me hace dar gracias a Dios por no pasar hambre, como tu amigo el del barrio de Salamanca.

Intenté pensar en positivo, aunque reconozco que con Fede resulta difícil.

—Quizá te precipites, quizá fuera verdad... lo de la cena, quiero decir.

Torció el gesto.

—Puede que sí o puede que no, pero me inclino porque no lo sea. Verás, el *shock* fue tal que me acerqué a su oficina para verlo con mis propios ojos, pero allí no había nadie. ¿Es eso bueno o malo? Pues yo diría que bueno no es. No ha vuelto a hacerlo, lo cual indica que muy encoñado no está, pero tampoco me ha llamado la atención por las compras, y te aseguro que me he pasado tres pueblos: eso es más que sospechoso, suena a cargo de conciencia.

Guardé silencio: ¿qué podía decir? Mi imaginación me devolvió la escena de los duros intentos de Marta por poner cara de póquer al ver aparecer a su marido con la ropa impregnada de olores extraños.

En las escasas ocasiones en que hemos coincidido, al verlo junto a Marta, la mente se me ha ido directamente a calcular el tamaño de su... cuenta corriente. Porque para acompañar a ese pequeño y rubicundo ser, corrientucho por no decir vulgar, no cabe ningún otro razonamiento. Ella es casi perfecta y aún retiene la esencia de la juventud; él sólo cuenta con dinero, ínfulas y un ridículo intento de recorrer de nuevo la mocedad tiñéndose de negro cuervo.

«¡Marta no es una rubia tonta: es verdaderamente estúpida, como tantas de nosotras», me dije. Pero no sabía de la misa la media, porque, tras nuestra larga conversación, caí en la cuenta de que lo quería, así como suena: *Marta lo quería*. Por alguna extraña razón, que se me escapa completamente, se había enamorado de ese ser que a mí me parecía despreciable.

Mi amiga siguió hablando y hablando, y yo, no pudiendo resistirme más, le pregunté:

—Marta, ¿tú estás segura de que es el hombre de tu vida?

—¡Naturalmente: me he casado con él!

—Él también se ha casado contigo y tú estás dudando de sus intenciones... Casarse no parece en este caso garantía suficiente...

Se me escapó. Mal hecho por mi parte: nunca deben formularse preguntas cuya respuesta no deseas escuchar, ni tampoco aquellas que puedan incitar al interpelado a mentirte (eso es especialmente importante cuando hay niños por medio). Marta no respondió. Entre nosotras se abrió un silencio duro, seco. Y no pude menos que recordar aquel episodio. Fue la segunda vez que nos vimos. Mi amiga llevaba una preciosa (y minúscula) falda de cuero marrón festoneada en beis. Como me sentía incómoda con él cerca y no sabía qué decir, aludí a la prenda.

—¡Qué falda tan bonita!

Esto fue lo que Fede me respondió:

—¿Bonita, la falda? ¿Acaso no te has fijado en el culo?

Creo que ella no oyó el comentario. Espero que así fuera. Pero yo sí lo hice y, desde entonces, le declaré antipatía eterna, algo que se convirtió en odio tras aquella sospecha fundada en una de las mayores fuentes de evidencia: la experiencia.

—¿Estás segura?

—Sí... bueno, del todo no, pero...

Finalmente, dejó de observarse los dedos. Acababa de hacerse la manicura: color rosa.

—Mira, Reyes, hay dos tipos de maridos: los que se casan por amor y los que calculan. Los jóvenes enamorados no piensan en si van a rellenar conjunta o separadamente la declaración de la renta. Tienen tantas ganas de estar al lado de sus parejas, que cualquier situación futura los compensa. Los que calculan son de otra calaña...

—¿Tú te casaste por amor?

—Cuando Fede me pidió matrimonio, no sopesé pros y contras: me lancé en sus brazos y lo acepté sin reservas. Me equivoqué: debería haber dejado que entrara la cabeza, haberme parado a pensar... En el colegio se me daban fatal las matemáticas, pero las cuentas son tan sencillas que hasta yo las hubiera hecho bien. Verás: si todo va como debe, me esperan cinco o seis años buenos; siete en el mejor de los casos. Cenaré en restaurantes caros, tendré una tarjeta de crédito sin límite, viajaré, conoceré a gente divertida, asistiré a fiestas, dispondré de joyas preciosas e iré a algún crucero de lujo... Pero enseguida llegará la próstata, el cáncer o el alzheimer; cambiaré el caviar por los pañales, la baba y las zapatillas de cuadros. Ya no le apetecerá salir, o no estará en condiciones. Y yo pasaré a ser su enfermera... Pero yo todavía estoy de buen ver y no soy tonta: tengo un futuro prometedor. No creo que sea una soberbia, pero a la vista está: los hombres aún se dan la vuelta cuando paso. ¿Cuánto durará esto? Dentro de seis o siete años, la cosa ya no funcionará...

La corté. No me gustaba nada oírle expresarse de aquella forma.

—Marta, esa manera de pensar...

Pero ella quería, necesitaba, continuar.

—Es la cruda realidad, Reyes: Fede tiene treinta años más que yo; es feo, le sobra media arroba y, aunque tiene forrados los bolsillos, va irremediablemente cuesta abajo. Cuando nadie quiera cargar con él, cuando nadie quiera cambiarle los pañales o limpiarle la baba, ahí estaré yo. Debería haber calculado cuánto valía mi aportación y haber actuado en consecuencia. Pero no lo hice, ¿y sabes por qué? Pues porque soy idiota: ¡no tengo dos dedos de frente!

—¡Marta, no seas así!

—¡Pero es la pura verdad: soy la tercera con papeles; de sin papeles, ni te cuento! ¿No lo ves? Uno cambia tres o seis o mil veces de coche, pero no cambia tres o seis o mil veces de esposa a no ser que lo que esté comprando sea una señorita de compañía, con derecho a favores sexuales... El mío era un matrimonio de alto riesgo y no me di cuenta. Para mí, casarme era algo serio; para Fede, una ceremonia, papeleo y una compañía que lucir en las cenas... ¡Dios! ¡Me ha fastidiado la vida y tú te pusiste a reñirme porque le iba a fastidiar la cuenta corriente!

No pude decir nada más. No quedaban palabras. «Infidelidad» es sinónimo de «traición» y no hay traición dulce, ni traición pequeña.

—¿Y qué vas a hacer? —me decidí a preguntarle.

Se encogió de hombros y contestó:

—Pues lo que toca. Si se trata de una competición, jugaré para ganar: lo agarraré por las pelotas y apretaré tan fuerte que no lo olvidará jamás... ¡No sabes lo fuerte que soy capaz de apretar!

Por el gesto que hizo, me dolió hasta a mí.

—¿No deberías antes comprobar que, en efecto, te mintió?

—Una mujer sabe esas cosas, Reyes...

—Hace un momento, decías que te casaste por amor. Si es así, deberías agotar todas las posibilidades. Podrías contratar a un detective privado. Al menos, así, tendrías alguna evidencia y no sólo sospechas o intuiciones...

—En eso tienes razón, es una buena idea...

Me detuve un instante, pero volví a ser imprudente.

—Perdona, Marta, cuando dices agarrarle por las pelotas, ¿a qué te refieres exactamente? No vas a hacer ninguna tontería, ¿verdad? Trabajo con la Policía y puedo asegurarte que, aunque tarden, siempre pillan a los malos...

Se echó a reír.

—¡Como se nota que escribes novelas de crímenes! Me refería, para empezar, a hablar con un buen abogado, uno de esos carroñeros, preparados para chuparle hasta la última gota de sangre. —Oyendo a Marta, me vino a la mente el que, dicen, era el chiste preferido por Ronald Reagan: naturalmente, era de abogados o, mejor, contraabogados.[6] Marta continuó hablando—: Aunque siempre queda la opción inteligente... en ese caso, debería darme mucha prisa... Sí, quizá sea mejor decantarse por la opción inteligente... O mejor hacer ambas cosas a la vez.

Enarqué las cejas. No la seguía.

—¿Inteligente? ¿Cuál es la opción inteligente?

—¡Mujer, estás en las nubes! A ver, ¿qué es lo más inteligente que puede hacer una mujer en mi situación? ¡Pues quedarse embarazada! He ido al ginecólogo. Dice que cuarenta años no es nada, que muchas mujeres conciben su primer hijo a esta edad, que todo puede salir bien. Fede tiene otros dos hijos, pero a mí eso no importa: lo tendré...

—Entiendo, agarrado...

—Exactamente: por donde más duele.

Guardé silencio, pero sólo durante un instante: soy madre.

—No quiero meterme en tu vida, Marta, pero traer un hijo al mundo es algo muy serio. Algo... importantísimo. No se puede ni se debe utilizar a un niño como moneda de cambio o como arma arrojadiza... Ésa es una de las cosas que me ponía de mal humor cuando estudiaba historia económica. El manual que usábamos explicaba que las familias campesinas tenían muchos hijos porque necesitaban manos para arar la tierra, y, como la mortalidad infantil era muy alta, insistían para que el importe neto fuera el adecuado... Te puedo asegurar que no he concebido a ninguno de mis hijos para explotarlos en sentido alguno: si yo supiera que mis padres me han traído al mundo por algún fin mundano, me llevaría un gran disgusto...

Marta suspiró hondamente.

—Siempre he deseado tener un hijo, Reyes. Pero Fede no

6. «El Instituto Nacional de Salud ha decidido cambiar las ratas por abogados para realizar sus experimentos. Tiene tres razones para ello. La primera es que son tan abundantes como las ratas. La segunda es que no existe riesgo alguno de cogerles cariño. La tercera, que hay cosas que una rata no haría nunca.» Estaba segura que Marta se refería a un espécimen de este prototipo.

quiere... Esta vez, creo que voy a salirme con la mía. Y contrataré a ese detective. ¿Conoces alguno?

—En Madrid, no... Oye, Marta, lo que voy a decir no es propio de una medio feminista como yo, pero no sé, me da pena que... Mira: si verdaderamente lo quieres, si estás dispuesta a tener un hijo suyo, ¿no puedes olvidar esa sospecha e intentar mirar hacia delante? Quizá te estés obsesionando y estropees algo que merezca la pena... Ya sabes lo que dice el proverbio del Talmud: «Tres cosas son buenas en pequeña medida: la sal, la levadura y las dudas.»

—Puede que tengas razón, lo pensaré. Y ahora, vete a casa: estarás deseando ver a tus hijos.

—¡No lo sabes tú bien!

Regresé al interior de la T4. Pese a que había tratado de calmar a Marta, por dentro estaba que mordía: ver el futuro de mi amiga dependiendo de los caprichos de un hombre tan gris como Fede me hizo arder las entrañas.

23

Independencia, por favor

Cuando su marido murió, sintió que le arrancaban la piel y la carne, y que ni huesos le quedaban.

Entonces, llegó la carta de manos de aquel señor vestido de gris, con sello del Estado.

«La acompaño en el sentimiento», dijo el muy cabrón.

Luego, le enseñó los largos incisivos, y le informó de que, en bien del Estado, venía a chuparle el alma que su marido había dejado.

Dicen quienes lo han visto que Pablo Escobar, uno de los más famosos narcotraficantes de la historia, líder del cártel de Medellín, enmarcó su primer millón. Tan seguro estaba de que ganaría muchos como ése, que colocó los dólares en fajos, unos sobre otros, y los rodeó de cristal y marco. Como es habitual en el mundo de la droga, los billetes eran pequeños y llenaron íntegramente el cuadro premonitorio. Lo encontraron colgado en el salón de una de sus mansiones colombianas, sobre la pared de la chimenea.

Yo gané mi primer dinero impartiendo clases de iniciación a la guitarra, los viernes por la tarde, en un club de niñas. No fue un millón de dólares, sino ochocientas pesetas, unos cinco euros, que, por aquel entonces (los de mi quinta lo recordarán) daban para muchísimo. Calculo que rondaría los dieciséis años; mis alumnas tendrían siete u ocho: eran tan pequeñas que la mayoría no alcanzaba a abarcar el instrumento y a colocar los minúsculos dedos en la caña, sobre las cuerdas, de modo que sólo podíamos acceder a dos o tres notas; sol, por ejemplo, resultaba impensable... Y, gracias a Dios que eran así de canijas, porque mi nivel de «desempeño» en la música en general y en la guitarra en particular no pasa de mediocre. Sin embargo, pesó más mi labia, que me permitió convencer a las dos mujeres que dirigían aquel club de que mi contribución valía mucho más de lo que iban a pagarme.

Me entregaron esa fortuna, que, desde luego, para mí lo era, en un sobre amarillo, con mi nombre de pila escrito en mayúsculas y un pequeño recibo para firmar. Entonces desconocía que mi pensamiento coincidiera con el de Escobar, pero siempre me había dicho a mí misma que guardaría mi primer sueldo y lo enmarcaría. Imaginaba un billete muy gordo, de cinco mil pesetas, de frente, sonriéndome desde la lejanía, y un cuadro estrecho y alargado, con el marco oscuro, preferiblemente negro...

Pero ya se sabe que los sueños, sueños son.

No cumplí mi deseo; eso sí, guardé el sobre amarillento con tanto celo que aún lo conservo. Me gasté dos terceras partes de aquel montante en comprar un puro habano (el más largo y caro que encontré) para mi padre, empedernido fumador; un perfume para mi madre; y bombones caros para el resto de la familia; guardé lo demás para pagar mis cosillas. Desde aquel bendito día, no he dejado de trabajar, de modo que he experimentado en muchas ocasiones la gratísima sensación de sufragar mis pequeños gastos ordinarios. Naturalmente, tuve la suerte de que mis padres se hicieron cargo de las grandes facturas: la universidad, la luz, la comida, los viajes..., pero la sensación de no tener que pedir dinero si no era necesario o dar explicaciones de por qué lo necesitaba, la impresión de ser cuasi independiente, me resultó maravillosa, liberadora.

Por cierto, que aquel día, cuando regresaba a casa con el dinero, con mi guitarra en su funda de cuadros escoceses rojos y contenta como unas castañuelas, me topé con una manifestación en la Plaza Mayor (entonces, residía en Valladolid). Permanecí quieta en uno de los soportales, apoyada en una columna de piedra, fascinada con aquella historia de gendarmes y estudiantes con flequillo provinciano, a los que cantaba Ismael Serrano. No tengo noticia de quién había convocado aquella protesta. Tampoco conozco el motivo, aunque es fácil deducirlo, pero puedo asegurar que el ambiente no era precisamente pacífico. Sin embargo, ni por un momento me sobrevino la idea de que, si me confundían con uno de aquellos manifestantes furibundos, cualquiera de los nerviosos policías antidisturbios podría abrirme la cabeza con su porra; tampoco me inquietó que mi guitarra, que no dejaba de ser mi modo de vida, pudiera salir mal parada de aquella batalla campal. En lo único que pensé fue en que podría perder mi sobre amarillo, y, por si acaso, me apresuré a esconderlo dentro de la ropa interior, cubierta, a su vez, por mi inseparable vaquero...

No me ocurrió nada destacable en la larga hora que estuve allí, retenida. Pasé un poco de miedo, eso sí, pero hubo también mucha emoción, y un cierto aprendizaje: porque lo que aquellos estudiantes demandaban era libertad, más libertad, una demanda que luego maduraría a lo largo de mi carrera y que, en aquel momento, y de alguna manera, se identificaba con mi guitarra: aquellas ochocientas pesetas eran ochocientos motivos de independencia financiera que me hacían sentirme mucho más libre.

Sé que lo que voy a decir es discutible, pero yo siempre he tenido claro que, si quería gozar de esa libertad deseada, debía ser capaz de ganármela, en el sentido más economicista del término. Desde aquel día, he cosechado más o menos, nunca mucho, pero jamás he dejado de recibir algún sobre amarillo: no depender económicamente de otro siempre ha sido importante para mí.

Soy consciente de que, en apariencia, esta afirmación me sitúa enfrente de muchas mujeres, algunas de ellas amigas mías, que desarrollan su trabajo en casa. Pero las apariencias engañan. Ellas y yo hemos hablado largo y tendido sobre el particular. Y nos hemos puesto más o menos de acuerdo en dos conclusiones medio contradictorias: para empezar, que digan lo que digan unos y otros, el del ama de casa es un trabajo tan... trabajo como el del albañil, el profesor de escuela o el médico. En segundo lugar, que a pesar de la primera conclusión, es necesario que toda mujer esté en disposición de tener un trabajo «como el mercado manda».

¿Hay entre ustedes alguien capaz de sostener que hacer funcionar una familia no es un trabajo? ¿Hay quien se atreva a afirmar que tener como objetivos estratégicos que se coma a tiempo y lo que se debe; que lleguen informes del colegio diciendo que los niños «progresan adecuadamente»; que los hijos crezcan educados, limpios y preferiblemente despiojados; que haya ropa limpia y planchada en el armario; y, finalmente, que exista un ambiente tal que a la gente le apetezca regresar a casa es algo poco profesional? ¿Hay alguien capaz de aseverar que el de la mujer es un trabajo *light*, siempre grato y justamente valorado?

Ninguno, ¿verdad?

Pues se equivocan. Deben saber que existe alguien dispuesto a sostener esa postura; y no un alguien cualquiera: el mismísimo ministro de Economía... todos los ministros de Economía, desde Alemania hasta Chile, pasando por Estados Unidos. Verán: según la economía a la que esos ministros sirven, lo que el ama de casa hace no es que no sea valioso, es que, *simplemente, no existe.* Puede que dar de mamar a un niño sea importante para el niño que llora, para sus padres que tienen los berridos del hambriento metidos en el mismísimo hipotálamo, y hasta para la sociedad, porque un niño desnutrido es toda una lacra; sin embargo, dar de mamar a ese niño no contribuye a la formación del producto interior bruto y, por tanto, nadie lo ve, lo mira ni lo aprecia. Porque, ésta es la máxima: *lo que no pasa por el mercado, no existe.*

Si la economía no aprecia el trabajo doméstico es porque gira única y exclusivamente alrededor del mercado. «Apreciar» significa textualmente «poner precio», y es el mercado el que pone los precios. Como no existe un mercado para el trabajo de las amas de casa, pues, *et voilà!*, la labor de esas mujeres no existe. Sus lentejas alimentan; sus cuidados sanan, ahorrando, además, ingentes costes a los servicios de urgencias o al presupuesto para la dependencia; sus atenciones alegran la vida y educan; evitan, por ejemplo, los costes de tener que reponer el mobiliario urbano, machacado por vándalos cuyas madres no pierden el tiempo con ellos. Pero de la importancia al valor hay un trecho... que pasa por el mercado.

En mi modesta opinión, estamos ante un error de bulto de la macroeconomía clásica, construida en épocas muy distintas a la nuestra, y teniendo al individuo y no a la persona, ser social, como centro. Pero, como dicen en Castilla, con estos bueyes hay que arar. Mientras no cambiemos el paradigma económico, y es más que improbable que seamos capaces de hacerlo en el medio plazo, esas amas de casa tienen un problema serio: si ocurriera cualquier desgracia y necesitaran recibir rentas del mercado, ¿qué van a poder ofrecer: niños mamando o educación en pastillas?

En ese sentido, va mi (nuestra) segunda conclusión: que todas las mujeres, las que trabajan fuera y las que trabajan dentro, tenemos que ser capaces de ser *profesionales de mercado*, por si las circunstancias de la vida (el desempleo del marido, la viudez, un revés económico, el deseo de progresar o lo que sea) lo exigieran.

¿Qué sabes hacer?

No respondas que nada, porque no es verdad.

Piensa: si quisieras, si te hiciera falta... ¿con qué podrías montar un negocio?

¿Tartas por encargo? ¿Podrías tener una web, con diseños distintos, bonitos, y especializarte en cumpleaños, comuniones, fiestas de compromiso?

¿Guisas tan bien que podrías montar un *catering*? Hay mucha gente que no quiere cocinar los fines de semana, podrías compatibilizarlo con la familia, e incluso, proporcionar un trabajo futuro para ese hijo que nunca quiso estudiar, pero que te ayuda en la cocina como el mejor de los pinches...

¿Confeccionas tu propia ropa o la de tus hijos? ¿No podrías hacer de esa habilidad un pequeño negocio? ¿Eres una manitas o una virtuosa de la informática? ¿Y qué tal si montas un taller de restauración o un curso de informática práctica para mayores de setenta o un servicio de recogida de los adolescentes que salen los viernes...?

No estoy proponiendo a las amas de casa que dejen de hacer lo que hacen: es valiosísimo e imposible de sustituir, sólo les pido que lo piensen con calma, para ahora o para cuando los niños crezcan y empiece a sobrar algo de tiempo, o para cuando vengan mal dadas...

Hay muchos maridos sin trabajo, ¿por qué no hacerlo juntos?

En fin, no quiero insistir. Sólo quisiera que comprendieran

mi punto de vista, porque de ese modo entenderán mejor por qué la postura de Marta (consistente en enganchar a su marido quedándose embarazada) no es mi ideal de independencia. Pero a ver quién le ponía el cascabel al gato y se lo explicaba a Marta, que, por otro lado, dice ser superfeminista...

¡Horror! Me parece que acabo de meterme en un lío.

¡He mentado a la bicha!

24

Burkas en la cabina

El ministro de Cultura convocó también a la prensa extranjera.

Los periodistas se miraban unos a otros, desconcertados.

Estaban acostumbrados a retransmitir arengas antioccidentales, pero no en ese ámbito.

Cuando concluyó, se miraron de nuevo aún más aturdidos: acababan de explicarles que, como parte de la apertura del país, a partir de ese momento, las mujeres podrían escoger el color del burka entre los tres marcados por el Consejo de la Revolución.

Circulan ciertos rumores... Lenguas maledicentes aseguran que incluso se han atrevido a ponerlo por escrito en ese código que nadie ha visto y todos conocen. Que es de ese modo porque, tras sesudos experimentos sobre el comportamiento y la psicología del consumidor, alguien inteligente así lo dispuso. Yo, como un político pillado en un renuncio, no puedo confirmarlo ni desmentirlo. En mi caso, además, me atengo a la verdad: simplemente, lo desconozco. No obstante, vuelo lo suficiente para haber elaborado mis propias estadísticas. Y ellas confirman, de modo robusto, mis conclusiones.

Cada uno de ustedes puede acumular sus propias experiencias y contradecirme si lo estiman oportuno. Si me muestran datos concluyentes, estoy presta a rectificar. Sólo un estúpido se mantiene en sus trece cuando aparecen nuevos datos y yo, que sepa, mantengo mi estupidez en los límites normales. Si me explican en qué yerro, no sólo me daré prisa en cambiar de opinión, también se lo agradeceré porque, he de confesar que, en este caso, estoy deseando encontrar un clavo al que agarrarme y así poder envainar la espada...

«¿De qué va todo esto?», se estarán preguntando. Se lo anticipaba en páginas anteriores, pero se lo aclaro con gusto: va de hombres y mujeres, o de mujeres y hombres... en este caso, al volante.

A estas alturas, ya no me hace falta entrar en la cabina del avión en el que viajo para conocer a qué género pertenece quien lo pilota. Lo he comprobado. Unos minutos después de emprendido el vuelo, una voz de amables maneras te agradece haber elegido aquella compañía; te pide disculpas por el retraso, si es el caso (suele serlo); y te informa, con más o menos detalle, sobre la duración del vuelo y las condiciones meteorológicas de tu lugar de destino. Les ruego que se fijen la próxima vez que vuelen: si la voz que escuchan es la del comandante, gobierna un hombre; si pertenece al sobrecargo, hablando en nombre del comandante, así en genérico, entonces pilota una mujer.

En carretera, que las mujeres conduzcan puede perturbar más o menos a los hombres; si el volante es el de un Airbus A330 o de un ATR-72, las faldas ponen bastante nervioso a todo el pasaje: mujeres incluidas. De modo (ésa es la conclusión de la que hablaba anteriormente) que a *las* comandantes se las anima a permanecer calladas. Aclaro por si no me he explicado bien: no se trata de que las mujeres tengan prohibido pilotar, que lo hacen, sino que, creo yo, se les recomienda que no lo muestren. Algo así como un burka, pero en aviación.

Yo no conduzco un BMW, quizá, como señala su publicidad (estupenda, por cierto), porque no me gusta conducir. Llevo un Volvo, por aquello de la seguridad. La seguridad me preocupa por cómo conducen los demás (léase fitipaldis de coches tuneados; cagaprisas que parecen cobrar por segundos; impacientes al volante de coches deportivos que se creen que el camino de tu casa es un circuito). Y también me preocupa, debo confesarlo, por cómo conduzco yo, que, aunque no he tenido un accidente en treinta años, haciéndome bastantes kilómetros, prefiero que me lleven. En fin, que, en este punto, comprendo lo que ocurre.

Aquél era uno de aquellos vuelos en los que el sobrecargo, un guapo y amanerado caballero de cuerpo musculoso y flequillo descuidadamente colocado, nos dio la bienvenida. No llevábamos diez minutos en el aire cuando comenzaron las turbulencias. Un saltito sobre las nubes; dos... Se encendieron las luces que avisaban que debíamos abrocharnos los cinturones de seguridad. Otro salto... Esta vez, la caída fue mayor.

A mi lado se sentaba un empresario de impecable aspecto —traje gris de delgada raya diplomática, camisa blanca con iniciales, gemelos de oro, corbata verde oliva y una sugerente fragancia, probablemente Égoïste—. Calzaba mocasines granates, lustrados de esa forma que sólo los auditores, consultores y abogados mercantilistas de grandes bufetes saben lustrar. De tener que apostar, me inclinaría por una auditora global. Contaba el caballero con una abundante mata de pelo enteramente cano y bien cortado, y aspecto de frisar la edad de jubilación forzosa. Leía un diario económico, muy tranquilo. Con el último tumbo, lo cerró, lo dobló cuidadosamente en horizontal, alineó las piernas y cerró los ojos.

En aquel preciso instante, una voz femenina, algo aflautada, salió por los altavoces. Dijo ser la comandante Rodríguez (obviamente, me guardo su verdadero apellido para mí) y explicó que estábamos pasando por una zona de turbulencias. Se había desatado una fuerte tormenta e iba a elevarse para intentar evitarla. De no conseguir sortearla, regresaríamos. Por aquel entonces, yo tenía ya el estómago revuelto. La tostada del desayuno iba y venía, recordándome que la mermelada de naranjas amargas, que tanto me gusta, me sienta fatal. Me hubiera causado tantos inconvenientes no pasar el día en Madrid que, en mi estúpida inocencia, no pensé en que nuestra seguridad estuviera comprometida: solo calibré el riesgo de que aquella señora se diera la vuelta y tuviera que regresar al día siguiente. Mi colega de asiento, el de los zapatos deslumbrantes, reaccionó de manera muy distinta a la mía. En cuanto escuchó el suave sonido de la voz de la comandante, se puso lívido e, instintivamente, fue a sujetarse en los reposabrazos del asiento. Yo había llegado antes, de modo que terminó por aferrarse a mi mano. El buen hombre apretaba como si quisiera transmitirme el alma.

—¡Perdone, no sabe cuánto lo siento! —se excusó, al darse cuenta de que eran mis dedos los que estrujaba.

—No se preocupe —respondí. Rápidamente, había procedido a recuperar mi mano y cederle el sitio—. ¿Le da miedo volar?

—¿Volar? No, en absoluto. Hace años que lo hago, si no a diario, casi todas las semanas. Me he pasado la vida de avión en avión.

—Entonces, habrá sufrido turbulencias mucho peores. Lo que ocurre es que en estos aviones pequeños se notan más —añadí para intentar tranquilizarlo.

Es cierto. Algunos de los aviones que hacen el trayecto Pamplona-Madrid o viceversa son minúsculos, liliputienses, tan pequeñitos que parecen de juguete. El de aquel día era un Bombardier Aircraft de dos motores General Electric, con capacidad para ochenta personas y envergadura de veinticinco metros. Vamos, que no era un Airbus con motores Rolls-Royce de sesenta y cinco metros de envergadura y cuatrocientos asientos, en el que casi no te enteras de los baches.

Mi vecino extrajo su blanco e impoluto pañuelo del bolsillo de la americana y se secó la frente.

—Señorita —así fue como me regaló los oídos: ¡benditos auditores, que Dios les conserve la vista, el tacto y el gusto!—, no me preocupan las turbulencias, pero sí que pilote una mujer. Y ya ve que no soy el único.

Estábamos sentados en la parte delantera del avión, en la última fila de la clase preferente, compuesta por dos únicas hileras. El tipo de mi lado tenía, sin duda, cara y cartera de preferente. Yo vuelo habitualmente en turista, pero, debido al *overbooking*, y a que yo tenía tarjeta Iberia Plus del color adecuado, me habían pasado a *business*. Giré la cabeza y miré hacia atrás. El silencio, en efecto, era de cementerio. Todos los reposabrazos estaban pluriempleados. Aquel hombre tenía razón: la psicosis de «mujer al volante» se había apoderado completamente de la cabina, y cuando digo completamente, hablo de los hombres y de las mujeres que la componíamos.

Aquel día no pude almorzar. Mi estómago parecía haber salido de una centrifugadora. Como tantas veces ocurre en la vida, y en especial en el mundo de los negocios, resulta difícil asignar culpas:

¿cuánto de aquel denso silencio, que se extendió hasta el mismísimo momento en que tomamos tierra, debía achacarse a la tormenta, y cuánto a la falta de destreza de aquella mujer? Porque, lo cierto es que la comandante sorteó el problema permitiéndonos llegar y hacerlo a tiempo. ¿Cómo hubiera enfrentado un hombre aquella situación, cómo hubiera tomado el pasaje que fuera un espécimen del tipo XY quien estuviera al frente de la nave?

No puedo contestar, pero puedo decirles que comprendí que la norma no escrita, o escrita y escondida, aconsejara hablar al sobrecargo. ¿Saben lo peor, lo más grave de lo que les cuento? Pues que me da mucha rabia escribir lo que escribo, porque siempre me he tenido por una mujer feminista...

Aunque, claro, como ocurre con tantos otros términos, en el feminismo hay grados. Es decir, que ser o no feminista no es una característica esencial, sino comparativa. Depende de a quién te pongan delante, eres una feminista empedernida o una retrógrada meapilas.

Aquella tarde, en el Ritz, mientras tomábamos nuestro café preceptivo, saqué a colación el tema de las comandantes. Marta ni siquiera dejó la taza sobre la mesa, algo que hace mecánicamente cuando se trata de un asunto que le interesa.

—Bueno, ya sabes, hoy todo parece ir por pares contrarios. Si eres culé hay que ser antimadridista; o estás con los judíos o con los palestinos; los colores de primavera tienen que contrastar con los de otoño, y así todo: ricos-pobres; jueces-presos... y, naturalmente, mujeres y hombres. La vida misma: los hombres no nos aguantan, pero no saben vivir sin nosotras...

Guardé silencio unos segundos. Lo apuntado por Marta, *made in Marta*, como siempre, no dejaba de esconder una parte de verdad. No hace falta ser muy perspicaz para darse cuenta de que la sociedad en general, y España en particular, está cada vez más fragmentada. Rectifico: polarizada es un término más preciso. Sin embargo, meter en el mismo saco tantas cosas diferentes, no me cuadraba. ¿La diferencia entre un rico y un pobre, un madridista y un culé, o un hombre y una mujer podían entenderse con los mismos argumentos? A mí me parecía que no.

Me gusta el fútbol moderadamente: no sigo al dedillo todos

los lances y sucedidos de la Liga BBVA, pero los grandes partidos y las competiciones internacionales procuro no perdérmelos, por no hablar de la Roja, a la que persigo allá donde vaya. Me siento facultada incluso para opinar sobre entrenadores y árbitros, o sobre quién debe ocupar la portería del Real Madrid.

Por supuesto, tengo mis preferencias, pero también la ventaja de que a mí lo que de verdad me gusta es ver jugar bien al fútbol más que ver ganar a mi equipo. Obviamente, soy una rareza. Cuando las cámaras enfocan las gradas de algunos partidos, y veo a los energúmenos de los dos equipos chillando, llorando, prometiendo matarse a la salida o cosas por el estilo, no encuentro diferencias por colores. Tan energúmenos son los del Madrid, como los del Barça, los de Osasuna o los del Atleti... Dicho de otro modo: no advierto distinciones anatómicas, ni diferencias biológicas, psicológicas o psiquiátricas entre ellos.

Alguien me puede decir que en ese aspecto no, pero que en otros sí. De acuerdo: a simple vista, se puede distinguir entre un asiático y un caucásico, entre un sueco de piel blanca y un africano de piel oscura. Sin embargo, cuando los disparan, y mis amigos forenses deben practicar la autopsia preceptiva, se encuentran todo «en su sitio»: un mismo atlas anatómico les sirve para el común y para cada uno de ellos.

Puedo continuar el argumento con el resto de polos bifocales, con todos menos con el último: en la polarización hombre/mujer percibo diferencias artificiales envueltas en un punto de partida natural tan fuerte que impide a mis amigos forenses mirar para otro lado.

Si naces en Barcelona, tienes muchos más boletos para ser del Barça o del Espanyol que para ser hincha del Betis. Pero si te vas a vivir a Sevilla, es posible que, manteniendo el carné original, te inspires con la camiseta verde y blanca. Con las mujeres y los hombres eso no pasa. No nacemos hermafroditas. Podríamos haberlo sido, pero, en un instante preciso, el caprichoso embrión, todavía cigoto amorfo, terminó decantándose por un XX o por un XY. Y entre ellos hay una distinción tan evidente que, antes de que el forense coja el escalpelo, ya se ha dado cuenta.

Somos distintos por naturaleza y porque la artificialidad de la cultura así lo induce. Y por una de esas razones, o quizá por las dos, cuando pilotamos un Boeing 747 los pasajeros prefieren no vernos, ni olernos ni escucharnos.

Sé que, por lo dicho, algunas mujeres me tacharán de anatema. Me refiero a ese grupo de pensadoras que niegan el peso de la naturaleza y cargan las tintas sobre la artificialidad y llegan a la conclusión de que es única y exclusivamente el yugo masculino —un hombre que diseña leyes para hombres y que luego las arroja contra las mujeres— el que produce esas diferencias.

Hay que darles la razón en el hecho de que el yugo ha sido muy fuerte. El ejemplo más evidente es el del analfabetismo. El porcentaje de mujeres analfabetas en el Tercer Mundo, o en el mundo en vías de desarrollo, es ingente y, por descontado, muy superior al de los varones. Sin embargo, en términos generales, cuando las mujeres ya han aprendido a leer, les gustan mucho más los libros que a los hombres. Leen más, comprenden mejor y disfrutan mucho. No obstante, no tengo tan claro que las únicas razones puedan achacarse a una conspiración cultural. Las diferencias salariales sí, pero ¿qué decir de las tasas de supervivencia? Las mujeres, que hemos sido mucho peor tratadas médicamente hablando y padecemos mayores situaciones de riesgo sanitario, vivimos, por término medio, más que los hombres y no hablo de días, sino de años. ¿Puede alguien explicarme en qué tipo de conspiración cultural podemos encuadrar esta longevidad?

A Marta no le interesó en demasía (en realidad, ni lo más mínimo) la discusión sobre los o las comandantes. En su opinión, el debate mujer/hombre era mucho menos atractivo que el de colores de primavera/colores de otoño, de modo que terminamos hablando de algo verdaderamente importante: la tendencia del momento hacia los tonos pastel.

—¡Todas las revistas lo comentan! Los tonos pastel aportan una luz tremenda a la mirada, y si los combinas con cualquier accesorio que te rompa la *monotoneidad*, cambias de *look* y triunfas seguro.

—Monotonía, Marta: se dice monotonía...

—Llámalo como quieras, Reyes, pero con un vestido beis y un collar de cuentas de colores, triunfas...

De ahí no logré pasar. De modo que, cuando llegué a casa, durante la cena, saqué a colación el tema. Venía con ganas de pelea y sabía que en casa los hombres no iban a tomar precisamente una postura feminista. Estaba segura de que lo iba a pasar bien... Pero tampoco pudo ser. Todos estaban demasiado cansados para un debate. Decepcionada, casi despechada, en cuanto terminé de cenar, me escondí en mi guarida y decidí añadir al índice de mis *Tardes de chocolate...* el capítulo que ustedes tienen ahora entre manos. Sé que me estoy metiendo en un berenjenal mucho peor que el del sexo, pero ¿qué sería de la vida sin un poco de riesgo?

Quería hablar de feminismo, mi duda era cómo atacar un tema tan complejo desde una subjetividad tan alta. Al fin y al cabo, soy juez y parte; una juez confusa y una parte dubitativa, ante una ideología heterogénea. El feminismo, en su raíz, se alza contra una jerarquía social errónea pues, siendo igualmente humanos, ejercemos de modo diferente como ciudadanos o ciudadanas, como empresarios o empresarias, como escritores o escritoras, como directivos o directivas, como padres o madres...

«¿Y qué sé yo de esa ideología?», me dije dispuesta a cerrar el cuaderno y dedicarme a leer el libro que aquellos días tenía entre manos: *Léon y Louise*, de Alex Capus, regalo de mis buenos amigos bilbaínos José María y Maite. Pero no lo hice. Porque cuando se me mete algo entre ceja y ceja no hay modo de dejarlo...

25

Sin menstruación

Las dos forenses observaron con frialdad profesional el cadáver del hombre.

Era un tipo pequeño y panzudo, de mediana edad y atributos de gusano de seda.

Lo había matado la Policía, de seis tiros, tras una aparatosa persecución.

Se le buscaba por la violación de dos turistas extranjeras y la muerte de su esposa, tras una brutal paliza.

En aquel instante, una cucaracha cruzó el suelo del anatómico.

La dejaron correr: ambas creían en la reencarnación del alma.

De pronto, sin venir a cuento, la forense más bajita se echó a reír.

—¿Te imaginas a este cabrón reencarnado en una mujer? —bromeó.

Mientras intentaba poner en orden mis pensamientos, es decir, listar en el lado izquierdo de la página las razones por las que me considero feminista y, en el lado derecho, las que me hacen sentir a años luz de muchas de las feministas que conozco, me vino a la cabeza la obra de P. L. Travers, *Mary Poppins,* magistralmente llevada al cine por la compañía Disney. En su día, la película obtuvo cinco Oscar, incluyendo el que mereció Julie Andrews, que, dicho sea de paso, en mi opinión está brillante. Estoy segura de que, además de la niñera, todos ustedes recuerdan el papel de esa dulce y regordeta ama de casa que se ajustaba el sombrero victoriano, besaba a sus dos niños y se marchaba a toda prisa a encabezar una manifestación cuyo fin era exigir el sufragio universal: «¡Hoy las cadenas hay que romper, en dura lucha por libres ser, y nuestras dignas sucesoras, cantarán al ser mayores: "¡Por ti, por ti, vota la mujer!"»

Todos debemos mucho a esas benditas mujeres. Por ellas (y también por los hombres que las escucharon y apoyaron, o por los que, simplemente, les dejaron hacer, como era el caso del marido de nuestra secundaria), hoy nuestras hijas y nosotras mismas podemos decidir si votamos o no, y a quién; por ellas, puedo ocupar una cátedra universitaria o un cargo público; por ellas, puedo abrir una cuenta corriente o poner un negocio sin pedir autorización a un hombre; por ellas, hoy escribo como y lo que me viene en gana, y para quien quiera leerme.

Gracias a esas mujeres, y a las que siguieron su estela, hoy no hay literatura *para* hombres y *para* mujeres, cine *para* hombres y *para* mujeres, profesiones *para* hombres y profesiones *para* mujeres, sino artistas y profesionales buenos, o artistas y profesionales malos. Ciertamente, no hemos coronado el Everest (lejos quedan los consejos de administración del IBEX o el Tribunal Constitucional, por citar algunos ejemplos), pero los hay que, al contemplar el decurso de la historia, piensan que hay que ir mucho más lejos y, sobre todo, mucho más deprisa.

Les pongo un ejemplo: hace unos meses, recibí en mi web, http://reyescalderon.es el mensaje de una lectora. Aseguraba que le gustaban mucho mis libros, sobre todo la vida de mis personajes. Hablaba con elogio y cariño de Lola MacHor y del inspector Iturri; ofrecía tantos detalles y me abría de tal modo su alma que me emocioné al pensar en esta bendita literatura, que me permite sintonizar con gente a la que nunca he visto y, probablemente, nunca veré. No obstante, si finalmente esta lectora se había decidido a enviarme un extenso *e-mail* no era tanto para comentar mis obras como para enmendar mi modo de escribir o, más precisamente, mi modo de arbitrar el género de algunas palabras.

Naturalmente, tomo en consideración y reflexiono sobre todo lo que dicen mis lectores. También lo hice en este caso. Copio textualmente su demanda:

La Real Academia hace tiempo que lo permitió. Lola MacHor no debería ser la juez MacHor sino la jueza MacHor. Emplear un lenguaje sexista hace daño a las mujeres: nos convierte en invisibles para el mundo. Me extraña que, siendo mujer, y sensible al mundo de las mujeres, quieras colaborar en esa aberración.

No es la primera vez que escucho este mensaje. Siempre que puedo, aclaro por qué lo hago, ya que se trata de una decisión expresa y deliberada que tomé cuando escribí la primera obra en que MacHor ejercía como juez: *Los crímenes del número primo*.

No pude contestar a Edurne, que es la persona que pedía aquella rectificación, como debía. Me limité a darle las gracias y a prometerle que escribiría más despacio sobre ello: cinco líneas de un frío correo electrónico no eran suficientes. Ahora cumplo esa promesa y expongo el porqué de mi elección.

Desde un punto de vista puramente lingüístico, y en lo que al tema que apunto se refiere, existen dos posturas muy distintas. La primera es la de Edurne, que viene a decir, más o menos, lo siguiente: siendo el lenguaje una parte vital de la cultura, debemos buscar reducir la invisibilidad de la mujer en el habla, algo que se antoja mucho más efectivo diciendo «miembra», «jueza» o «presidenta» que añadiendo un artículo: «la miembro», «la presidente» o «la juez». La segunda postura sostiene que, en lo que al lenguaje se refiere, lo importante es que sea correcto. Cuando los sustantivos no tienen forma específica respecto al género, como «profesor» o «profesora», sino que existe una forma única, se distinguen por el artículo. La palabra «espía» es un buen ejemplo: no hay «espío» y «espía», sino «la espía» y «el espía». Las palabras que terminan en «-z» suelen funcionar como comunes: «el» o «la capataz», «el» o «la portavoz»... y «él» o «la juez». Recientemente, la Real Academia ha admitido «jueza», como antaño admitió «rapaza» o «aprendiza».

Ambas posturas tienen razones para imponerse y las discusiones pueden resultar infinitas. Sin embargo, si me he sumado a esta segunda opción, no es por su corrección, sino por algo mucho más profundo, más... feminista, si se me permite hablar en estos términos.

Tradicionalmente, cuando en la plaza de un pueblo se hablaba de la «jueza», de la «presidenta» e incluso de la «médica», de quien se estaba hablando era de la mujer del «juez», de la esposa del «presidente» o de la señora del «médico». Mi abuela paterna era «médica», pero Lola MacHor lleva toga. No quiero que nadie piense que la jueza MacHor es la mujer del juez MacHor, por eso no la llamo «jueza», sino «juez».

Esta razón, que es de peso, no es, sin embargo, la más importante: hay otra que me preocupa más. Cuando menciono a los «estudiantes», en la cabeza de quien me escucha están ambos, ellas y ellos. Desde hace años, más de la mitad de mis estudiantes son mujeres y a todo el mundo le parece normal: una igualdad de hecho que se transmite a la igualdad de derecho en un término extragenérico como «estudiante». No me gustaría lo más mínimo que alguien las llamara «estudiantas» porque suena a rareza, cuando ver a mujeres estudiando u opinando sobre macroeconomía o econometría resulta completamente normal.

Más o menos lo mismo puede aplicarse a otros términos, como «pianista», en los que el oyente debe esperar a que le aclaren si se trata de una mujer o de un hombre, porque cabe cualquiera de las dos posibilidades. ¿Y qué ocurre cuando digo «juez»? Pues que en la mayoría de las mentes se dibuja la esfinge de un hombre. Eso no cambia, sino que se agrava, cuando digo «jueza». Porque, a las que existen, con ese término las ubicamos en un lugar aparte, en un lugar raro... femenino. Sin embargo, ambos, ellos y ellas, tienen un único oficio y sus sentencias son igualmente válidas. Mi lucha se centra en que mi «juez» sea tan buena impartiendo justicia que cunda el ejemplo... y en las ternas al Tribunal Supremo o al Constitucional se vean tanto magistrados como magistradas sin que a nadie le extrañe.

Pero ¿y el lenguaje sexista del que se quejaba Edurne?

No digo que no exista, porque existe, digo que, si nos ponemos pesados, podemos terminar en el absurdo de exigir que a los curas, todos hombres, se les llame «curos»; a los periodistas, «periodistos»; o, al idioma, «idiomo».

Copio unas deliciosas frases de un artículo de Daniel Martín, en *El Estrella Digital*, del primero de diciembre de 2006:

Sin duda alguna, para arreglar el mundo, hace falta que digamos *miembras*, que existan *arzobispas* y que llamemos *médicas* a unas profesionales que exigen el nombre de *médicos*. Esto no está bien. Que la igualdad se deba imponer a cualquier precio. Y si la lógica, la gramática o el sentido común se oponen, son malos, machos o antidemocráticos. Por eso exijo, por mor a la igualdad de sexos, que, cuando hablemos de gente, digamos *la gente* y *el gente*, *las gentes* y *los gentes*. Que cuando tratemos de *personas* se haga inevitablemente la referencia a los olvidados *personos*. Que hablemos de *monjos* cuando hablemos de *monjas* y que el *Dalái Lama* reciba el calificativo de *Dalái Lamo*.

Edurne tiene mucha razón cuando afirma que el lenguaje sigue teniendo reminiscencias machistas, pero no creo que las cosas mejoren porque se modifiquen algunas letras, sino porque se cambie el espíritu, la forma de mirarnos entre nosotros.

Veamos el diccionario: «madre», por ejemplo, es «la hembra que ha parido», mientras que «padre» es «el varón o macho que ha engendrado». No tengo nada contra los mamíferos, por descontado, pero cuando se habla de «pene» quien construyó el diccionario optó por hablar del «órgano masculino del hombre», mientras que cuando detalló «vagina» hizo referencia exclusivamente a «las hembras de los mamíferos». Se ve que el puro lenguaje animal resultó demasiado brusco para el inteligente varón, mientras que no le pareció tan áspero en el caso de la mujer, que, dicho sea de paso, es un mamífero, pero no una mamífera. Además, qué demonios, lo nuestro es el «femenino», término que sigue empleándose como sinónimo de «débil» o «endeble»...

—¡Pero qué tontería, Reyes: no somos débiles ni endebles! —me enmendó Marta.

—Ya lo sé. Quien lo dice es el diccionario, no yo. Es una de las acepciones de la palabra «femenino».

Mi amiga chasqueó los labios.

—¡Pues mejor para nosotras: que se jodan! Sigamos haciéndonos las tontas, y así podremos continuar robándoles las galletas. ¿Sabes lo que opino yo de todo esto, Reyes?

—No, y la verdad, me gustaría saberlo.

—Pues verás: los hombres son básicos, primitivos. Creen que le dan a las neuronas y que nosotras no. Y en parte es verdad, ¿sabes por qué? ¡Pues porque, con ellos, no nos hace falta! No tenemos que adivinar a los hombres, los sentimos... a kilómetros de distancia percibimos sus deseos, sabemos lo que piensan incluso antes de que lo piensen. ¡Instinto básico! Ellos, por el contrario, no tienen olfato: van de frente, sin perspectiva, y los machacamos por los flancos. ¡Resulta fascinante ver cómo los pulverizamos! Con ellos, la estrategia es la de los círculos concéntricos, como el lobo o el león. Pura caza. Y en eso estas dos endebles y débiles tetas les dan cien vueltas.

Estaba escuchando fascinada la otra visión de la jugada, cuando Marta cruzó la pierna y se recostó en el sofá.

—¡Ya veo que te deslumbran mis teorías! Pero a mí lo que me gustaría es volver a tierra. ¡Me estoy aburriendo soberanamente con estos tejemanejes tuyos! ¿Por qué le das tantas vueltas? Lo de *Mary Poppins* está bien. Votamos y todo eso. Pero mira: yo tengo vagina y Fede pene; yo veo y Fede mira; yo sufro y él ni se entera. Yo gasto y él paga... la vida misma. ¿Quieres otro café? ¡Invita mi querido marido!

26

Sueños negros

En su sueño recurrente, caía al mar, se enredaba con las algas y terminaba sepultada en el cementerio marino.

Y se levantaba iracunda, porque llevaba diez años pagando un seguro completo de enterramiento.

Caía una lluvia fina sobre Madrid. El cielo, a medio camino entre la noche y el día, estaba teñido de ese color grisáceo que sólo las madreperlas de labios negros saben dar a sus huevos. La lámpara de la mesa auxiliar derramaba su cálida luz sobre el pelo de Marta, que bebía a pequeños sorbos su té de jazmín. Vestía pitillos y conjunto de jersey y chaqueta en tonos arena. Estaba guapísima, como siempre, pero se le palpaba el cansancio... Sujetaba la taza con ambas manos. Sostenía la mirada baja y la lengua quieta, algo impropio de ella. La contemplé al tiempo que cavilaba qué podría ocurrirle. No era cansancio, seguro; me pregunté si sería hastío. Marta da bien las notas extremas, las muy alegres y las muy tristes, pero las corrientes le cuestan. Pero no, su aspecto tampoco sugería aburrimiento. Lo que Marta parecía aquel jueves era más vieja que el mes anterior: sí, eso era, más vieja... como si algo estuviera echándole años encima.

Y ese «algo» no era la supuesta infidelidad.

Se lo había preguntado. Marta había seguido mi consejo y contratado a un detective privado, que se había pegado a Fede como un adulador a su jefe. Hasta ese momento, lo único sospechoso que había descubierto era que el marido de Marta se teñía las canas en una peluquería de las afueras, algo que, por otro lado, resultaba evidente. Me refiero a que se las teñía (el negro cuervo no es propio de los hombres de su edad) y también a que lo hacía en una peluquería de barrio: ninguna peluquera con oficio le daría ese tinte tan oscuro, tan mate, tan Berlusconi.

—Le dará vergüenza decírmelo, por eso se irá a un sitio donde nadie lo conozca —resolvió. El razonamiento, obviamente, era de Marta: yo poseo nariz de sabueso y no me convenció en absoluto.

En el Ritz hacía más bien calor, pero Marta, alegando estar destemplada, se había dejado el visón puesto. Lo mantuvo sobre los hombros hasta que me fui. Era obvio que le ocurría algo, pero debía de tratarse de algo extraordinario, porque de ser un asunto normal me lo habría contado nada más verme: las personas como Marta son incapaces de mantener en secreto una noticia, por mala que sea. «Quizá se trate de un tema delicado y no tenga ganas de compartirlo conmigo», pensé y, de pronto, me encontré fijándome en su cara y en sus brazos, y llamando para mis adentros cabrón a su marido... Pero no, Marta no tenía golpe alguno. Me recriminé el pensamiento: Fede no me cae bien, supongo que resulta evidente, pero por muy B que sea, por muy mediocre, por muy mujeriego, por muy estúpido, no debería haberle juzgado de ese modo y a la ligera. Le pedí perdón mentalmente y regresé con Marta.

Bajo la música del arpa, continuaba su silencio. Yo ya me había terminado el café. No sabía qué hacer. Finalmente, decidí agarrar el toro por los cuernos y darle la oportunidad de explayarse, si era eso lo que quería. Y le dije, suave, como de pasada:

—Marta, si hay algo que te preocupe... Sabes que puedes contarme cualquier cosa.

—Lo sé, muchas gracias...

Respiré hondo y, con ese exceso, se me consumió la poca paciencia que tengo.

—¿Te duele algo, te encuentras mal? ¡Venga! Cuéntame qué te ocurre, estás muy rara.

—Sólo es... cansancio. En realidad, un mal sueño... Eso es: un mal sueño.

Durante unos instantes, escruté su cara sin disimulo. Luego, con toda intención, creyendo adivinar por dónde venían los tiros, le pregunté:

—¿Quieres decir que has dormido mal o que has tenido una pesadilla?

Se abrazó aún más fuerte a su taza de té. Pareciera ir en busca de la última brizna de calor, cuando me respondió:

—Vas a pensar que estoy loca...

No le permití continuar.

—¿Tan terrible ha sido?

Asintió varias veces, primero despacio, luego, mientras los ojos se le humedecían, aceleradamente.

—¿Terrible...? ¡Ha sido espantoso! Estoy asustada. Mucho...

La animé a que me lo contara. Dejó la taza sobre la mesa de cristal y me explicó con voz entrecortada que la noche pasada había soñado que su marido moría.

—Al principio, en el sueño, todo estaba bien: charlábamos sobre algo que no recuerdo, cuando de pronto, el rostro de Fede se congestionó. De inmediato, la piel se le volvió azul. Antes de que pudiera hacer nada, dejaba de respirar. Yo me levantaba a toda prisa del sofá y empezaba a darle un masaje cardíaco, ya sabes, esos golpes en el pecho, como en las películas; luego, le hacía el boca a boca... Soy enfermera, y aunque hace mucho tiempo que no trabajo, tengo algo de experiencia. Lo intentaba todo, pero no lograba evitar su muerte... En ese instante, me desperté sobresaltada, bañada en sudor; estaba a mi lado, tranquilamente, roncando: ronca como un león... Bueno, no sé si los leones roncan, pero Fede sí... No importa. Pero el sueño... ¡Dios santo, era tan real! Tenía la piel fría y el semblante de muerto! Me sentí como si lo estuviera amortajando... Esta misma mañana le he dicho que tiene que hacerse un chequeo sin falta, pero no me ha hecho caso... ¿Qué voy a hacer yo si le pasa algo?

Por un momento, me sentí culpable. Quizá había insistido demasiado con el tema de la independencia financiera. Pero no, Marta iba por otros derroteros. Cuando concluyó su relato, tenía los ojos llenos de lágrimas. Otra persona, en mi situación, la hubiera tranquilizado diciendo, como mi antepasado Calderón, que «los sueños, sueños son», y por lo tanto no hay que darles más importancia de la que tienen. Que la realidad, que es en suma lo que importa, está en este lado y que, sobre este lado, la imaginación no tiene imperio alguno. Pero Marta acababa de toparse con la horma de su zapato: me puse de inmediato en su posición.

Lo siento, soy de las soñadoras. Lo soy en un sentido metafórico (la imaginación se me desborda, y soy capaz de «soñar despierta») y también en un sentido psicológico: profeso respeto y, por qué no decirlo, también cierta fascinación por el mundo de los sueños. Por eso, le respondí al alimón:

—No te preocupes, Marta, eso no tiene por qué pasar, pero debes hablar con Fede; insistirle hasta que consigas que se haga un chequeo. ¿Por qué no se lo organizas todo, como haces con los cumpleaños o las fiestas sorpresa, de modo que no pueda escaparse? En eso eres un hacha...

Me pilló al vuelo.

—No me has dicho que era una tontería, de modo que tú crees que mi sueño puede ser premonitorio...

—Lo que yo crea o deje de creer carece de importancia, pero siempre es mejor prevenir que lamentar, ¿no te parece?

Marta permaneció callada, esperando que yo continuara. Me daba reparo hacerlo, por muchas razones, pero sobre todo porque no soy Daniel, el judío: mi conocimiento de una materia tan extraña como los sueños es completamente superficial. Finalmente, acabé diciéndole lo que pienso, que no es más que eso: lo que pienso.

—No sé si te servirá de mucho, pero los griegos especulaban que el alma, que está al servicio del cuerpo cuando éste se halla despierto, se «administra» a su modo cuando éste descansa y, en esa tarea, alcanza a ver cosas que el hombre es incapaz de ver despierto. He leído un par de opúsculos de Aristóteles, y dice más o menos eso: que la cantidad de estímulos que recibimos en la vida ordinaria (¡lo sostiene alguien que nunca tuvo delante un televisor, y carecía de wifi y WhatsApp!) nos impide prestar la debida atención a los detalles y captar algunas facetas de sus manifestaciones externas. Por ello, cuando nuestros sentidos están inactivos, cuando dormimos, volvemos al origen y vemos la verdadera esencia y el orden de las cosas... Quizá tu subconsciente ha percibido en tu marido algún síntoma físico que no le ha gustado y luego, durante el sueño, tu imaginación te lo ha manifestado... —Como me estaba poniendo muy seria, retorné a la realidad—. En todo caso, ¿cuántos años tiene Fede...? ¿Sesenta y cinco, setenta? Es una buena edad para un chequeo.

—Sesenta y ocho, y tienes razón: lo organizaré de modo que no pueda escaparse. —Me sujetó las manos—. Me alegro de que no me tomes por una chiflada que cree en espíritus y cosas de ésas...

—¿Chiflada? Ni hablar: tú puedes ser muchas cosas, pero no eres una chiflada. Además, tengo que confesarte que yo también tengo consideración por los sueños, aunque no se lo cuento a nadie, no me pase como a ti y me tilden de loca... Hoy todo lo onírico ha caído en desuso, pero, desde muy antiguo, las visiones nocturnas llamaron la atención de reyes y criados, que pagaban cantidades astronómicas a caldeos, griegos, egipcios o judíos para que se las interpretaran: creían que los sueños eran uno de los vehículos por el que las divinidades les daban a conocer su voluntad; los bienes y males venideros...

—¡Qué interesante! ¿Tienes algún libro sobre sueños que me puedas prestar?

En ese instante, me vino a la mente la imagen de Marta leyendo la interpretación freudiana de los sueños, y pensando que, en realidad, su visión nocturna escondía un deseo que no podía satisfacer debido a obvias razones: cargarse a su marido... Decidí que era mejor no prestarle ninguno. Se olvidaría enseguida, de modo que respondí:

—Alguno tengo, sí, pero no sé si te gustará: mezclan las cosas de modo que cuesta separar la paja del trigo.

Marta pareció animarse un poco con la conversación: es por naturaleza una mujer de curiosidad casi infinita y los nuevos datos le hicieron olvidar, al menos temporalmente, su miedo inicial. Dio un pequeño saltito, se colocó justo a mi vera y me pidió que le explicara lo que supiera sobre el mundo de los sueños. Me azoré, porque, como digo, mi conocimiento sobre ese tema se limita a haber leído tres o cuatro libros sobre la materia. Conozco a Marta lo suficiente para saber que tomaría todo lo que yo le dijera como si fuera ciencia comprobada. A toda prisa, intenté ordenar mis ideas.

—¿Has oído hablar de la campana de Gauss? —le pregunté.

—¿Gauss? ¿Te refieres al diseñador? ¡Ahora que lo dices, creo que en mi armario no hay nada suyo!

—¡No, no! Yo me refiero al matemático, a Carl Friedrich Gauss. Es conocido como «el príncipe de los matemáticos» o como «el padre de la moderna teoría de errores»... Bueno, eso no es importante. Lo importante es que él mismo narra que «vio» su heptadecágono (un precioso polígono regular de diecisiete lados, al que llevaba semanas persiguiendo) cuando salía de un sueño, justo en el momento en que despertó. Y no es el único. Algunas leyendas urbanas aseguran que, a menudo, los genios, los artistas y otros *outsiders* crean sus mejores obras en brazos de Morfeo. Puede que lo que digo no sea más que eso, una leyenda urbana, pero a mí me parece que existe una explicación lógica y racional para que esos descubrimientos tan complejos sean precisamente paridos al alba, cuando uno está desvalido, despegado de casi todas sus potencias, en esa situación de disociación y de desconexión del entorno y de nuestras propias barreras.

—¿A ti te ha pasado eso alguna vez? Tú escribes, ¿no? Estás en ese sector.

Me quedé de piedra. Marta me había calado por completo, otra vez. Guardé silencio.

—¡De modo que a ti también te ha pasado! ¡Haz el favor de contármelo ahora mismo!

Tragué saliva.

—De acuerdo, confesaré: en efecto, a veces, bastantes veces para ser exacta, me ocurre lo que al señor Gauss: me despierto habiendo solucionado, si no todos, sí algunos de los problemas con los que me he acostado, en especial, los referentes a los flecos de los argumentos de mis novelas. Cuando abro los ojos, me encuentro la solución ante mí, fresca, lustrosa, esperándome. Quizá llevaba horas, días, semanas incluso, buscando ese final y, justo cuando desconecto, aparece. ¿No te parece fascinante, Marta?

—¡Por supuesto que sí! ¿Qué crees que puede ocurrir en esas horas oscuras?

—Pues no puedo darte una respuesta concreta, pero es obvio

que nos vendría bien alguna explicación: al fin y al cabo, pasamos dormidos uno de cada tres minutos, y en ciertas épocas de la vida mucho más, por no hablar de algunos (mi hija Covadonga sin ir más lejos) que no despertarían de no ser por obligación...

—Entonces, ¿debo preocuparme por mi sueño o no?

—Debes preocuparte porque tu marido se haga un chequeo, por nada más. Y, ahora, guapa: tengo que marcharme. Se me va a escapar el avión.

«¡Por todos los santos: pensé que no podría disimularlo!», eso fue lo que murmuré cuando abandoné el Ritz. Porque, de ser Marta, yo estaría angustiadísima.

Cuentan que Calpurnia Pisonis, tercera y última esposa de Julio César, soñó la noche antes del famoso magnicidio que el techo de su casa se desplomaba sobre sus cabezas. Entendiendo que el techo representaba al cabeza de familia, vaticinó a César su muerte y le rogó que no acudiera al Senado: éste no la escuchó (¡qué cosa tan excepcional que un hombre no escuche a su esposa, ¿no creen?!). Todos sabemos cómo acabó la historia... Yo, gracias al cielo, nunca he vaticinado la muerte a nadie, pero digamos que algún sueño admonitorio o premonitorio he tenido, o he escuchado tener a otras personas de las que me fío. Ahora comprenderán por qué escuché a Marta con tanta atención y por qué me preocupó lo que narraba.

La mayor parte de las veces, lo que sueño no tiene demasiada importancia para el mundo real, pero cuando posteriormente compruebo que algunas de las cosas que he visto por la noche se cumplen, se me pone la piel de gallina. O de gallega: vamos, que me siento como una meiga. Si le hubiera dicho esto a alguien en la Edad Media, me hubiera atado leña en los pies y prendido fuego a la hoguera. De nada me hubiera servido argumentar que san José, según narran los Evangelios, recibió «en sueños» la visita de un ángel que le ordenó salir hacia Egipto, y no dudó ni un instante en obedecerlo; o que el rey David y algunos otros profetas de Israel recibieron «instrucciones» por ese medio: me temo que no me hubiera librado de ser tildada de aliada de las tinieblas. Pero, sea como sea, yo no tengo dominio sobre mis sueños...

Así suena el Génesis 41:

> El faraón de Egipto soñó que estaba en las orillas del río y que veía subir siete vacas hermosas y muy gordas, que se pusieron a pacer la verdura de la orilla. Pero hete aquí que después subieron del río otras siete vacas feas y flacas que se comieron a las siete hermosas y gordas... Y el faraón se despertó... y pensó que había tenido un sueño muy significativo. Por la mañana, su espíritu estaba conturbado y mandó llamar a todos los adivinos.

Supongo que a quien más o a quien menos le resultará familiar este relato, que concluye con el esclavo israelita José interpretando el sueño a su señor, de una manera que, de tanto oírla, nos resulta bastante lógica, aunque al escuchar por primera vez que las vacas flacas representaban siete años de hambre que sustituían a los siete de prosperidad, quizá no nos lo pareciera tanto.

Yo nunca sueño con vacas, quizá porque me disgusta la carne, pero en mis sueños tampoco aparecen verduras y ésas las tomo en abundancia. En realidad, según escribo, me doy cuenta de que nunca sueño con ningún tipo de alimento: supongo que se deberá a que no he vivido una época de hambruna y un bocadillo de queso no me estimula. Tampoco sueño con otros animales: lobos o corderos; bonitas gacelas o serpientes nauseabundas; águilas...

Dejando de lado los animales y volviendo a Egipto, yo, cuando me acuerdo de alguno de mis sueños, no sé juzgar con certeza, como hace el faraón, si se trata de «un sueño muy significativo» o uno de andar por casa. Sé —porque es recurrente y me acuerdo al despertar— que, dormida, me han perseguido, que me he caído por inmensos precipicios sin llegar nunca a tocar suelo, o que he vivido intensamente amores y dolores, sin que pueda decir nada interesante sobre la experiencia, salvo que parece tan real que se te ponen los pelos como escarpias. Rara vez les doy demasiada importancia, ni veo que la gente con la que me codeo se la dé. Hasta que un día me levanto con la sensación de que ese sueño es especial; «significativo», que diría el faraón...

Recuerdo bien la fecha: fue un 23 de marzo. Era un día de diario, un día corriente, pero no lo olvidaré nunca. Me habían puesto una reunión a primera hora, bastante antes de lo habitual. Lo comenté en casa la noche anterior, ya que no podría acercar a los peques a la parada del autobús y alguien debía sustituirme. Me levanté a la hora prevista; sin embargo, en vez de correr, me puse a desayunar con calma e insistí en acompañar personalmente a los niños. Les aseguré que me habían pospuesto la reunión. Nada más, algo tan sencillo como eso, salvo que nadie me había llamado por teléfono para advertírmelo... No era cosa de dar explicaciones, pero aquella mañana, cuando me levanté, tuve la certeza de que la madre de quien había convocado esa reunión había fallecido. Era una mujer muy anciana, creo que contaba con noventa y tantos años, pero yo no tenía por qué conocer que fallecería precisamente esa noche...

Que fue precisamente lo que sucedió.

¿Cómo pude saberlo? Ni idea. ¿Cómo construí la certeza de lo acontecido? Tampoco puedo explicarlo. Pero así fue como ocurrió... Quizá, por ello, en el trayecto hacia el aeropuerto, fui rezando para que Marta no fuera de «las mías». Y para no soñar nada «significativo», al menos, aquella noche.

Quizá, como dice uno de los pasajes del libro de Daniel (2,30), los sueños existen para que entendamos «los pensamientos (ocultos) del corazón». Si es así, yo debo de estar completamente perdida...

27

Estrellas brillantes, estrellas muertas

> Entre sombras, escuchó al médico mencionar la maldita palabra: «cáncer».
>
> Hígado o páncreas, no le entendió bien.
> En todo caso, se trataba de las tripas.
> Lo sabe porque en el espejo su atractivo perdura.
> Podría conquistar el corazón de cualquiera.
> Al menos, unas semanas más...

Marta me telefoneó dos semanas después, un martes, a última hora de la tarde. Empezaba a anochecer y, en Pamplona, la temperatura caía rápidamente. En el mismo instante en que vi su nombre en la ventana del móvil, a mi mente acudió el contenido de las conversaciones que habíamos mantenido los últimos jueves. Recordé sus sueños, pero, sobre todo, los hallazgos del detective privado: confieso que saber que Fede se teñía en una peluquería barata de barrio me había dado muy mala espina. Marta estaba segura de que, por coquetería, para que ella no lo supiera, había buscado un sitio alejado, pero a mí eso no me cuadraba.

Sin embargo, a tenor del tono de su voz y de su risa nerviosa, los tiros iban en otra dirección. Marta se hallaba pletórica; tan contenta que no me costó adivinar que era una buena noticia lo que motivaba la llamada. Hasta ahí pude adivinar: pedir concreción a Marta es tarea imposible.

Me pilló corriendo. No haciendo *footing*: corriendo. Contamos con una preciosa palabra castellana que detalla esa actividad; pero es que, además, yo no hago *footing*, yo corro, o, más bien, troto. Lo hago tan despacio que me adelantan todas las bicicletas (incluidas las rosas con cestita delantera), los demás corredores y hasta los perros. Pero así es como me gusta y, al fin y al cabo, se trata de mi tiempo: lo hago para despejarme, despilfarrar las energías que me sobran y mantenerme en forma, no para competir contra el mundo.

Corría a la par que escuchaba música con el móvil, formato aleatorio. Cuando entró la llamada, me cogió despistada, descolocada, escuchando «Boy Named Sue» del viejo Johnny Cash. Me detuve, desconecté la música, recuperé el resuello y respondí.

—¡Martita! ¿Cómo estás? ¿Todo va bien?

—¡Fantástico, ni te lo imaginas: se lo han dado por unanimidad! ¡Sus colegas! ¿Comprendes? ¿Puedes creértelo? Yo no podía. ¡Con lo puñeteros que son (unos hijos de puta, créeme), y se lo dan por unanimidad!

Yo, obviamente, no sabía de qué hablaba. Y la corté para preguntárselo. Estaba sudando. Si me detenía mucho rato, me quedaría helada.

—¿Qué le han dado, Marta, y a quién?

—¿A quién? ¡Pues a Fede! ¿A quién iba a ser? ¿Es que no has leído los periódicos? ¡Le han concedido el Premio al Empresario del Año!

—Lo siento, no lo he visto... —susurré.

Había leído el periódico, pero no había visto ninguna noticia referente a Fede, lo cual no era de extrañar: en la conversación me enteré de que no se trataba del empresario «nacional» del año, sino del «regional» y de su rama industrial: supuse que en Madrid la gente sí se habría enterado.

—¡Ah, pues no te preocupes! Yo te envío la noticia recortada: he comprado una docena de ejemplares. El caso es que sus colegas quieren agasajarlo por su dilatada y exitosa trayectoria empresarial. Naturalmente, el premio carece de dotación económica, pero Fede dice que es muy importante... —concluyó.

«¡Naturalmente!», pensé. Iba haciéndome a la idea: se trataba de una de esas compensaciones que los estudiosos llaman «rentas psíquicas», es decir, premios que dejan intactas las cuentas corrientes, pero producen un considerable subidón en el ego.

—Se lo otorgan en el transcurso de una cena que tendrá lugar dentro de dos jueves, nuestro jueves...

Tras escuchar esta última frase, entendí que Marta quería excusarse porque no podríamos vernos. Me apresuré a decirle que no se preocupase, que cambiaríamos de día: quería continuar con mi carrera porque empezaba a hacer bastante frío. Pero no lo interpreté bien: lo que Marta pretendía era que acudiese a la cena, acompañada por mi marido. Aseguró que nos había reservado dos asientos en la «mesa presidencial» (tal como pronunció esas dos palabras pareciera que nos estaba invitando a una velada con el presidente Obama y su señora, poco más o menos), junto a la «gente guapa». Reconozco que sólo pensar en verme sentada con los «guapos» amigos de su marido me originó un inmediato escalofrío... o quizá sólo fuera la temperatura. El caso es que no me apetecía lo más mínimo.

Empecé a andar: paso de marcha. Estaba tiritando.

—No quiero que me interpretes mal, Marta: ¡eres un cielo! Ha sido todo un detalle por tu parte que hayas pensado en nosotros, pero creo que no pintamos nada en esa cena. Tú y yo lo celebramos la semana siguiente, ¿te parece? Me alegro mucho del premio: espero que Fede esté contento; dale la enhorabuena de nuestra parte.

—¡Ah, no: ni se te ocurra! ¡No vas a despacharme así como así! Quiero que vengas y que te traigas a tu marido.

Suspiré. Marta no conoce a Juan, ni falta que hace.

—Verás, mi marido no es de los que se dejan «traer». Además, dices que esto es un jueves por la tarde, y Juan tiene consulta los viernes: materialmente, es imposible...

—¡*Porfa, porfa, porfa!* ¡Tienes que convencerlo para que venga! Si no viene él, tú no vendrás y eres mi mejor amiga... bueno, mi única amiga. Y, además, estoy preocupada. Últimamente, está muy estresado. Ha engordado y cuando hace esfuerzos, sube escaleras o cosas por el estilo, se fatiga... —Curiosamente, no mencionó su sueño premonitorio—. Quiero que Fede conozca a tu marido, a ver si él le convence de que se haga un chequeo: yo no he tenido éxito. ¡Anda, inténtalo...! ¡Ay, qué nerviosa estoy! Mañana mismo voy de compras. A ver qué me pongo. ¿Crees que podré llevar pamela? ¡Me encantan las pamelas...! ¡Ya lo tengo: buscaré fotos de Lady Di y le copiaré una! Siempre me ha fascinado esa mujer, tan triste con todo a su alcance...

—De acuerdo, lo intentaré. Pero creo poder anticiparte su respuesta: dirá que no...

Colgué. Volví a la carga. La música regresó, pero no pude concentrarme en ella: me había quedado helada y tenía mi nueva misión en la cabeza.

Según dicen mis colegas, sería capaz de vender hielo a un esquimal. A todas luces, es una exageración, pero no lo es que, cuando estoy convencida de algo, suelo ganar adeptos con bastante rapidez, gente de muy variada procedencia y condición. Recuerdo especialmente y con gran cariño una tarde de febrero, en la que acudí a ver al consejero delegado de un banco grande. Me recibió en su elegante despacho, desde el que todo Madrid se arrodilla a sus pies, con la amabilidad propia de lo que es, un caballero, pero con la contundencia de un banquero. En cuanto la secretaria cerró la puerta tras de sí, me espetó:

—Querida Reyes, me han dicho que, a lo que me pidas, te diga que no.

Sonreí. Siempre he agradecido la sinceridad.

—Bueno, ya me has dicho que no. Ahora, invítame a un café.

Salí de allí con la promesa de que lo estudiaría. Llevamos años investigando con distintos equipos de esta entidad financiera, cada vez con mejores resultados científicos y también de amistad. Podría contar otros ejemplos que muestran esa habilidad, poco espontánea, por cierto. Sin embargo, hay alguien que se me ha resistido en todo tiempo, lugar y circunstancias: Juan. ¡No saben la rabia que me da, pero, con mi marido, nunca he tenido éxito! Quizá me conozca demasiado bien. Quizá la magia funcione sólo fuera de casa. El caso es que, como preveía, ésta fue su contestación:

—¡De ninguna manera! A mí no me líes. No conozco a tu amiga y mucho menos a su marido. Y tengo consulta... Ni hablar. Si quieres ir tú, adelante. Pero yo no voy... Si el marido de tu amiga quiere hacerse un chequeo, le atenderé encantado: que pida una cita.

Al día siguiente, temprano, telefoneé a Marta y le conté la respuesta, en traducción femenina.

—Lo siento muchísimo. Juan estaría encantado de asistir, pero no puede dejar la consulta que tiene citada desde hace meses. Me pide que le digas a tu marido que, si quiere pasarse por la clínica, lo verá encantado.

—¡Vaya, cuánto lo siento! Pero tú vendrás, ¿no?

—Mira, Marta, es que...

—¡No puedes dejarme sola! Todas esas mujeres son unas arpías. Te sonríen, pero, en cuanto te das la vuelta, te ponen de vuelta y media. ¡Serpientes de cascabel: habría que lavarles la boca con lejía...! ¡Anda, venga: yo me ocupo de reservarte un hotel...! Podrías ponerte ese vestido rojo, el que llevabas cuando nos conocimos...

—No creo que quepa en él, Marta, pero puedo intentarlo: todo será que necesite oxígeno para respirar ahí dentro. Sin embargo, me viene fatal quedarme a dormir. Hagamos una cosa: cogeré el último avión de vuelta, el de las once. Si la velada comienza a las siete, puedo ver cómo le dan el premio, y luego regreso, ¿te parece?

No le dejé más opción, de modo que accedió.

28

Juego de máscaras

Aquella noche tenía el corazón flojo.

Sin saber por qué, sin venir a cuento, se había encontrado recordando su niñez y derramando lágrimas por su difunto padre, un hombre honesto y estricto, muy distinto a él.

—Qué pacífica la vida de los niños, ¿no crees? ¡Ellos saben cuándo mienten y cuándo dicen la verdad! —comentó a su nueva amante, mientras dejaba unos billetes en su mesilla de noche.

La mujer no contestó, pero en su fuero interno le dio la razón: ella hacía tiempo que mentía a todo el mundo, incluyéndose a sí misma.

Acudí sola a la cena de homenaje, calzada en el vestido rojo: mi respiración era sólo aparente. Para dolor de Marta, la gala no se celebró en el Ritz, sino en otro hotel, que, si bien no era de tercera categoría, se encontraba alejado de los puestos de cabeza de la lista de los más onerosos de Madrid. En su descarga, diré que acudieron bastantes personas y, supongo, que alguna que otra personalidad.[7] No sabría calibrar cuán «guapa» era aquella gente,

7. Una «personalidad» es, según el diccionario, una «persona de relieve, que destaca en una actividad o en un ambiente social». Hay quien emplea este título a los que anteceden su nombre con un «ilustrísima» o un «excelentísima». Sin embargo, esos títulos se otorgan exclusivamente a servidores públicos o autoridades académicas, no a empresarios. Entre empresarios, hay quienes entienden que «personalidad» debe aplicarse a los hombres de éxito, casi siempre ricos, lo que equivale a presidentes o con-

aunque pude ver a algún representante del IBEX y algún presidente de club de fútbol. Seguro que había mucha gente importante a la que no conocía: es lo que tiene vivir en provincias y no ver demasiado bien de lejos.

Las mujeres llevaban trajes de cóctel, más o menos acertados, y los hombres traje oscuro. Vi rostros astutos, de jugador de póquer. Vi miradas enfocadas, alargadas; pero, sobre todo, vi tontería, mandíbulas cuadradas y labios rojos, artificialmente engrosados. Y vejez, mucha vejez. Respecto a las conversaciones, capté algunos retazos: pura candidez de serpiente de cascabel. A veces, *el diablo viste de Prada*.

Marta iba de diablo y de Prada simultáneamente. Vestía un escote en pico: creo que ésa es la mejor definición de su traje. La sujeté por el brazo y me la llevé al baño. Y no por el escote, con eso nada se podía hacer a aquellas alturas (quedaba la solución de los pueblos, pañuelo blanco en el cuello a modo de servilleta, pero ella no se hubiera dejado), sino porque Marta se había cubierto la cabeza con un tocado propio de una ceremonia londinense. Ni qué decir tiene que contenía plumas: ¡qué manía tiene esta mujer con las plumas! Nada más llegar a los aseos, le expliqué que debía quitárselo. Me costó Dios y ayuda convencerla: se lo había hecho ex profeso. Es lo que tienen las revistas del corazón: te hacen creer que si te compras un tocado lustroso, te metes en la piel de su alteza real Fulanita de Tal.

—¡Ojea las revistas, Reyes, se llevan las cabezas adornadas! Además, he seguido al pie de la letra lo que dice el protocolo: pamela o sombrero sólo por las mañanas, entre el 15 de marzo y el 15 de octubre; tocado discreto a cualquier hora y en cualquier época...

—No te digo que no, pero esas normas se aplican a las ceremonias, no a las cenas de entregas de premios empresariales. En mi opinión, Marta, es preferible pasar inadvertida, o llamar la atención por tu... elegancia natural. Te aseguro que no te hace falta ningún tocado.

---

sejeros de empresas del IBEX o su homólogo no cotizado. Para mí, que vivo en provincias y que me apasiona la microeconomía, sólo hay una clasificación válida: empresarios fiables y hombres B o C.

En ese momento, se me pasó por la cabeza una maldad: si estratégicamente colocábamos el tocado con las plumas en la zona baja del canalillo (casi canal de La Mancha) podríamos lograr que algunos hombres desviaran la vista. Pero era difícil de sujetar, así que lo dejé correr. Había visto algún escote aún más llamativo.

Fuimos a ocupar nuestros sitios.

Tengo cuatro hijas. A ninguna de las tres primeras le gustaron nunca las muñecas. En su carta a los Reyes Magos —en mi casa apostamos por lo autóctono: la ensaimada mallorquina, el *pan tumaca*, la chistorra, el salmorejo y Sus Majestades de Oriente—, pedían pinturas, construcciones o coches, pero no muñecas. Hube de esperar a la última para que peluches, Barriguitas y Nancys llenaran nuestra casa. Me encanta verla jugar a muñecas. Curiosamente, no las trata como a hijas, sino como a amigas con las que merienda, va de excursión o se disfraza...

Supongo que estarán preguntándose si me ha dado un vahído... ¿A qué viene todo esto? Me entenderán si les digo que, sentada en aquella mesa adornada para la ocasión, me vi trasplantada al cuarto de juegos de mi casa. No tomábamos té sino merluza alangostada (dudosamente guisada), y en vez de jugar a muñecas se jugaba a «hombres», un juego curioso donde los haya, como tuvo a bien ilustrarme mi compañero de mesa, un tipo de la quinta de Fede, pero con muy mala leche, que formaba parte del comité que concedía el premio y cuyo nombre respondía a las iniciales J. A.

—¿Trabajas en alguna de las empresas de Fede? —me preguntó para romper el hielo. Al fin y al cabo, estábamos sentados uno junto a otro y nuestros respectivos compañeros se hallaban enzarzados en absorbentes conversaciones: no había escapatoria.

No me creerán, pero me eduqué en un colegio de monjas donde las lecciones de urbanidad «útiles para la vida» eran asignatura obligatoria (troncal, dirían hoy los de Bolonia): tono, aire, maneras, puesta en escena; en suma, sonreír, callar, disimular y disfrazar cualquier emoción no conveniente. Sacaba bastante buena nota, pero no aprendí mucho, a tenor de mi comportamiento. Teniendo en cuenta que era un homenaje a Fede, que venía invitada por la esposa de Fede y que tenía al protagonista del acto enfrente, debería haberme mostrado encantada de que me hubieran confundido con una de sus colaboradoras. Pero no lo hice, en vez de eso, respondí, casi con alivio:

—¡Ah, no, por Dios!

Lo que, por el tono de mi voz, podía interpretarse como «antes me pondría de rodillas a fregar escaleras de terrazo».

J. A. se echó a reír. Se aproximó peligrosamente a mí y me susurró en tono confidencial.

—¡De modo que has venido con alguien!

El tono del «con alguien» resultaba inequívoco y me apresuré a negarlo con la cabeza.

—¡Por supuesto que no! ¡He venido sola!

—¿Casada?

¡Otra vez de vuelta la burra al trigo! Debía de ser el vestido rojo. Pero esta vez no me iba a pillar desprevenida.

—¡Pues mira, sí, casada! Desde hace treinta años, con el mismo. ¿Hijos? Pues también: nueve para ser exactos; y sí, todos del mismo.

—¡Joder!

Fue divertido: se retiró con la celeridad de quien huye de un apestado; pareciera que lo de tener muchos hijos fuera una enfermedad contagiosa. En cuanto se sobrepuso al susto, volvió a la carga. Esta vez su tono era el suyo, es decir, empresarial.

—¿Y a qué te dedicas? ¿Qué buscas conseguir? Si me lo explicas, quizá pueda ayudarte. Mi madre también tenía ocho hermanos...

No daba crédito. Era cierto que J. A. había bebido un poco más de la cuenta, pero, aun así, no daba crédito.

—Soy profesora, en la universidad. Vivo en Pamplona. —Abrí el bolso, saqué una tarjeta y se la entregué—. Y no busco más que acompañar a mi amiga Marta... Y aprovecho para contarte que no como carne, porque no me gusta: ya tienes todo mi historial. Te he ahorrado todas las preguntas impertinentes.

Se echó a reír.

—¡Debes de ser la única virgen de la sala! —Como lo miré con perplejidad, se explicó—: Aquí, en nuestro mundo, querida amiga, el camino más recto entre dos puntos es la línea curva: antecámaras, padrinos, favores robados...

—Agotador este mundo tuyo, ¿no?

Más sonrisas cínicas.

—Querida, si observas con atención, verás que en esta sala hay tres tipos de hombres: los mediocres, los asesinos y los jefes de la manada.

—¿Y a cuál pertenece Fede? —me atreví a preguntar, aunque no debiera haberlo hecho.

—¿Te doy la cifra de lo que ha pagado para que le concedamos el premio?

Respiré hondo.

—No hace falta, me hago cargo. ¿Podría saber a qué grupo perteneces tú?

—Lo verás enseguida.

Se puso en pie y se dirigió al micrófono. Miré a Fede, que no cabía en sí. Y a Marta, que le ocurría algo parecido, pero por un motivo mucho más noble: el amor. Y desvié la mirada hacia aquel ejemplar de cínico redomado, que empezaba a listar los méritos del premiado. Fede se puso en pie y se dirigió al atril portátil. Al ver su gesto, recordé a aquellos generales romanos que atravesaban triunfantes la Vía Sacra en dirección al Capitolio, en una cuadriga con bellos caballos engalanados. Empachados de aplausos, con el enemigo subyugado, y la cabeza ceñida por una corona de laureles, aparecían arrogantes, impresionantes con sus armaduras de plata brillando bajo el impacto de los rayos de sol. En el camino, la plebe, siempre voluble, aullaba de entusiasmo, mientras a su espalda el esclavo que sujetaba la corona de laurel le musitaba sin cesar al oído: *Cave ne cadas*. «Cuida de no caer», no te confundas: todo poder es efímero y toda gloria pasajera. Estos hombres que hoy te veneran, mañana pedirán tu cabeza. *Cave ne cadas*, mantén los pies en el suelo. Desgraciadamente para Fede, él no contaba con uno de esos esclavos. Y Marta, que hubiera podido hacer las veces, no sabe latín...

Se me hacía tarde. Decidí escabullirme sin que nadie me viera. Pero, antes de abandonar el hotel, recuperé mi tarjeta, que J. A. había dejado olvidada sobre el mantel: por si alguna vez al jefe de la manada se le pasaba por la cabeza mandarme un *e-mail*...

Al salir, en el cielo empezaban a verse las estrellas, puntos blancos y brillantes desordenadamente colocados, observando a buenos y malos, rascacielos y chabolas, jefes de manada y pobres ovejas que pagan fortunas por una caricia en público, y entonces me vino a la cabeza la lectura de la noche anterior. Y caí en la cuenta de que Fede no era el patito feo y J. A. un cisne. Ambos eran estrellas diversamente brillantes.

Ambos estaban muertos...

—Supernovas, supermuertos —murmuré para mis adentros, bueno, no tanto para mis adentros, porque el conductor me oyó.

—¿Decía algo, señora?

—Nada importante. Pensaba en voz alta. En las estrellas, en su brillo, que no es lo que parece.

—La vida misma, ¿no cree? Nada es lo que parece.

Vaya por delante que no entiendo gran cosa de lo que leo y que, las más de las veces, me detengo más tiempo en las imágenes que en la letra. Con eso y con todo, me encuentro entre los admiradores de la cosmología (que, por cierto, no tiene nada que ver con la cienciología, salvo porque Tom Cruise es una estrella de cine, que borda el papel de superagente en *Misión: imposible* o el de coronel nazi en *Valkiria*). Mi biblioteca cuenta con algunas docenas de libros sobre el cosmos; hablo con científicos pacientes y sigo algunas revistas sobre el particular. Alguno de ustedes podría interpretar mi actitud como puro masoquismo; no digo que no lo sea: también leo metafísica y alcanzo a entender, a lo sumo y superficialmente, el 5 por ciento de las argumentaciones. Pero lo que sí puedo decir es que no carece de utilidad para mí.

Para empezar, leer sobre el cosmos me ayuda a colocarme en mi sitio como persona (me permite ver lo lejísimos que me encuentro, incluso, de la mediocridad) y como miembro de la especie humana: nuestro planeta es pequeñísimo, insignificante, minúsculo en este universo tan inmenso y en permanente (o quizá no) expansión. Pensar en ello me ayuda a relativizar muchos de los problemas que tengo por vitales cuando no lo son. Y me muestra una belleza extraña, inhumana, fría, pero roja, que me encanta.

Por aquel entonces, estaba leyendo un par de materiales (un libro y un artículo) sobre supernovas. Mientras el taxi que me transportaba hasta el aeropuerto me alejaba de aquellos discursos estereotipados (sonrisas que difícilmente ocultaban desprecio, cuando no odio; elogios que camuflaban —a veces, ni eso— sátiras irónicas); mientras dejaba atrás la cara de satisfacción de Fede, cuyo pecho parecía expandirse como el de los faisanes de Sumatra en época de cortejo, no pude por menos que acordarme de mis lecturas cósmicas.

Permítanme que se lo explique.

Dicen que la explosión de una supernova es uno de los espectáculos más extraordinarios y asombrosos del universo. No es una imagen que podamos contemplar todos los días (ocurre cada varios cientos de años), pero, gracias al avance de la tecnología, podemos grabar algunas de esas imágenes y disfrutar el espectáculo: se lo aconsejo vivamente. Según he podido averiguar (y lo que he logrado comprender, que es poco: pido disculpas anticipadas a los especialistas por no ser lo suficientemente precisa), el fenómeno comienza con la *acumulación* de un núcleo de hierro en una estrella, que se *sobrecalienta* hasta sufrir una transformación nuclear. A diferencia de otros elementos, el hierro absorbe energía al transformarse y no le deja suficiente energía de calentamiento al núcleo. Éste se contrae, se vuelve cada vez más inestable y, finalmente, colapsa. En pocos instantes, se produce una explosión que destruye la estrella. El proceso emite gran cantidad de radiación, unos destellos de luz tan intensos que pueden durar semanas o meses, aunque, en realidad, no son más que la prueba evidente de la muerte de una estrella con *masa vieja*.

Una buena economista (no es mi caso) hubiera interpretado el fenómeno en estos términos: Fede había acumulado mucho para sí, dejando de lado al *núcleo*. Su egoísmo, insensibilidad o carencia de principios le habían hecho despreciar a la sociedad en general y a sus trabajadores en particular; no había cultivado las buenas relaciones con sus iguales o con otros *stakeholders*, y por ello le estaban ofreciendo aquella fiesta, pagada de su bolsillo, prueba de su muerte inminente: iba a estallar y a desaparecer en el universo.

Yo, sin embargo, me acordé de mi vecino J. A. que, de lo que brillaba, ya olía a cadáver, y de aquel sueño de Marta... y me eché a temblar.

29

Días de chocolate criollo

A veces, cuando nadie la miraba, se desnudaba y se colocaba como Eva ante el espejo.

Y allí, plantada, soltaba piropos y requiebros encendidos.

Luego, tras pintar de caricias su abultado vientre, volvía a vestirse al tiempo que decía: «Cada día estás más linda, chiquitita.»

Pereza, flojera, desgana, desapego, apatía... podría emplear cualquiera de esos apodos, o todos, para definir el estado de ánimo que me embargaba aquel día: sólo imaginar nuestra deliciosa tarde de Ritz convertida en un monográfico sobre la cena homenaje, los pormenores del dichoso galardón, los discursos o la competición de canalillos de las señoras me producía una terrible galbana.

Por tres veces busqué en mi agenda el teléfono de Marta para disculpar mi presencia. Por tres veces desconecté el móvil. No podía ser. Como bien decía Séneca, «no quiere el que tarde quiere». Y a mí aquel jueves me tocaba querer. Como el corazón no me acompañaba, dejé de buscar excusas y decidí sacudirme la pereza de un modo eficiente. Es más, del modo más eficiente posible: solicité al taxista que hiciera una breve parada en una buena chocolatería.

En Madrid, créanme, hay mucho donde elegir. Facilité al taxista varias direcciones (Ortega y Gasset, Orellana, Alcalá —ahí hay dos estupendas—, Ferraz...) y le pedí que se detuviera en la que nos pillara de camino.

Tocó la de la calle Orellana.

Entré en el establecimiento sabiendo exactamente lo que quería: una tableta de algún chocolate negro categórico, criollo. El dependiente me debió de ver mala cara porque me sugirió una de sus novedades: una variedad con aderezo de ginseng que, según aseguró, contaba con comprobados efectos afrodisíacos. Le sonreí con gratitud. Lo cierto es que me quedé con ganas de saber cómo hacían ese tipo de «comprobaciones», pero me mantuve en mis trece.

—Gracias: otro día aceptaré su oferta. Hoy prefiero mi chocolate criollo. Mejor si es de origen colombiano o mexicano, aunque no pondría pegas a algún guatemalteco —expliqué.

No hablaba por hablar: el chocolate procedente de esas zonas posee un suave amargor (como se sabe, un sabor cercano a la pereza) que combina con una sutil delicadeza aromática, afrutada, a pasas de Corinto. La mezcla parece cantarte al oído esa vieja (y magnífica) canción de Serrat: «Hoy puede ser un gran día, plantéatelo así.»

Regresé a mi taxi. Mientras poníamos rumbo al Ritz, abrí la tableta y partí una pequeña porción: la esquina de una esquina. La introduje en la boca, cerré los ojos y dejé que se deshiciera poco a poco. No repetí. Tenía suficiente. O eso creía yo: como luego explicaré, aquel día el cacao terminaría saliéndoseme por las orejas. En todo caso, al detenerse en la puerta del hotel, estaba preparada casi para cualquier cosa.

Los refranes, pura sabiduría popular, suelen estar cargados de razón. A mí me gustan tanto que se me puede aplicar el dicho «mujer refranera, mujer majadera». Aparte de ése (espero que sea la excepción que confirma la regla), guardo una nutrida colección en la memoria. Aquella tarde se hizo bueno otro de ellos, uno que podría aplicarse a aquellas personas que, como yo, están acostumbradas a planificar, es decir, a anticipar el futuro, a dar carta de naturaleza a lo que no existe, a priori, más que en la imaginación. Me refiero a éste: «Las penas que más me dolieron nunca existieron.»

Porque, si bien entré en el Ritz sacudiéndome la pereza y respirando hondo, el monográfico no fue tal. Casi no hablamos del homenaje y la tarde fue una de nuestras mejores tardes, una enteramente dulce.

—Bueno, Marta, cuéntame cómo terminó la cena. ¿Lo pasasteis bien?

—¡Ah, sí! Hubo muchos discursos... Fede estaba contentísimo...

—¿Y tú?

Torció el gesto.

—No es lo mismo.

—¿Y eso qué quiere decir?

Se inclinó hacia delante y bajó la voz. Le brillaban los ojos. Eso ocurre cuando va a soltarse la coleta: la cosa se tornaba interesante.

—Verás, a los actos que organizan los empresarios van tres tipos de mujeres...

—Guapas por dentro, guapas por fuera, y reversibles como tú y como yo —la interrumpí.

Se echó a reír.

—No seas tonta: déjame explicarme. Te decía que junto a los empresarios hay siempre tres tipos de mujeres. Primero están las que trabajan con ellos: ya sabes, esas tías que creen que, cuando se trata de dinero, tener vagina no importa. En realidad, importa y mucho: se les pasará el arroz, y seguirán solteras y con puestos de segunda categoría. Pero no quería hablar de ellas: ésas simplemente desprecian al resto. Sólo saben hablar de ventas y riesgos, y no sé qué cosas en inglés... Después, están las esposas. Ya sabes, esas señoras con caderas de matrona y diamantes antiguos gordos como garbanzos que te miran con displicencia...

Le enseñé las manos. No llevaba anillo alguno.

—¡Menos mal que no me he puesto los brillantes! Por un momento pensé que estabas pensando en mí.

—¡Tonta! Tú estás rellenita y tienes bastante cadera, pero...

—¡No se te ocurra seguir por ahí: olvídame! De momento, tenemos directivas y esposas, ¿cuál es el último tipo?

—Las de repuesto...

La miré con extrañeza.

—¿Cómo las de repuesto? ¿Quiénes son ésas?

—Pues las segundas, terceras, o cuartas esposas. Veinte o treinta años menores que sus cónyuges, joyas de antes de ayer, y contratos matrimoniales llenos de cláusulas... Es decir, las de mi gremio. ¡No te puedes imaginar qué ganado! Cuando te fuiste, me vi rodeada de esas arpías. Son como tiburones. Te miran como a una emigrante ilegal...

—¡Pero qué exagerada eres! ¿Acaso alguien te dijo algo?

Me detuve y la memoria me devolvió el tocado que Marta había elegido (y le había obligado a quitarse), su exhibición de canalillo y sus transparencias. No me quedaban dudas de que había sido la comidilla de la cena.

—Bueno, algo dijeron, pero ¿qué más da?

Aplaudí.

—¡Así me gusta! ¿Qué puede importarte lo que unas señoras que no conoces de nada piensen de ti?

—La verdad es que en otras circunstancias me hubiera importado; pero en las actuales, no.

Levanté la vista.

—¿Me he perdido algo, Marta? ¿Qué circunstancias han cambiado?

Se acercó aún más y me susurró algo al oído. Sonreí, nos levantamos y salimos del hotel.

No tardamos mucho en regresar.

A las seis y media, minuto arriba minuto abajo, nos hallábamos de nuevo cómodamente sentadas en una zona de sillones del salón del Ritz. Degustábamos unos *coulants* casi obscenos: bizcocho de chocolate con virutas de nuez, relleno de chocolate líquido; un rizo de nata montada ponía el contraste cromático al dulce. Zampábamos sin complejos ni sacarinas. Nos resarcíamos a conciencia por tantas tartas, tantos churros, tantos bocadillos y tantas tabletas de chocolate que habíamos dejado pasar en los últimos tiempos: nos quedó untar...

Lo cierto es que la ocasión lo merecía.

—¿Pedimos una botella de champán? —había sugerido Marta unos minutos antes.

Apenas me hizo falta un instante para responderle.

—Dime una cosa, ¿a ti te gusta mucho el champán? Lo digo

porque, por aquello de cumplir con la tradición, nos van a pegar por el Moët un palo de campeonato... Si te soy sincera, Marta, a mí lo que de verdad me apetece en este momento es una copita de moscatel bien frío.

—Pues a mí lo que me apetece es chocolate: chocolate negro, de esos que se te funden en la boca. Hace siglos que no lo pruebo.

Me recoloqué las gafas de sol, que me ayudaban a mantener el flequillo alejado de los ojos. Había una señora muy enjoyada, de la quinta de Matusalén, que no paraba de mirarme. Aquel día me había puesto pantalones, es decir, que no podía ser por la carrera de la media, y acababa de regresar del cuarto de baño. No es que me hubiera fijado mucho, pero el espejo no me había devuelto alarma alguna. Finalmente, decidí olvidar a la señorona y me concentré en Marta.

—¿Y quién nos impide pedir lo que nos apetezca? Al fin y al cabo, es nuestra fiesta: cada uno lo celebra como le viene en gana, ¿no te parece? Será una verdadera tarde de chocolate...

Las dos nos echamos a reír y llamamos al obsequioso camarero, que se alegró mucho al escuchar nuestro pedido (supongo que calibraba la propina). Y, como digo, terminamos cometiendo pecado mortal ante la servilleta doblada que ocultaba oportunamente el motivo de nuestro júbilo.

No era pequeño.

Veinte minutos antes, habíamos acudido juntas a una farmacia cercana, en la calle Felipe IV, a escasos minutos. Ya en el establecimiento, le aseguré que todos eran iguales, pero ella insistió en comprar el más caro. «Si es más caro, será mejor», afirmó. En este caso, como en tantos otros, no era cierto. Con las semanas de retraso que llevaba, hasta una rana vieja hubiera detectado en su orina los restos de gonadotropina coriónica. Pagué yo: nueve noventa, porque Marta estaba tan nerviosa que no logró localizar la cartera en el bolso. Llevaba uno precioso, de color naranja, a juego con un fular atado al cuello, que, salvando las distancias, le hacía parecer Audrey Hepburn sobre aquella Vespa blanca de *Vacaciones en Roma*.

Me hizo ilusión ser yo quien abonara el importe (de hecho, conservo el tique de la farmacia). En mi vida, he pasado en muchas ocasiones por el trámite de esos lápices de plástico que, a cambio de unas gotas de orina, te predicen si tu vida va a cambiar radicalmente o va a permanecer inalterable. En mi caso, algunos fueron positivos; otros, negativos; pero puedo asegurar que ninguno me dejó *neutra.*[8] Cuando empecé con ese «consumo», eran de estética muy simple, burda, por no decir antediluviana, más propia de la detección de enfermedades congénitas que de algún acontecimiento feliz. Los últimos fueron más sicodélicos. «De mucho diseño», que diría Marta.

Siempre me los hice sola, sin decir nada a nadie: me parecía que se trataba de algo estrictamente privado, completamente mío. Sin embargo, la experiencia de compartir el momento con mi querida amiga Marta me pareció de un romanticismo y de una esperanza indescriptibles. Supongo que, cuando se trate de una de mis hijas, la intensidad se incrementará hasta llegar a la magia.

Marta me dejó al cuidado de su bolso naranja y se dirigió al baño. Cuando regresó, llevaba una de las enormes servilletas del hotel en la mano, doblada con el lapicero de plástico dentro. Me la tendió

—¡Guárdalo tú! ¡Creo que me va a dar un infarto!

—Vale. Respira, ¡cronometro!

Pasamos los siguientes cien segundos asidas por ambas manos. Las instrucciones hablaban de tres minutos, pero yo estaba segura de que, de ser positivo, a los dos lo sabríamos de sobra. Algunos huéspedes del hotel (quizá sólo clientes de paso, como

8. «¿Te acuerdas de todos?», me ha preguntado uno de mis colaboradores, al leer el manuscrito. «Perfectamente —he respondido—. Además, guardo las pruebas de cargo de todos ellos.» «¿Que los guardas? ¡Por favor, Reyes, estás loca!» No digo que no. Creo que cada vez estoy peor, pero no me importa lo más mínimo. He dejado de fumar, casi no bebo y del chocolate me mantengo discretamente alejada; alguna locura hay que hacer en la vida, ¿no? También me baño en las gélidas aguas del Atlántico o del Cantábrico en cualquier época del año y jamás me he cogido un catarro. No hago daño a nadie, no engorda, casi no ocupan lugar y me sirven para recordar aquellos especialísimos momentos. ¿Qué más se puede pedir a una locura?

nosotras), en especial la dinosaurio de los brillantes, nos observaban con cara rara; algunos, con evidentes signos de represión.

—¡Nos miran! —me susurró Marta.

Enarqué las cejas.

—¡Tranquila! Eso es porque me han confundido con Madonna. Me pasa a menudo, por mi estilo y mis plumas, ya sabes... Nosotras a lo nuestro —alegué, guiñándole un ojo.

No aguantamos ni los dos minutos: los segundos, eternos, parecían atascados en el reloj.

—¡Anda, mira: yo no puedo!

—Deberías hacerlo tú, Marta: recordarás este momento el resto de tu vida.

—¿Y si es negativo?

—Pues lo recordarás también.

Abrió la servilleta muy despacio, con la cabeza levantada y la mirada fija en el techo. Atrapó el lápiz con las manos y suspiró. Luego, sin más, bajó la vista. Vi la respuesta en su expresión: resultaba inequívoca.

Matemáticamente, irrefutable.

Porque no existe la felicidad a medida, pero sí existe la felicidad a la medida del otro, y el de Marta era un otro muy especial; un otro milimétrico, un puñado de células feas y oscuras; una esperanza mayúscula que fluiría sencillamente, como el agua en el riachuelo; como los borregos en el mar.

Sin amor, estamos radicalmente solos: Marta no volvería a estarlo nunca. Aquel artefacto de plástico era prueba irrefutable de que mi rana se había convertido en princesa...

—¡Enhorabuena, mamá!

Nos fundimos en un abrazo apretado. Entonces, fue cuando Marta sugirió pedir champán y terminamos comiendo *coulants* y bebiendo moscatel bien frío.

30

Fantasmas

La voz torrefacta del único testigo de los hechos hizo revivir al jurado el robo sacrílego y el despiadado asesinato del anciano sacristán.

El anticuario, rico, afamado y amigo de la filantropía, fue considerado testigo de solvencia y sus palabras cayeron a plomo sobre la sala:

—Sin duda, fue ella —aseveró.

A pesar de que su dignidad quedaba convertida en fango, la acusada escuchó impasible el relato.

Cuando el testigo bajó del estrado, ella levantó la vista y lo miró directamente a los ojos.

Por un instante sus ojos se cruzaron. Él aceleró, pero no pudo dejar de escuchar su voz, serena y clara:

—Más pesado es el fardo de la conciencia que el peso de la horca: no me gustaría estar en tu lugar.

—Tendré que dejar de fumar —señaló Marta. Estábamos ya dando cuenta del chocolate.

—No estaría de más... Te costará un poco, pero lo lograrás —le respondí. Guardé para mí la segunda derivada: yo engordé ocho kilos cuando dejé ese vicio. De aquellos barros, estos lodos: aún retengo tres.

—Es cierto: todo por el niño...

—O la niña —repliqué.

Yo lo tengo más o menos equilibrado, cinco a cuatro, pero me pareció que, en la situación de Marta, sería preferible una niña. Ella no lo vio de la misma manera.

—Mejor un chico. El mundo es más fácil para los hombres. Mírame: he contratado a un detective privado y busco un embarazo para tener a Fede agarrado por los... bueno, eso no es cierto: te juro que ya no me importa lo que vaya a hacer mi marido; este niño es mi hijo... sí, mejor que sea chico.

—Si es un chico, nunca podrá pasar por la experiencia que estás viviendo tú en este momento... Las mujeres amamos más y, por eso, somos más felices, aunque nos peguen por todos los lados...

Asintió moviendo la cabeza con viveza.

—¡Tienes toda la razón: que sea niña! ¿Qué tengo que comer para que salga niña?

—Creo que, comas lo que comas, la probabilidad es del 50 por ciento, poco más o menos. En los pueblos del interior dicen que si te apetecen dulces será niña; niño, si salados o picantes... De momento, con el chocolate vamos bien. ¡Tienes que permitirme comprarle sus primeros pendientes!

Dejó la cuchara en el plato y me sujetó fuertemente de la muñeca.

—¡Madrina, eso es: serás la madrina! Ahora que si es chico, no lo llamaré Federico: me espanta el nombre. Me gustan Borja, Yago, Gonzalo... ¡Rodrigo! ¿Qué tal Rodrigo?

—Yo tengo Borja y Gonzalo, pero Rodrigo me parece precioso: alguna vez lo barajamos...

—¿Y no crees que soy demasiado mayor para ser madre? Fede piensa que tengo treinta y nueve años, y el médico cuarenta. Les he engañado a los dos: paso de los cuarenta y uno...

En aquel momento, quien sabe por qué, me vino a la cabeza aquel chavalillo del hotel de Islantilla, en Huelva, donde estábamos hospedados: nervioso, joven, pelirrojo, en prácticas, inexperto, con nariz irlandesa pecosa.

—¿Puedes darme un duplicado de mi llave? —le pedí—. La puerta no abre: supongo que la habré puesto junto al móvil y se habrá desimantado...

—¡Por supuesto, señorita! —respondió.

Estábamos en marzo. Yo regresaba de la playa, de bañarme. El agua estaba a trece grados. Venía con el pelo puntiagudo, la ropa mojada y los labios morados... un cromo, vamos.

—Señora, pero gracias por el cumplido.

El chaval se animó al ver que respondía a su amabilidad primeriza y, con una sonrisa pícara y esa especie de acento entre andaluz y *british*, añadió:

—Podría haberla confundido con su hija... o hasta con su «nieto»...

Una cosa es una cosa, y otra es otra. Torcí el gesto. Como le vi la cara de desilusión, me conmoví:

—Vale: acepto lo de señorita... y una llave, *please*.

Sabía de lo que Marta hablaba...

—Vieja como una pasa: así me sentía yo cuando tuve a mi peque, la última. Pero puedo asegurarte que fue el mejor embarazo, el parto más fácil y el mejor posparto. No te preocupes: vive el momento presente y disfruta imaginando su cara, sus ojos, sus manos... y la sonrisa con la que va a vaciarte la cartera.

—¿Y si le pasa algo, y si...?

Se le humedecieron los ojos. Me encanta la facilidad con que Marta llora. Yo también soy un poco llorona: creo que quien sabe llorar (no importa el género) tiene mucho adelantado. La interrumpí.

—Esas dos rayas son siempre de alegría: lo demás es superfluo. Esto no es como la edición otoño-invierno, que se toma o se deja. Ya es tuyo: chico o chica; rubio o moreno; Madonna o Mercury...

Y, de pronto, sin venir a cuento, Marta rompió a llorar. No eran lágrimas cálidas, de *Cartas a Julieta*. Era pura amargura lo que aquellos ojos destilaban.

—¡Marta, tranquila, todo irá bien!

Pero ella siguió llorando y llorando. Me pregunté si habría habido alguna novedad en el caso de su marido. Que yo supiera, nada destacable salvo el tinte negro. Era tal su angustia, que me quedé sin argumentos. Entonces, mi memoria recuperó aquella frase lejana, desleída entre tantos recuerdos, y me atreví a preguntarle.

—Es por aquel ardor de estómago del que me hablaste alguna vez, ¿verdad?

Seguía asiendo el lápiz de plástico, pero más parcciera que

Marta fuera asida por él. Asintió. A nuestro alrededor, la gente no nos quitaba los ojos de encima. A mí no me importaba demasiado (vivo en Pamplona: no me conocía nadie); al parecer, a Marta tampoco.

—No puedes entender cómo me siento.

Respiré hondo un par de veces y le respondí.

—Te equivocas: te entiendo, al menos en parte. He sufrido algún aborto: te puedo dar día, hora y hasta minutos de cada uno de ellos. Especialmente, del primero... —Marta frenó su llanto y levantó la barbilla. Continué—: Era muy joven por aquel entonces, veintidós para veintitrés. Llevaba unos meses casada y acababa de empezar mi vida profesional. Me dijeron que se trataba de un embarazo gemelar, y que debía guardar cama porque había riesgo de que se malograran... Yo no quería ser madre, y menos de dos criaturas: no sabía cómo hacerlo ni sentía deseos de aprender. Con lo que yo soñaba era con bailar (¡me encanta bailar!), salir hasta el amanecer y viajar hasta ver el mundo entero. No dije nada a nadie, porque esos sentimientos no se pueden compartir, pero deseé con todas mis fuerzas que aquello no me estuviese pasando a mí.

»Y ocurrió.

»Fue un 28 de diciembre, a las tres y cinco de la madrugada. Tosí. Algo tan simple como eso, un acceso de tos, desencadenó el aborto: sangraba a chorros. Me llevaron al hospital y allí acabó todo: aunque ya no me apetecía bailar. Lo pasé fatal: me sentía culpable, vacía...

Marta aminoró su llanto y se arrancó a hablar con voz seca.

—Yo lo que recuerdo es el olor, y la cara de la enfermera que me pidió el dinero: llevaba los ojos pintados de color morado. Y sobre todo me acuerdo de cómo me dolía el alma: cuando salí de aquel antro, con mis cosas en una bolsita de plástico sin asas, sentía el corazón muerto. Estaba sola, hundida... Él no apareció. Daría cualquier cosa por poder echar el reloj hacia atrás. Nunca me lo he perdonado: es imperdonable...

—No digas eso, no es verdad.

—¿Ah, no? ¡Claro que es verdad!

—No soy buena en estas cosas, Marta, pero puedo tomar

prestada la frase de Heinrich Heine, un poeta alemán del XIX a quien tengo simpatía. Se cuenta que fueron las últimas palabras que pronunció antes de cambiar de piel. «Dios me perdonará: es su oficio», dijo. Creo firmemente que Heine acertaba... Ya sabes, hasta que no llegan los papeles del divorcio, hay tiempo... —añadí; en otro caso, terminaríamos llorando a mares.

No debí de ser suficientemente rápida, porque unos segundos después el ayudante del subdirector (o cargo similar) se acercó a nosotras y nos llamó la atención: estilo Ritz, por supuesto.

—Señoras, me preguntaba si el hotel puede serles de utilidad. ¿Necesitan que les llamemos un taxi o que avisemos a alguna persona conocida? Estoy a su disposición para lo que necesiten...

Levanté el mentón desafiante y le pregunté con voz pausada:

—¿Si le dijera que a mi amiga le acaba de tocar el premio de mayor importe que hayan repartido nunca sobre la Tierra, nos dejaría tranquilas?

—¡Por supuesto, señora: lógico es que lo celebren...!

—Gracias. Tráiganos un poco más de moscatel. Bien frío.

—¡Por supuesto! ¿Necesitan algo más?

No necesitábamos nada más.

Cuando abrazo a mis hijos, cierro los ojos. Ellos también lo hacen. Con los ojos cerrados se ve más. La dulzura de las caricias salta a la vista si cierras los ojos. Las miradas se tornan más intensas en la oscuridad.

Los ojos distraen. Con ellos dormidos, resta el verdadero abrazo. Todo pasa a segundo plano. Y los brazos se expanden en una luminosa paz.

Marta no me besó aquella tarde, como suele hacer. Al despedirse, me abrazó, casi tan fuerte como mis hijos chicos, mis pegatinas particulares. Ambas cerramos los ojos e iluminamos el momento, y yo pude sentir su cariño y la presencia de aquel diminuto ser. Supe que la niña tenía los ojos abiertos, porque la vi sonreír.

Abrí el bolso y le entregué mi tableta de chocolate criollo. Ella lo necesitaba mucho más que yo.

31

Madres, hijos y *aliens* reincidentes

A veces, cerraba la puerta por dentro, desconectaba el móvil y pedía a su secretaria que no le pasara llamadas durante un rato.

Cuando estaba seguro de que nadie lo interrumpiría, abría el cajón secreto, sacaba su peonza de punta asesina y, llorando, la hacía bailar en el suelo.

Era antigua, de madera, con cuerda fina, del mejor algodón.

Pasado un rato, enrollaba el cabo en la panza y volvía a encerrarla mientras repetía como cada día: «¡Lo siento, papá: te quiero!»

Pero él ya no podía oírlo. Yacía en el cementerio.

—¿Crees que seré una buena madre? —me preguntó Marta, en algún instante de aquella memorable tarde.

—No me cabe ninguna duda: no conozco a ninguna madre mala.

—Pues las hay, te lo aseguro —respondió.

Cuando lo hizo, la mirada se le tornó pétrea y sentí ese dolor profundo de quien nunca se ha sentido querida.

—No, Marta: quizá no fueran madres; quizá sólo engendraran hijos. Eso también lo hacen los animales, y, si tienen hambre, se zampan a sus crías.

Ambas nos quedamos calladas unos minutos, cada una pensando en sus cosas. De las cavilaciones de Marta no puedo hacer más que especulaciones, puesto que no me atreví a meterme en su vida, pero puedo hablar de las mías, supongo que similares a las de tantos padres y tantas madres...

Porque hay una edad en la que miras a tus hijos (rubios o morenos; blancos o negros; pobres o ricos; listos o menos listos, con todos vale) y parece que estés viendo marcianos y, en ese momento, te preguntas si serán los mismos que tú pariste en aquel hospital hace ya tanto tiempo. Recuerdas lejanamente el dolor de las contracciones y el miedo a lo desconocido, su carita de manzana, lo que lloraba de noche y cómo buscaba entre tu blusa su alimento... puedes evocarlo casi como si hubiera ocurrido ayer.

Cuando los contemplas ahora, identificas sus rasgos y hasta sus gestos: son los mismos que los de entonces; sin duda, son ellos, pero con las manos pegadas a los bolsillos, el dedo en el gatillo del móvil y la mirada baja, parecen otras personas. Ese que se te agarraba a la pierna hasta parecer un lunar, esa que se te asía al cuello hasta fundirse con tu collar, esos que preguntaban a todas horas «¿dónde está mi mamá?», pasado un tiempo te huyen como si estuvieras apestada. A aquel que le compraste esa maquinilla de afeitar y ese bote de espuma para el bigote que, más que mostacho, era una mancha de chocolate, y te besó a escondidas por ello, si ahora intentas atraerlo hacia ti saldrá corriendo como si un muelle lo impulsara. ¿Y qué decir de la niñita de lazos rosas, la del «¡es ideal, mamá!»? ¿Qué recordar de ese ser adorable, cursi hasta dejar atrás a cualquier Barbie, a quien llegaste a comprar sonriente aquellas deportivas con escamas doradas que brillaban en la oscuridad, aunque daba dolor de corazón malgastar el dinero de esa manera? Pues esa misma niña, ya con metro cincuenta de altura y un cuerpo a medias que apunta maneras, te mirará con cara de asco cuando le muestres tu traje nuevo: «Es de vieja, mamá. Demasiado largo, demasiado oscuro... Definitivamente, feo: las madres de mis amigas no visten así.» Y tú, que toda la vida has soñado con que alguien te acompañara a escoger tu atuendo, tienes que admitir que quizá sea mejor ir sola...

Y todo eso, en un santiamén.

De pronto, lo que hacías *con* ellos, casi siempre *por* ellos, parece convertirse en una actividad mortalmente aburrida y radicalmente anticuada. Los miras y notas que están pensando: «¡Por favor, mamá, mírame. ¿Tú me ves yendo a tal sitio, comiendo en ese restaurante o hablando de...», aunque, en el fondo, son tan majos que hasta sonríen y no dicen nada.

O quizá sí.

Hace tres horas, esas cosas les gustaban... Pero, hace tres horas, eran otras personas y, dentro de otras tres horas, serán nueva gente. De improviso, la cotización de tu solomillo *al foie* y tus espaguetis carbonara cae en picado en beneficio de unos nachos antediluvianos, completamente plastificados. De rebato, la sabiduría de su padre (que no está al tanto de las nuevas tecnologías y no sabe qué nuevo vídeo anda por YouTube) entra en crisis, y tus valores, esos que has sembrado, regado, abonado, limpiado y fumigado con tanto esfuerzo contra todo tipo de plagas, parecerán marchitarse.

—¡Es la edad! —te aseguran en el colegio y los compañeros de fatiga de cuyos hijos los tuyos van colgados.

Y es muy cierto. Al igual que el cuerpo cambia y durante unos años se torna un tanto amorfo, descompensado, asimétrico, el carácter necesita un tiempo para forjarse: está blanducho, informe, atento a todas las influencias y los padres nos convertimos simplemente en rodrigones, a los que atamos a nuestros hijos para que crezcan rectos: como quieran y cuanto puedan, pero rectos.

«No, no y no», es nuestro cansadísimo y eterno monólogo.

«¿Por qué? ¿Por qué? ¿Por qué?», su eterna pregunta y «todos lo hacen», su mejor y único argumento.

«Pero tú no eres todos, ni como todos», y así hasta el infinito y más allá.

—No lo hacen con intención. Simplemente, es la edad —dicen.

Y es radicalmente cierto. Una edad que, en la era de internet, cada vez es más temprana, y se extiende más y más en el tiempo.

Rafael Alvira, mi amigo y maestro, me instruyó largamente en filosofía política y en humanismo, pero desgraciadamente mi memoria es corta y sólo retengo algunas de esas enseñanzas. Sin embargo, hay una que no olvidaré porque se me quedó grabada en el alma como la tinta de un tatuaje permanente. Es ésta: la familia es *el lugar al que se vuelve*. No he encontrado (y no crean que no he indagado) definición más plástica. A la familia, se vuelve. Es decir, que uno se va, pero nunca del todo, y al tomar distancia, al alejarse y verla en perspectiva, se calibra su verdadero valor.

A veces, se vuelve como el hijo pródigo de la parábola evangélica, con la cabeza gacha y el bolsillo huérfano. Porque ese hijo no decide regresar cuando echa de menos el abrazo paterno: retorna cuando siente vacío el estómago. Lo hace por hambre: pura y simple hambre. Pero ¿qué importa el motivo?

A veces, los hijos regresan como el gallo joven que se sabe observado por las gallinas. Y vienen bien tuneados y con regalos caros, porque ya tienen Visa y quieren, de alguna manera, deslumbrar a sus padres. ¡Cómo gustan esos regalos, por muy horteras u ostentosos que sean!

A veces, vuelven con miedo y con dudas, y, de pronto, la sabiduría del padre no parece tan caduca. Y entonces el hijo empieza a entender que cuenta con un padre, que siempre ha estado a su vera, discretamente escondido. Y, mira por dónde, no se le da mal el billar. «Pero tú, ¿dónde has aprendido a jugar?» «Si yo te contara», piensa, y ese padre recuerda que hizo esa misma pregunta a su padre, y así hasta Adán.

Crecen y se alejan; maduran y vuelven. Todos volvemos. Porque la familia es el lugar para los reincidentes.

Marta tenía por delante una apasionada vida llena de retos...

Se detuvo un instante, el suficiente para constatar que su matrimonio agonizaba.

No soportaba el aroma a tabaco impregnado en su boca.

No aguantaba que la besara.

No toleraba la rutina. Sus manías la reconcomían por dentro.

Ya no sabía si le daba más asco el olor de sus pies o que se acostara con calcetines llenos de polvos blancos.

Todo en él le desagradaba, pero lo que más la mortificaba es que aquello no fuera a cambiar, al menos, para mejor.

Por eso, al echar la vista atrás y recordar que era el mismo hombre a quien tanto quiso, se levantó decidida y cambió ella.

Durante las siguientes semanas, Marta y yo continuamos paladeando el futuro. Nos llamamos a menudo y enviamos *whatsapps*. Y, llevadas por alguna misteriosa fuerza, decidimos abandonar por una tarde el Ritz y disfrutar de la complicidad visitando tiendas de ropa infantil. Curiosamente, Marta no compró nada, lo cual me extrañó muchísimo.

—¿Qué ha dicho Fede de la gran noticia?

Se encogió de hombros. Parecían pesarle mucho.

—He decidido no contárselo todavía.

—¿Por qué? No lo entiendo: al fin y al cabo, es su padre. Tiene derecho a saberlo.

—Puede que no salga bien. Es mejor esperar...

—¿Y por qué no habría de salir bien?

—¡Ya ves!

Me preocupé.

—¿Tienes algún síntoma: pérdidas, contracciones, algo?

Negó lentamente con la cabeza.

—No: el médico dice que el embarazo va sobre ruedas.

—¿Entonces? Estoy segura de que esa niña se ha pegado con pegamento a su madre: no saldrá hasta que esté gordita y no quepa. Estate tranquila...

—Debería estarlo, lo sé, pero tengo miedo. No dejo de pensar en todo lo que podría ocurrir...

—De ir por la vida sopesando todo lo malo que podría ocurrirnos, Marta, no viviríamos. Estás sufriendo sin necesidad. Y ya sabes que los peores duelos son los que nunca pasamos.

—Tienes razón, pero, ya sabes, el miedo es libre.

Nunca pensé que diría esto a Marta, pero en aquella ocasión me pareció oportuno.

—¿Y no te vendría bien sacar la Visa a pasear? No me refiero a lo que estamos haciendo esta tarde. Me refiero... en fin, creo que venden unos carritos de bebé de Louis Vuitton que son un primor. Cuestan riñón y medio...

Sonrió. Tengo por seguro que los había mirado, pero no lo dijo. Me aferré a su brazo, y comenté:

—¿Tú sabes por qué los niños pequeños no sufren, Marta?

Se detuvo y se giró para mirarme.

—¡Vaya tontería! ¡Pues claro que sufren! Se pasan las noches llorando.

—Eso es otra cosa: lloran cuando sienten hambre o les duele la tripilla; se lamentan con grandes aspavientos cuando se caen, les quitan el juguete o se pillan un dedo con la puerta, pero no sufren. El sufrimiento, al menos así es como yo lo interpreto, es una forma de dolor adulta, cualificada, humana —de nuevo, me miró con extrañeza, de modo que me expliqué mejor—: No digo que los bebés con pañales no sean humanos, sino que no son conscientes de serlo. Los niños chicos lo desconocen y su propia ignorancia les ahorra el lado sentimental del sufrimiento. Les queda el dolor físico, pero no el del corazón: un niño no sabe lo que es el desagradecimiento, la inseguridad, el desánimo, el ridículo o la apatía. Ignoran el amargor de quedar mal y cualquier miedo se quita en el regazo de su madre, junto a los latidos de su corazón... Perdona, me estoy poniendo muy filosófica, sólo quería decirte que sin duda se sufre sufriendo, pero que, a veces, sufrimos sin necesidad. Deberías aprender de esa criatura que llevas dentro, y sonreír.

—¿Y tú no sufres?

—Lo justo. Cuando me descuido y me dejo llevar, la carga emocional del dolor me abruma. Por eso, intento volver a mi niñez. Y ser positiva...

—Eso es porque tienes motivo.

—En absoluto, Marta: lo de ver el vaso medio lleno es una actitud voluntaria. Siempre te tuve por positiva: al fin y al cabo, eres una rubia tonta. Y los tontos se parecen mucho a los niños...

Ni siquiera se rió de mi gracia.

—Eso era antes...

—¿Antes de que estuvieras embarazada?

—Bueno, antes de eso también.

Tuve la impresión de que todo aquello tenía segunda o tercera derivadas, de modo que indagué.

—Y con tu marido, qué tal, ¿va todo bien?

—Sí, como siempre...

—No te veo muy convencida...

Se recolocó la melena.

—Tienen problemas laborales, en la empresa. Anda un poco estresado, eso es todo.

—¿Y el detective?

—Nada nuevo: sólo el tinte.

Me cansé de tanto peloteo y decidí ir de frente. Me detuve y la frené sujetándola del brazo.

—A ver, Marta, ¿me puedes decir qué te ocurre? Un perro verde a tu lado sería común.

Finalmente, confesó.

—Últimamente, no hacemos el amor.

—¡Vaya!

Eso fue lo único que se me ocurrió decir. Mi cabeza giraba a toda velocidad alrededor de esa maldita palabra: «tinte». ¿Cada cuánto puede un hombre medio calvo teñirse las canas?, ¿una vez al mes; dos, a lo sumo? Por lo que Marta me había comentado, Fede iba mucho más a menudo a aquella dirección. Busqué alguna explicación razonable y di con la manicura. Podría ser. El tipo es coqueto y me había fijado en que llevaba las manos muy bien cuidadas. Pero tampoco tenía sentido: uno se hace la manicura cuando va a teñirse. Y le duraría lo menos una semana. Traté de no pensar en ello y de tranquilizar a mi amiga.

—Seguro que es por el estrés, Marta. A veces, hasta los hombres más... en fin, ya me entiendes, se olvidan de la entrepierna. Deberías tranquilizarte.

Negó vivamente con la cabeza.

—¿Y si hay otra? Si hay otra, yo, en el estado en el que me encuentro, no soy competencia, ¿lo entiendes? ¡Me saldrá una tripa descomunal! Tengo miedo a quedarme sola. Puede que si le digo que estoy embarazada me abandone...

La detuve.

—¡Todo eso son bobadas! ¿Por qué habría de abandonarte? ¡Eres un cielo y eres su mujer! Mira, esos pensamientos brotan de tus hormonas. Estás cansada y piensas demasiado. Estoy convencida de que será pasajero. Yo que tú aprovecharía estas... digamos, vacaciones; ya llegará lo opuesto y te quejarás. Por lo demás, deberías dormir tan tranquila como tu niña —le dije mientras acariciaba su tripita (ni siquiera se le notaba)— y disfrutar del presente.

—Vaso medio lleno...

—Eso es... ¡Anda, vamos a tomar algo! ¿Qué tal un poco de chocolate? Lo verás todo de otro color.

—Mientras no sea langosta, tomo lo que quieras...

—¿Langosta, acaso tienes antojo?

—En absoluto.

—¿Entonces?

Llegaron los llantos. Como una tormenta asturiana: primero despacio y luego a mares. La pobre Marta tenía un bajón descomunal. Busqué una cafetería. Pedí una taza de chocolate y dos vasos de agua; desgraciadamente, el chocolate no era para mí.

—¡Anda, Martita, cuéntamelo!

33

Tetris, nivel 6

Con gran esfuerzo, comenzó a masticar el mendrugo de pan, duro como el corazón de un ídolo.

Las encías le sangraron y la boca desdentada se le tiñó de rojo, pero al mirar su tesoro, todo su ser gozó.

Tomó el pan blando, aún caliente, en sus manos. Lo olió, lo besó con avaricia, lo envolvió en un papel de periódico y lo escondió.

Atesorar cosas valiosas le producía un placer inmenso.

Ya se lo comería cuando endureciera.

Algunos enteradillos (la mayoría sesudos caballeros, muchos de ellos completamente ajenos a este complejo mundo de los mercados) sugieren, con esa contundencia con la que los hombres hablan de cosas serias (fútbol, política, mujeres o impuestos, por poner algunos ejemplos) que las familias deberían gobernarse con criterios empresariales. De ser por ellos, todas las mujeres estudiaríamos administración (puede que incluso dirección) de empresas. Anotan que a su familia (y a la sazón a la de todos nosotros) les iría bien imitar muchos de los modos de funcionar que caracterizan a las organizaciones productivas, por ejemplo, la asignación de objetivos individuales, el uso de un buen sistema de motivación extrínseca (propinas por objetivos o cosas por el estilo), sistemas de control o gestión de operaciones...

Algunos han resultado tan persistentes que han terminado por convencer a sus esposas (las amantes no necesitan estas prácticas) de que las pongan en marcha y han empezado a asignar tareas específicas a sus hijos, por cuyo cumplimiento pagan religiosamente lo estipulado; negocian en vez de mandar y gestionan conflictos en lugar de ofrecer achuchones gratuitos. Incluso me consta (prometo que no es broma) que, entre el sector femenino, hay quienes se han aplicado tanto y se han hecho tan pronto con el traje mercantilista que hasta cobran a sus maridos por la «prestación de servicios».

Yo, desgraciadamente, no estoy de acuerdo... con la mayor. Quizá porque proceda y frecuente el mundo empresarial, se me antoja un craso error llevar una familia del modo en que se lleva una corporación. ¿Por qué? Bueno, hay un principio científico largamente comprobado que señala que no se pueden comparar churros con almejas, pulpos con saltamontes o familias con empresas. Y a lo que no es similar no se le pueden aplicar las mismas operaciones matemáticas. Por ejemplo: si nuestro coste de producción es cuatro, podemos investigar la estructura de costes y luego, según el caso, apretar a los proveedores en precios o a los trabajadores en productividad y bajar a 3,8. Pero ¿qué hacemos ante un recién nacido con cólicos o ante un marido deprimido al que acaban de despedir de su trabajo? ¿Podemos incentivar al lactante para que no llore, o facturar al marido dos horas por las molestias? ¿Podemos cambiar de bebé y escoger otro menos llorón? ¿Queremos buscar un marido nuevo, más exitoso y con menor propensión a la depresión? Obviamente, no.

Y eso no es más que el principio.

En la familia no existe algo tan básico para una empresa como la selección de personal. No eliges: te toca lo que te toca, y sea como sea, firmas un contrato de por vida, sistema japonés en sus mejores tiempos. No hay despidos que valgan, ni devoluciones con preaviso de quince días. Lo que viene, te lo tragas. Además, los que se incorporan al equipo familiar aparecen sin currículum, completamente vírgenes: sin inglés, ni informática, ni carnet de conducir, ni experiencia previa. Por venir, vienen hasta sin dientes. Y cuando por fin logran completar la dentadura y han terminado la universidad; cuando podrías empezar a sacar rendimiento de la inversión, se marchan para formar su propia familia. Y al volver, si es que vuelven, lo hacen acompañados por otros seres diminutos sin seleccionar ni formar, que te llaman abuelo (o algo muchísimo peor, *abuelito*).

No, ambas instituciones no se parecen. Y eso sin hablar de que, de puertas para adentro, en la familia suele apreciarse más («apreciar», recordemos, significa «poner precio») al menos capaz, al más torpe, a aquel cuyo índice de ventas por activo es menor, lo cual en la empresa resulta una completa locura. ¿Y qué decir del Ebitda?

En fin, que las situaciones y filosofías son tan distintas que nunca se me ocurría compararlas. No obstante, hay momentos, sobre todo cuando existen problemas operativos, repetitivos, en los que el mundo de la empresa es capaz de ofrecernos algunas pistas. En esas pequeñas cuestiones procesales, el *management* puede ser verdaderamente útil para el ámbito familiar.

Aquélla era una esas situaciones.

La cafetería en la que Marta y yo merendábamos no se parecía al Ritz: era pequeña y sus sillas, incómodas. Marta lloraba sin pudor y no se dejaba consolar. Se mostraba resentida, molesta, por la dureza con la que su marido la había tratado la noche anterior. Yo me mantenía callada, y no porque no fuera capaz de calzarme sus zapatos, sino porque, sin que sirva de precedente, sólo por aquella vez, yo estaba del lado de Fede. Naturalmente, esperé a que se tomara el chocolate y agotase las lágrimas para exponerle mi punto de vista.

De momento, dejé que hablara.

—¡No debería haberme tratado así! Me ha chillado, como si yo fuera una... una... advenediza. Hasta me ha lanzado un cojín a la cabeza...

Calibré lo del cojín. Desde luego, no parecía tanto una cuestión de violencia doméstica cuanto de mal genio.

—¿Era muy grande?

—¡Enorme! Se le salía por los ojos...

—Me refiero al cojín, Marta.

—¡Ah, no! Uno de esos pequeñitos del sofá. Pero eso no importa: ¡me gritó!

—Mujer, estaría rabioso por lo ocurrido. Fue un calentón, no se lo tengas en cuenta. ¿Acaso tú nunca le has gritado? Seguro que mañana está todo olvidado y vuelve con una de esas sortijas gordas que tanto te gustan para disculparse.

—¡Ni hablar! ¡No sabes cómo me miraba! Le salían chispas por los ojos. Eso es intolerable. ¿Cómo era ese dicho tuyo...?

Se refería a un precepto del Talmud que me gusta repetir. Aunque, en aquel momento, no venía al caso, en su honor, lo coreé.

—«Cuídate de hacer llorar a una mujer, porque Dios cuenta sus lágrimas...»

—¡Eso es: Dios cuenta mis lágrimas!

—Tienes razón. De hecho, hoy le tienes ocupadísimo: no paras de llorar.

Ni qué decir tiene que continuó en su línea. El hecho que iba a terminar por provocarle una extrema deshidratación era, más o menos, éste: Fede había telefoneado a media tarde pidiéndole...

(Un inciso: obviamente, es un modo de hablar; los maridos como Fede no piden: exigen, demandan, instan. Sus esposas son seres en «modo espera», para cuando ellos tengan a bien ordenar algo.)

... Retorno. Fede le había «pedido» que preparara una cena especial para cuatro comensales, potenciales clientes. Eran importantes, nuevos en la plaza, extranjeros. Le indicó expresamente lo que quería, como siempre. Más o menos, algo así: «Marta: toda la artillería. Y quiero langosta, ¿me comprendes? Que les salga por las orejas.»

Marta asintió. No debería haberlo hecho, porque no había comprendido el mensaje. Precisemos: mi querida amiga entendió a la primera lo de la cubertería de plata, las copas de cristal de Bohemia y el vino de reserva. De hecho, dijo a la encantadora señora filipina que le atiende la casa que pusiera una «mesa de ensueño», pero lo de la langosta... en fin, eso no lo entendió. Se dijo a sí misma que era ya muy tarde para ponerse a buscar langostas, se fue al supermercado más próximo y compró unos langostinos cocidos de oferta, gordos pero pocos, para adornar una ensalada.

¿Ustedes lo entienden? Pues yo tampoco. Pero cada uno de nosotros procedemos de nuestro padre y de nuestra madre, cada uno padecemos nuestros virus, vivimos en nuestras cuevas y ocultamos nuestras propias zonas oscuras. Y mi querida amiga Marta, que es capaz de fundirse la Visa Oro en dos horas de joyería; Marta, que puede vaciar Loewe o alquilar perpetuamente la suite del Ritz (después de cambiar las sábanas, naturalmente), por lo que sea, en lo referente a la comida, mira hasta el céntimo. ¿Me creerán si les digo que lleva personalmente la despensa, sirve los filetes contados, y tiene al matrimonio filipino muerto de hambre? ¡Su despensa tiene llave, como en la época de la posguerra, y la única copia está colgada de su cuello! Doctor Freud, dígame, por favor: si buscamos, ¿encontraremos algo en la infancia, hambre, castigos sin comer, que puedan justificar lo injustificable?

Sea como sea, el hecho fue que, a las nueve de aquella noche, Fede apareció en su casa con los invitados rusos. Había dicho cuatro, pero por la puerta entraron siete pares de pies: «¡Lo siento, cariño, se sumaron en el último minuto!» Y los langostinos tuvieron que trocearse y estirarse por los platos compartidos como estiran los niños los chicles en el patio del colegio; el solomillo *al foie* se transformó en brochetas de solomillo con gran cantidad de champiñones y mucho, pero que mucho, puré de patata.

Si Fede quería impresionar a sus invitados, fracasó estrepitosamente. Le salvó la campana, es decir, la bodega, que los rusos se fundieron hasta no dejar ni los posos. En cuanto Fede los dejó en el hotel y regresó a casa, sus gritos llegaron al cielo.

No sé si Dios contó las lágrimas de Marta. Por lo que a mí respecta, se me antojaron incontables. Casi de récord Guinness.

—¿Cuántas veces te ha ocurrido esto, Marta? ¿Cuántas te ha dicho que venían tres y han venido seis? —indagué, porque no era la primera ocasión en que me contaba algo similar.

—Varias —confesó.

—¿Y por qué no te anticipas? Prepara cena para seis o para nueve...

—¡Ni hablar! ¡Tirar la comida es superior a mis fuerzas, Reyes! Lo siento: es un despilfarro que no estoy dispuesta a tolerar.

—¿Despilfarro? Pero ¿es que no te das cuenta? ¡Se trata de una inversión! ¡Si tu marido cierra ese acuerdo, que es de lo que se trata, ha merecido la pena! Además, hay una cosa llamada congelador que te permite guardar la comida sobrante y reutilizar las sobras en otro momento...

—¡Hay gente que se muere de hambre, ¿sabes? Y no una ni dos. ¡Te recuerdo que me llamaste frívola por gastar demasiado, mientras ese amigo tuyo se pillaba una neumonía en el Retiro!

Nada, que no había forma de convencerla, de modo que cambié de táctica.

—Marta, ¿sabes qué? Pues que tienes toda la razón: en vez de mirar escaparates tan caros, como hemos hecho esta tarde, deberíamos preguntar dónde hay algún *outlet* de ropa infantil. Uno interesante, de esos que te hacen un 70 por ciento de descuento por la ropa de la temporada pasada, o mejor de la anterior. Te ahorrarás un montón de dinero. Si lo metes en un fondo de inversión...

Obviamente, no me dejó terminar.

—¿*Outlet*? ¡Ni hablar! Mi niña vestirá como debe y, por descontado, yo también: ¡ésa es mi inversión!

—¡Exactamente! Y la de tu marido que a sus clientes les salga la langosta por las orejas. ¿Es que no te das cuenta? Mira, cuando tenía a los niños pequeños, trabajaba un montón en casa y otro montón fuera. Y encima andábamos siempre contando la peseta, de modo que todo lo que fuera ahorrar era para mí una buena idea. Sin embargo, en algunas ocasiones, Juan se empeñaba en encargar *pizza* o comida china. «¡Así no cocinas!», argüía... Yo me quejaba, porque era un gasto inútil en apariencia, un despilfarro, con la cantidad de empleos alternativos que teníamos para ese dinero. Pero él insistía: «Mejor comer *pizza* que estar agotado y chillar a los niños, ¿no te parece?» En tu caso, mejor es congelar lo sobrante que enfadarte por los langostinos congelados, ¿no crees? ¡Si al menos hubieran sido cocidos por Dolce & Gabbana!

Por fin, se echó a reír.

—Vale, lo pensaré.

—Hazlo: la diferencia entre gasto e inversión es esencial para una futura mamá. Anda, termínate ese chocolate o me lo tomaré yo...

34

Veraneos del norte

«Nunca lo conseguirás —aseveró—. Es demasiado para ti.»

Siempre escuchaba a su marido, que era ingeniero, por eso no lo intentó.

Cuando se fugó con la mujer que logró el puesto, no volvió a pedir opinión.

Hay dos tipos de veraneo, los del norte y los del sur. A quien le gusta la linealidad, meter la directa y tenerlo todo previsto, se va al sur «a "*pasar*" el verano», que diría Ussía. Quien odia las sorpresas o le espanta alterar los planes apuesta por los constantes treinta y cinco grados del sur, donde la única variable aleatoria es en qué época Fulanito y Zutanita se dejarán caer por Sotogrande.

Los veraneos del norte son del todo diferentes; recuerdan a la mejor Agatha Christie: pura intriga. Desde que retiras la manta por la mañana (el edredón es opcional; la manta, no) y levantas la persiana, te enfrentas a la primera incógnita del día: puedes poner mermelada en la tostada en medio de una niebla londinense, o del más dulce de los soles o calándote con una lluvia propia del mismísimo Edimburgo, o todo a la vez, que es lo más corriente. Por no hablar de las nortadas, que dan para otra novela. Eso sí: no hay tostada sureña que pueda compararsele.

Mis veraneos son del norte —Pontevedra, para más señas—; quizá por eso soy optimista. Como casi todo (a excepción de lo que nos viene del árabe y de la tortilla de patata o la sangría, que son totalmente nuestras), el término «optimismo» procede del latín: *optimum* significa «lo mejor», de modo que «optimista» es «el que ve y juzga las cosas en su aspecto más favorable».

Pontevedra, sin ir más lejos.

A mí lo que me gusta del verano es el mar: bañarme, navegar, pescar si los peces colaboran (y las autoridades lo permiten). Como tengo pocas vacaciones y no puedo esperar a que se den las condiciones adecuadas, me baño y lanzo la caña en cualquier circunstancia. Por eso, cuando abro la ventana, lo hago convencida de que el tiempo que asoma es óptimo, el mejor de los posibles. Poseo una nutrida colección de razonamientos: las nieblas templan el agua y en los días de color gris humo los baños son de lo más agradables; la lluvia limpia el ambiente y vacía las playas, lo que me permite bañarme completamente sola, algo que ni Rockefeller lograba; si quisiera, hasta podría hacer nudismo: ni se me vería... Y respecto a las nortadas, bueno, a mí que me va la intriga, se me antojan un complot del señor Feijóo para enviar las nubes hacia Madrid y hacer sombra al presidente: ¿qué más se puede pedir?

Dicen que el optimismo o su contrario son rasgos de carácter con los que se nace. Es muy posible que lo sean, al menos en parte. De hecho, en lo que a mí respecta, siempre he visto el vaso medio lleno. Aunque hay una diferencia: ahora, especialmente desde que conozco a Marta, *quiero* verlo medio lleno aunque sepa que está casi vacío. Y, por si fuera poco, entiendo que mi actitud tiene un punto, mucho más que un punto, de racional.

He gastado bastante dinero en fotocopias, encuadernaciones con gusanillo y sellos para dar a muchas editoriales la oportunidad de rechazar mis manuscritos. Algunas, simplemente, no me contestaron; otras (una de ellas, mi actual casa editorial) me reenviaron cartas educadas, formales pero atentas, estándares pero transcribiendo mi nombre y el de mis novelas, diciéndome que debido a la temática, al momento, a la línea editorial, o a tal o cual motivo, no les era posible publicarlos, pero que me agradecían haber pensado en ellos y me rogaban que no dudase en intentarlo de nuevo.

A algunos de mis colegas escritores (escritor es el que escribe, no el que publica), la recepción de una de esas cartas los sumía en una crisis existencial que les postraba el alma en la más absoluta de las oscuridades. A mí no: yo cogía la carta en cuestión y la guardaba en mi caja de fracasos (una caja de madera, grande y sin cepillar), bastante llena por cierto. Y cuando mi marido me preguntaba qué tal me encontraba, siempre respondía con alguna cantinela similar a éstas: «Bueno, no la publican. Será porque la novela está llamada a una editorial más grande»; o mi preferida: «Quizá la traduzca al inglés. Sí, el argumento es más propio de los británicos.» Luego, como en realidad el vaso estaba casi seco, me calzaba mi delantal negro de chef hacendosa y me ponía a hacer patatas a la importancia (una pesadez superior a la de los juicios por blanqueo de capitales) o ensaladilla, para meter la cabeza en la vida real, la que controlo, y poder contarme a mí misma la suerte que tengo teniendo cocina, patatas que cocinar y familia que se lo come todo y encima me da las gracias.

Y a esperar la siguiente carta, con la misma ilusión que la primera vez.

¿Como el avestruz metiendo la cabeza en el primer agujero disponible? Pues, en realidad, no: se trata más bien del acuerdo que tengo firmado con mi viejo amigo alemán Gottfried Leibniz. Digo que es viejo sin mala educación: murió alrededor de 1716, y digo que es amigo, porque, además del cálculo infinitesimal, me regaló algo valioso: sus razones del optimismo, y ésa es siempre la actitud de un amigo.

Gottfried Wilhelm Leibniz —Leib, como yo lo llamo— fue un pensador alemán que le dio un poco a todo, desde el cálculo infinitesimal (bar donde le conocí) hasta la teología (lugar donde volvimos a coincidir, en mis épocas agnósticas, porque le leí ideas interesantes sobre la existencia de Dios y la presencia del mal en el mundo). Leib es un tipo audaz, ecléctico, rarillo: fue diplomático y bibliotecario, filósofo, abogado y matemático, y logró ser moderadamente feliz haciendo todas esas cosas... Era un tipo inquieto que curioseaba allá donde podía, un alemán trasplantado al París de Luis XIV y a la ciencia de Newton, que intentó reconciliar a católicos y protestantes haciéndose amigo de insignes y espabilados jesuitas de la época. Fracasó, pero eso le hizo subir algunas escalas más en mi valoración.

Demasiadas veces no comprendo el alcance de lo que escribe, pero me cayó simpático en el mismo momento en que se metió con Descartes (que de tanto pensar, existió): «Prefiero a un Leeuwenhoek que me dice lo que ve, que a un Descartes que me dice lo que piensa», dijo.

Así era Leib.

A diferencia de Descartes, empeñado en dudar de todo, Leib buscaba algo así como un pegamento universal capaz de reconciliar todos los sistemas existentes porque pensaba que casi todos sus predecesores habían llegado de alguna forma a tocar la verdad. Pensadores dispares, contradictorios o enemigos tenían algo en común: todos *buscaban*. Tengo para mí que buscar es ya tener el vaso medio lleno. Quien busca, encuentra: hay belleza en la niebla, en la lluvia y en el sol... porque todos besan el mar, que es, en suma, el verano. Más si se come helado de chocolate...

De acuerdo, concedo a los filósofos, teólogos y demás gentes de pensamiento que Leib se obsesionó con la noción de sustancia, con las mónadas (algo así como los átomos metafísicos) y su indivisibilidad, y se le fue un poco la olla, pero a mí me enseñó algo que me vino al pelo: que *Dios, pudiendo escoger, siempre elige el camino mejor*.

Que el día que tenemos delante es el mejor de los días posibles...

La suprema ley del día finito... es el impulso que nos hace llenar el vaso para que nunca esté medio vacío y podamos bañarnos haga el tiempo que haga.

Pero mi querida Marta no conoce a Leib: veranea en Marbella. Y, cuando se pone una nube, se le desencaja la vida. En su caso, no es un problema de carácter: su nube se llama Fede, y es fea, vieja y gris.

No lo digo por las langostas, sino porque se tiñe de negro semanalmente.

La verdad es que, ni siendo positiva, podía dejar de pensar en ese maldito tinte. No sé: me daba muy mala espina. De haber sido mi hermana, ya me habría subido a un coche y acudido al culo del mundo a buscar a esa maldita peluquera que trataba de fastidiarle los días más bonitos de su vida. Pero, obviamente, no podía decir ni hacer nada.

35

Cascar huevos

Vive como si el futuro no fuera a visitarte.

Vive como si el pasado se te hubiera borrado de la memoria.

Vive sólo el hoy, el presente, pero no olvides pagar los recibos: los bancos no saben filosofía.

En nuestra siguiente cita, me reconcilié con Fede. Temporalmente, al menos. Fue el día en que el marido de Marta se enteró de que, en esta vida, para hacer una tortilla, primero hay que cascar los huevos. Al cuello llevaba una corbata de color fresa, sembrada de pequeñas jirafas, de una renombrada firma. Después de aquel día, no he visto a Marta emplear ese color. Creo que su subconsciente lo ha vetado in sécula seculórum, amén.

Mejor: no va con su carácter.

Pero no anticipemos acontecimientos. La tarde comenzó de otra manera mucho más agradable... El móvil de Marta sonó cuando estábamos comprando un capazo tan precioso como caro. Lo estábamos pasando fenomenal, ella con la novedad y yo con mis recuerdos. Al ver el nombre de su marido en la pantalla, me dirigió una mirada de complicidad, y contestó:

—¡Hoy se lo voy a decir!

Ya era hora, la verdad: pronto empezaría a notársele.

Con voz entrecortada, Fede comentó a su mujer que no se encontraba bien, que le dolía el pecho y tenía ganas de vomitar. Marta hacía largo tiempo que no ejercía como enfermera, pero hay cosas que no se olvidan. Yo, por mi parte, estoy casada con un médico (¿se acuerdan del de los nueve hijos con el mismo?), y le he escuchado decir que, amén del dolor en el pecho con extensión al brazo, a veces, los infartos cursan con vómitos.

Tras escuchar su relato, nos miramos y, sin necesidad de decir palabra, estuvimos de acuerdo. Saqué el móvil y marqué el teléfono de emergencias. Mientras explicaba lo que ocurría y pedía a Marta la dirección del despacho de su marido, ella hizo señas a un taxi. En menos de cinco minutos, estábamos de camino. Se pasó el trayecto recordándome aquel mal sueño premonitorio...

Nos anticipamos a la ambulancia.

Fede tiene su guarida en uno de esos edificios representativos de la zona de Azca, cerca de la plaza de Lima. Sus oficinas ocupan la planta duodécima. El tipo de recepción saludó con amabilidad a Marta. Ésta no le devolvió el saludo. Creo que ni siquiera lo vio: parecía poseída por algún extraño espíritu. Tomamos uno de los ascensores. Encontramos la puerta de acceso abierta. Marta se abalanzó hacia el despacho de Fede; y yo, que marchaba detrás, a rebufo, la seguí.

Lo hallamos solo, sentado tras su enorme escritorio de líneas modernas (madera de wengué, con acero inoxidable en los cantos), rodeado de cuadros y esculturas a todas luces caras. Algunas eran abiertamente mejorables, tanto desde un punto de vista estético (yo jamás las hubiera adquirido) como desde el temático, tratándose de un lugar de trabajo. Pero había otras piezas que eran simplemente magníficas... No pude detenerme, pero por el rabillo del ojo acerté a contemplar una de las principales: una cabeza esculpida en diorita negra, algo más pequeña de su tamaño natural, que representaba a un faraón egipcio, de ojos grandes y boca apiñonada. Se exhibía sobre una pilastra de la misma madera que la mesa y recibía una luz directa desde dos pequeños focos estratégicamente colocados en la escayola del techo. El busto aparecía tocado con un *khepresh*, casco de guerra habitual en ese pueblo. No me cupo duda de que la pieza era auténtica, lo que me hizo evocar de inmediato su procedencia. No dije una palabra, teníamos cosas mucho más importantes en que pensar.

Fede tenía mal aspecto. Su corbata rosa estaba floja, torcida en un cuello al que había desabrochado el primer botón. Tenía el cabello desordenado, como si aquella mañana hubiera olvidado engominarlo, y la ancha frente empapada en sudor. Su piel, habitualmente rosada, presentaba un aspecto cerúleo, tirando a gris. Supongo que, a consecuencia del vómito, que le manchaba el traje y la camisa, el despacho olía mal.

Pero lo que más llamaba la atención era el brillo de sus ojos. Se le palpaba el miedo. No parecía un miedo concreto: más bien una avalancha de miedos, una cascada que le salía por cada poro de la piel. Y por la boca.

—¡Marta, escúchame bien, no dejes que me pase nada...!

Aunque sus palabras eran las propias de un hombre acostumbrado a mandar, su tono sonó a un ruego. Noté que respiraba con dificultad, entrecortadamente. Se detuvo un instante para tomar aliento y luego añadió:

—¡Paga lo que haga falta, el mejor hospital, los mejores médicos, las pruebas y tratamientos que sean necesarios, pero no dejes que me ocurra nada malo! Es demasiado pronto —añadió, cerrando los ojos—. Demasiado pronto...

Marta, que se había arrodillado a su lado e intentaba limpiarle los restos de vómito con su pañuelo, dejó esa tarea, le sujetó las manos y le respondió con voz dulce e intentando transmitir fortaleza:

—No te preocupes, Fede, todo quedará en un susto. Los de la ambulancia están al llegar y te llevarán al hospital enseguida. Tienes que ponerte bien... Ahora te necesito; te necesitamos...

Pensé que iba a hacerle partícipe del gran secreto, pero no fue así. Mejor: no creo que Fede la hubiera escuchado.

En ese momento, tres personas entraron en la sala. Llevaban una camilla portátil y unas mochilas de color rojo. Para no estorbar, me coloqué detrás de la cabeza del faraón. Luego, volví a por Marta y me la llevé conmigo. Desde allí, en lontananza, contemplamos cómo le colocaban una mascarilla de oxígeno, lo auscultaban, lo examinaban y terminaban por concluir que estaba dándole un infarto y que tenían que trasladarlo de inmediato. Fue en ese momento cuando Marta perdió la compostura y se derrumbó: le dio tal ataque de nervios que uno de los sanitarios se acercó a atenderla.

—Tranquila, todo irá bien. Le daremos algo para...

Así las cosas, no me quedó más remedio que advertirle:

—Debe saber que está embarazada: tenga cuidado con lo que le da.

Lo dije bajito, pero no puedo asegurar que Fede no lo oyera. Aunque supongo que estaba tan ocupado con lo suyo que no prestaba atención. Si tuviera que definir su estado, diría que llevaba tal sobredosis de angustia que pensé que moriría por ella antes que del infarto.

De Marta se hizo cargo el portero del edificio. Y yo, no sé cómo, me encontré en la parte trasera de la ambulancia, sujetando la mano a Fede, en calidad de «familiar más cercano». Ni en sueños me hubiera visto en aquel papel.

—Es que voy a perder el avión —argüí al médico, que casi me empujó dentro.

—¿Qué avión? Pero ¿sabe usted lo que está pasando? El tiempo es vital. Su marido...

Iba a decir que no era mi marido, que le había visto apenas seis veces en mi vida, pero no me dejaron. Me acerqué a Fede y le pregunté a qué hospital quería que lo llevaran. Respondió sin dudarlo:

—Al que vaya el Rey...

Y así se hizo. Era un buen hospital, limpio y eficiente. Aunque él no era un rey...

Le extrajeron sangre para hacerle análisis; le pusieron electrodos por el pecho, para hacerle un electrocardiograma; luego, lo monitorizaron, le cogieron una vía y le aseguraron que volverían enseguida. Con todo, cada vez que una bata blanca se le acercaba, Fede se quitaba la mascarilla y le preguntaba por su estado. Sus argumentos eran los de alguien que trata de mirar la vida de canto, pero ya se sabe que cada uno reacciona a su modo en esos extraños momentos. En el caso de Fede, se esforzaba por explicar a todo el que pasaba lo valiosa que era su vida y lo bueno que era haciendo lo que hacía.

La mayoría de las batas blancas, supongo que acostumbradas a casi todo, lo ignoraban cordialmente o, a lo sumo, le pedían que estuviera tranquilo porque estaba en buenas manos. Alguno, más amable, le daba unas palmadas en el hombro y le aseguraba que no tenía de qué preocuparse: que les dejara hacer su trabajo y que el dolor pasaría pronto.

Si todo iba bien...

Finalmente, los profesionales dejaron de aparecer, y por un instante nos quedamos solos. Yo estaba bastante incómoda. Confieso que lo que más me apetecía en aquel momento era salir corriendo, pero hasta que Marta no llegara no podría hacerlo. «Espero coger el avión de las once», me dije a mí misma, e inmediatamente me reproché mi falta de humanidad... En realidad, no se trataba tanto de inhumanidad, cuanto de una pura y simple huida hacia delante.

Fede se quitó la mascarilla y la emprendió conmigo. Me fijé en su brazo. Habían necesitado varios intentos para lograr ponerle la vía, y empezaba a amoratarse.

—Reyes, tú puedes entenderme porque eres como yo...

Di un respingo. No podía creerme lo que oía: «¿Qué quiere decir "*como yo*"?» No me dio tiempo a protestar.

—Estoy seguro de que te sientes joven. No importa la edad ni lo que diga el espejo, ¿verdad? La edad es otra cosa: en eso somos iguales. Retenemos la fuerza...

Otro respingo.

Recordé a Chesterton y su habitual ironía: «Nadie joven se sabe joven...» Es cierto, a los veinte años, no nos damos cuenta de nuestra condición, algo que, por otra parte, carece de importancia. Sin embargo, para poder ver más allá de los años, es vital que el viejo se sepa lejos de su juventud. Resultaba evidente que Fede estaba pasado de rosca.

«¡Qué pena ser tan ciego! —le dije, aun sin pronunciar palabra—. ¡Y encima te comparas conmigo! ¡Vaya tontería: no soy como tú, no nos parecemos en nada! Para empezar, me llevas veinte años.»

En ese preciso instante, ese Pepito Grillo que anda siempre enredando por entre nuestras costillas me hizo llegar la réplica despiadada a mis palabras, esta vez en forma de tango de Gardel: «Que veinte años no es nada.» ¡Nada! Podría ser yo misma la que estuviera tratando de convencer a mi acompañante de que me había ganado un poco más de tiempo porque, como bien explica L'Oréal, «yo lo valgo».

Yo escuchaba mi tango y Fede seguía con su letanía.

—Mi cabeza funciona a la perfección: ni siquiera necesito agenda. Marta me regaló una de esas maquinitas que ayudan a la gente a memorizar. Cuando juego con ella, siempre gano yo. Reconozco que en un primer momento creí que Marta se dejaba ganar, pero deseché el pensamiento enseguida: a Marta se le olvida todo. Creo que cada día del invierno pierde un paraguas... Es esta carcasa la que hace confundir a la gente, pero dentro hay mil proyectos bullendo. Dentro hay un purasangre. Marta puede certificarlo, hacemos el amor...

Le interrumpí cuando la imagen de aquel taparrabos color lila trataba de infiltrarse desde el hondón de la memoria.

—Lo sé, Fede, un purasangre, pero quizá no sea bueno que hables tanto. ¿Por qué no tratas de descansar? Respira hondo y relájate.

Ni caso.

—La vida me ha endurecido, ¿sabes? Mi padre era el portero de un edificio de Madrid. Yo mismo me crié en la portería. Con los años, lo compré. Íntegro: todas y cada una de las plantas, y todos y cada uno de los locales. Y le puse un piso allí, pero él no quiso mudarse y se marchó al pueblo, a Cáceres. En fin, lo que quiero decir es que no ha sido fácil. No me siento orgulloso de todo lo que he hecho en mi vida, pero soy muy bueno en los negocios. Tengo un don, veo oportunidades que otros ni siquiera otean, ¿me entiendes? Las huelo... Por eso, que me pase algo es un despilfarro para la humanidad que Dios no se puede permitir.

Miré su color cetrino y su piel flácida, cayéndole por la barbilla. Observé su pelo teñido de color cuervo y sentí una profunda pena. En mi mente, se personó aquella impactante imagen de *Los siete samuráis*, y estuve a punto de recitar en voz alta la magna frase «Cuando van a cortarte el cuello, ¿de qué te sirve preocuparte por la barba?» Pero no lo hice. Fede se había quedado varado en algún momento lejano de su vida, quizá en los cincuenta, o puede que en los treinta, cuando se creía un hombre de éxito capaz de conquistar con sus propias manos el mundo entero.

—Dios sabe lo que hace, Fede, por eso es Dios —repliqué.

La frase me salió mucho más dura de lo que hubiera deseado. Sólo pretendía decirle que tuviera confianza, pero no estuve fina. Con mi desafortunada réplica, retornó el dolor y, con él, de nuevo la angustia.

—¡Es demasiado pronto, demasiado pronto! No estoy preparado... ¡No quiero morir, Dios santo, no quiero morir, por favor!

Me di cuenta de que no era por el dolor, había escuchado a los médicos la palabra «morfina».

—¡Tranquilízate! Enseguida te meterán en quirófano y todo se arreglará.

—¡No quiero tranquilizarme! ¡Oh, por favor...! ¡Necesito un sacerdote! ¡Búscame un cura: pagaré lo que haga falta!

—Que yo sepa, los curas no cobran.

—¡Pues promételes lo que sea que les guste: haré una donación a algún sitio!

Me quedé pensativa. No conozco a ningún cura en Madrid, pero salí a preguntar a la enfermera. Carecían de capellán, pero había uno de guardia en no sé dónde. Prometieron avisarlo. Les pedí que se dieran prisa. Dije que si hacía falta pagaría yo el taxi. Así lo hicieron. Regresé con las noticias.

—Están localizándolo: vendrá enseguida.

—¿Y si no llega a tiempo?

—Llegará. Mientras, puedes ir poniéndote a bien con Dios...

—¿Y si me confiesas tú?

Casi me ingresan a mí también.

—¡Pero qué dices! No se puede. Yo no... ¡Ni hablar, no sirve de nada! Y además es imposible.

Reconozco que ni curiosidad suscitaba la escucha de los pecados de aquel hombre.

—Pero ¿y si no llega?

—Pues recemos para que lo haga. En eso sí puedo ayudarte.

Asintió y pareció tranquilizarse un poco.

Me arranqué con un padrenuestro, pero no llegué a terminarlo.

—¡Tengo que confesarme: necesito un cura!

—Vendrá enseguida... —lo tranquilicé.

—¡Y quiero que venga Dayra! ¡Por Dios, cómo me duele: avisa a Dayra!

—¿Dayra? Quieres decir Marta, ¿verdad?

Guardó silencio, un silencio a todas luces cómplice.

—¿Dayra es tu peluquera?

Asintió.

—¿La quieres?

—¡Naturalmente: es la única familia que me aprecia!

—¿Familia, cómo familia?

Me quedé sin respuesta. Apareció Marta, descompuesta pero recompuesta, llevando literalmente del brazo a un sacerdote mayor, muy mayor. Estaba tan consumido y encorvado que más bien se me antojó medio cura. Y, no obstante, conservaba un fresco e intenso brillo juvenil en los ojos. Me sonrió al pasar.

Salí al pasillo, llamé a casa advirtiendo que mi amiga Marta necesitaba mi ayuda y no podría ir a dormir. Luego, fui a sentarme a la sala de espera más cercana.

36

Y HACER TORTILLA

Corría y corría, pero no lograba poner tierra de por medio.

Aquella cosa extraña lo perseguía sin tregua.

Un día, exhausto, dejó de correr, y la alegría pudo, por fin, pillarlo.

¿Cuánto vale un segundo de tu tiempo? ¿Cuánto estarías dispuesto a pagar por él?

Si hoy, ahora, en este preciso instante, te pido que pujes por tu vida, por un segundo más de vida; si cuando se te haya agotado el tiempo, yo pudiera ofrecerte un segundo más, ¿cuánto me darías por él?

No importa que tengas dieciocho años o treinta y seis, o que andes camino de los setenta y nueve: se trata del postrero, un segundo marginal. Dime, ¿cuál es tu precio? Lo sé: hablamos de un segundo, de una minúscula brizna de tiempo, más o menos el que has empleado en leer esta pregunta. Aun así, te pido que pienses y me respondas con una cifra: ¿cuánto?

Ten en cuenta que en un segundo se puede matar y también morir. En un segundo, se esboza una sonrisa de agradecimiento o una mirada de odio. Un segundo te permite beberte tres sorbos de Coca-Cola, firmar un cheque sin fondos o sacar del desván de las tripas ese «te quiero» con el que nunca te arrancaste, vete a saber por qué. Decir «lo siento» consume medio segundo, más o menos el mismo lapso que se emplea en aclarar la mirada y ver por primera vez el rostro de alguien. En un mísero segundo puedes encontrarte contigo mismo o cruzar la cara a tu mujer.

Porque hay segundos y segundos, pero ese último segundo puede ser eterno.

¿Cuánto?

¡Puja! Necesito una cifra.

¿Acaso eres de los hastiados, acaso estás entre los que no pujarían, alegando algo como esto?: «Acabo de perder dos horas tirado en el sofá, mortalmente aburrido, ¿por qué habría de pagar por aburrirme? La vida es pintar blanco sobre blanco, para no ver más que blanco: un asco. No merece la pena alargarla.»

¿Acaso eres de los que pedirían más especificaciones sobre el producto en venta?: «¿Qué tipo de segundo me ofreces?, ¿uno de placer, de dolor, de trabajo, de diversión?»

No puedo responder: sólo sé que se trata del último, el postrero.

Dicen que como se vive se muere: quizá sea un instante más en los brazos de tu amante o en el hoyo tres; quizá sea un momento más de espantoso dolor, en la cama del hospital o de terrible angustia al pensar en qué podrá haber después; acaso puedas disfrutar por última vez de tu familia reunida; o de una reconciliación definitiva... ¡Qué se yo!

¿Pujas o no?

«¿Y qué dicen los mercados?», pregunta el financiero.

«Bueno, hay de todo. La volatilidad es muy alta.»

Isabel I de Inglaterra tuvo su último segundo un 24 de marzo de 1603. Cuando recostada en su lecho sintió el aliento de la negra sombra de la muerte en la nuca, sentenció con enorme amargura: «¡Todas mis posesiones por un momento de tiempo!» En las mismas circunstancias, Immanuel Kant aseguró impasible: «¡Es suficiente!»

Winston Churchill sólo podía morir como un inglés: «Estoy preparado para encontrarme con mi Creador. Si mi Creador está preparado para el suplicio de encontrarse conmigo, es otro asunto.» Luis XIV lo hizo a la francesa, y regañó a sus hijos diciéndoles: «¿Por qué lloráis? ¿Creíais que era inmortal?»

Jean-Paul Sartre reventó un 15 de abril de 1980, casi en soledad, acaso de un edema pulmonar. Su hija adoptiva y su compañera Simone de Beauvoir pudieron escuchar su durísimo testamento, y el último de sus gritos: «¡Fracasé!» Cada vez que releo *La náusea*, me viene el grito a la memoria y aquellos despiadados versos de Shakespeare en la escena V del acto I dichos por lady Macbeth: «Ven, negra noche, y envuélveme como en un sudario con el humo infernal más denso.»

En fin, en aquella sala triste, pintada de verde quirófano, el peor verde de los verdes, me pareció ver desfilar ante mí todas las modalidades y me animó a entrar en la subasta. Y me vi pujando por un último segundo de paz. Uno que me permitiera pedir perdón, dar las gracias y mendigar el empujoncito final.

—¿Qué le gustaría que le dijera san Pedro en la puerta del cielo? —me preguntó una periodista de una televisión regional.

Estaba de promoción de uno de mis libros: *El último paciente del doctor Wilson*, si no me equivoco. Mi entrevista había ido precedida de una exhibición de danza del vientre por parte de dos «señoritas» (así las presentaron, aunque una de ellas estaba tan entrada en años como yo, y algo también en carnes) y el contraste me descolocó momentáneamente. No obstante, a aquella pregunta respondí sin pensarlo:

—¿En la puerta del cielo? Me gustaría que me dijeran: «¡Pasa!»

37

Dios no tiene publicista

Cuando le dijeron que su mujer había muerto, recogió todos los signos religiosos que poblaban su casa, hizo una hoguera y les prendió fuego.

Dos meses después, se arrodilló ante la chimenea y habló con ella: «Cariño, lo he intentado; de veras. He tratado de ser ateo y llorarte con rabia, pero prefiero mantener la esperanza de encontrarte arriba. Espérame si acierto.»

Dicen que uno tiene que morir muchas veces para aprender a vivir. Desde una sensibilidad didáctica, casi romántica, afrancesada, la frase resulta sugestiva; acertada incluso, pero vista desde otra perspectiva la sentencia resulta rematadamente estúpida porque, cuando la muerte llega, te atrapa al primer intento.

Eficiencia del ciento por ciento.

La muerte es, más o menos, como un espía del Komitet Gosudárstvennoy Bezopásnosti, más conocido como KGB, en sus buenos tiempos: no hace distinción, no avisa, no se aviene a razones, no escucha los cacareos del protagonista, no se deja comprar. Y carece de paciencia. Pura ingeniería *just in time*: golpe seco y se acabó. Saltas de la tumbona a la tumba, de la cervecita a la mortaja, sin pasar por el bacalao en salsa verde o por el «Carrusel deportivo». Ni tiempo te da para anular tu perfil de Facebook.[9]

9. Este aspecto, meramente anecdótico, no deja de tener su aquel: varios de mis amigos de Facebook no podrán contestarme a menos que Dios habilite alguna conexión *on-line* cielo-tierra. Sin embargo, siguen figurando en la lista. Algo similar me ocurre con el listín de teléfonos de mi

Todo lo que narro suena pavorosamente tétrico, sombrío, pero no tanto como darse cuenta de que, cuando llega, la muerte se presenta sin libro de instrucciones. Y casi siempre te pilla en calzoncillos y sin preparación, despistado, lo que no deja de ser paradójico... El peculiar valenciano César Borgia tenía treinta y un años cuando pasó a mejor vida (por decirlo de alguna manera). Pese a su juventud, había vivido mucho, suficiente para permitirle decir antes de marcharse: «En el curso de mi vida, me he preocupado de proveer para todas las eventualidades menos para la muerte. Ahora debo morir sin haberme preparado.»

Borgia vivió entre los siglos XV y XVI, un período en el que la información resultaba difícilmente accesible. Hoy nos hallamos en la situación opuesta: el XXI es el siglo de la información libre y rápida, y del acceso gratuito (ésta es quizá la palabra mágica) a las fuentes. Sin embargo, estamos más o menos igual que el «duque Valentino», como lo llama Maquiavelo en *El príncipe*. Lo digo porque, actualmente, los ayuntamientos de cualquier tamaño ofrecen cursillos de ridículo precio sobre las materias más variadas: inglés, informática, calceta, danza del vientre, escritura creativa, comida macrobiótica, *spinning*... Sin embargo, nunca he visto ningún curso de preparación para la muerte. No me refiero a uno que verse sobre temas «formales»: papeleo, debates sobre incineración o enterramiento, o relación calidad/precio de las distintas funerarias locales (por cierto, uno de los mejores negocios del mundo). Hablo de algo más *gore*, más... visceral, algo así como: «Con la muerte en los talones y apretando: parte teórica.»

¿No se sienten un poco como César Borgia? ¿No les resulta curioso que siendo algo que va a ocurrir necesariamente no nos preparemos? Sigmund Freud explica con este razonamiento nuestra terca y voluntaria miopía: «El hecho es que resulta absolutamente imposible representarnos nuestra propia muerte y, siempre que lo intentamos, nos damos cuenta de que asistimos a ella como espectadores.» Por eso, la escuela psicoanalítica ha declarado que, en el fondo, nadie cree su propia muerte, o, lo que

---

móvil: no me decido a borrarlos. Me parece... no sé, una traición blasfema. ¡Se ve que me voy aproximando a primera fila!

viene a ser lo mismo, en su inconsciente todo el mundo cree en su propia inmortalidad.

Si me tomo el pulso, aunque me cueste reconocerlo, me veo dando la razón al doctor Freud. Estamos suficientemente ocupados tratando de pasarlo bien, recolocándonos los laureles o buscando otros nuevos que, por no dar, ni damos cabida a esa posibilidad. La muerte está presente en la ecuación, sin duda, y llegará el día en que terminemos por caer en la cuenta de que no somos inmortales, pero eso, hoy por hoy, no está sobre la mesa. Es, sin más, una pequeña perturbación; una especie de error estadístico...

Es obvio que Sigmund se encontraba bien de salud cuando nos ofreció esta explicación. Lo digo porque sus frases suenan racionales, razonables. En otras palabras, lo que hablaba era su cabeza. Cuando, como Fede, te encuentras fatal, cuando te sientes morir, cuando crees que cae definitivamente el telón y te angustias (como afirmaba Kierkegaard, «la angustia es la conciencia de la posibilidad»), la razón pierde el protagonismo. Cuando llega el momento de la prueba, las especulaciones intelectuales o las consideraciones teológicas no cuentan: sólo queda el corazón. Y el corazón sabe que no se puede dialogar con la muerte. Tampoco hay lugar para pruebas y errores, sólo hay una solución correcta: agarrarse a un clavo ardiendo.

A ese clavo se le conoce como esperanza.

Hasta los marinos cuentan con un «ancla de la esperanza», un áncora grande que emplean sólo en casos extremos... Esperanza, de acuerdo. Pero ¿qué debemos esperar? Y lo más importante, ¿de quién debemos esperar ese algo? ¿Acaso de un Dios al que no conocemos más que de oídas o ni eso?

De estar en pleno estado de forma diríamos aquello de que «el cielo puede esperar». Pero ¿y si vemos acercarse el momento?, ¿y si estamos junto al que le toca?, ¿y si nos descubren una manchita en el pulmón o nos notamos un bultito en el pecho, o problemas desagradables al orinar? Si creyéramos que ya no hay tiempo de descuento, ¿en qué podemos, en qué debemos esperar? ¿En Dios? Al fin y al cabo, estamos en España. Y esta piel de toro ha sido tradicionalmente creyente, ¿no?

Pues depende de cómo lo miremos. Si ustedes repasan las estadísticas sobre la fe en España, es muy posible que les ocurra lo que me ha ocurrido a mí, que me he visto envuelta por la sensación de estar ante algo, si no muerto, al menos agonizante. La adscripción religiosa (el número de adherentes, que decimos los de mi gremio) ha caído en picado. En un país de corte netamente católico, donde el 82 por ciento de la población, con datos de 2000, se declara formado en esa tradición, la participación religiosa es vista como «no normal» o como «excepcional». De ese porcentaje sólo un tercio se dice practicante, y de los encuestados sólo el 40 por ciento dice creer en el más allá.

España es, incluso en esto, un país europeo... cuando piensa con la cabeza. Pero ¿y cuando piensa con el corazón?

—¿Tú haces yoga, zen o algo así, Reyes? —me preguntó Marta en una ocasión.

—Lo más próximo, salmorejo, Marta. Eso sí: me sale fenomenal.

—¡Ah, déjate ya de sarcasmos! Lo digo porque pareces una de esas mujeres religiosas; profunda, ya sabes. De las de rosario de cuentas...

—¡Ya me gustaría! Religiosa soy; profunda, desgraciadamente, no. Pero dime, ¿qué tiene eso que ver con el yoga?

—Bueno, es un método de meditación: concentración mental, recogimiento, respiración. Posturas del cuerpo que te conducen a la paz, cosas de ésas. ¿Cómo me preguntas qué tiene que ver?

Me encogí de hombros.

—Salvo lo de la paz, Marta, no veo coincidencias. Tú me estás definiendo una técnica, una práctica de relajación y autodominio, cuando lo que te lleva a una iglesia es ir en busca de alguien para ponerte en sus manos. No es algo, es *Alguien*, ¿lo entiendes? Nada que ver.

Cruzó la pierna y dejó a la vista su delgada pantorrilla, vestida con una fina media negra.

—Yo no soy practicante. Creo que la última vez que pisé un templo llevaba calcetines cortos, pero sí he entrado en iglesias vacías alguna tarde de calor: son bastante frescas. Por cierto, me gustan mucho más vacías que llenas. Son pacíficas.

—Quizá porque tú también dejes fuera tus cosas y entres vacía.

—¿Dejarlas fuera? ¡No! En las iglesias también roban.

—Era en sentido metafórico, Marta.

Se echó a reír.

—Lo sé. Era una broma. Pero ahora que lo dices tienes razón: en una iglesia vacía, en penumbra, se percibe algo... no sé, hay algo extraño en ese silencio; extraño, pero atrayente. Un silencio puro...

—Quizá no sea algo, quizá sea *Alguien*... Alguien oculto a la vista, como esa hijita tuya, de la que poco sabemos, pero que tú quieres tanto... Dicen que lo importante sólo se escucha en el silencio, sin anuncios ni publicidad. Se ve que Dios nunca contrató a un publicista...

—Qué bonito eso del silencio, ¿no?

—Bueno, no creo que se trate de estética, Marta. En mi opinión, la religiosidad es una experiencia personal: la de sentirse querido, la de confiar ciegamente y, por ello, dejar todo en sus manos.

—¿Y tú crees así?

—No, desgraciadamente. Pero me preparo para cuando llegue ese momento. Sé que Él estará allí para echarme la mano que necesito. Sé que estará...

—¿Y cómo lo sabes?

Cerré los ojos y mi mente me llevó a la preciosa ciudad francesa de Toulouse. Participaba con Berna González Harbour en un seminario organizado por el Instituto Cervantes. Lo pasamos fenomenal hablando de literatura y de mujeres. Berna es una mujer interesantísima. Durante el coloquio, acaso por la temática de la novela de Berna, acaso por mis *Crímenes del número primo*, la Iglesia católica salió a colación y yo me declaré practicante antes de dar mi opinión. Al terminar, ya en la puerta, un hombre mayor, francés, antiguo sindicalista y gran lector, se me acercó para decirme esto:

—*Madame*, he disfrutado mucho escuchándola. Por eso todavía me extraña más. Dígame: ¿cómo una mujer inteligente como usted aún cree en Dios?

No pude responderle: no era el lugar ni el momento, pero, de haber podido, hubiera replicado que mi creencia poco tiene que ver con la inteligencia, aunque nada en ella me repugna. Se trata de algo mucho más profundo, más completo: a las personas, al *Alguien* que habla en el silencio, se le quiere con el corazón y luego se le comprende con la cabeza. Por eso los niños, cuyo corazón es tan inteligente, saben tanto del cielo.

—¿Por qué he nacido yo? —me preguntó una de mis hijas, en una ocasión.

Respondí de inmediato.

—Porque te quiero. Te queríamos sin conocerte y ahora aún te queremos más.

—¿Y por qué se ha muerto el abuelo?

Sólo pude responder:

—Por el mismo motivo, hija, por el mismo motivo...

38

Tic, tac, tic, tac...

Quería hacer cosas grandes, pero no le salía una a derechas.

Entonces, empezó a hacer cosas pequeñas y se convirtió en un hombre.

Dicen que las horas, cualquier hora, todas las horas, contienen sesenta segundos exactos, todos iguales, todos con idéntico ritmo y la misma cadencia: tic, tac, tic, tac; una y otra y otra vez... ¿Ustedes se lo creen? Yo sí. Tengo esa afirmación por absolutamente correcta, si bien sólo en esa elegante forma en que la estadística define correcto, es decir, por «término medio».

Todas las horas cuentan con sesenta segundos; estadísticamente, todas las horas son exactamente iguales. Y, sin embargo, hay horas a las que les sobra tiempo y horas a las que les falta; horas que vuelan y horas tan inoportunas como las gripes de fin de semana; horas que deberían borrarse del mapa y horas que, desafortunadamente, son irrepetibles; horas felices y horas amargas: eso es lo que tiene esta líquida, elástica, vaporosa, y por tanto caprichosa, variable que llamamos tiempo.

Si tenemos en cuenta que el tiempo es objetivamente el elemento más escaso en este camino nuestro hacia la felicidad, lo más inteligente sería investigar qué actuaciones consiguen alargar las horas placenteras hasta lograr ordeñar más de sesenta segundos, y qué actividades estrangulan las horas hasta partirlas por la mitad, con el fin de evitarlas.

Porque lo cierto es que el tiempo, últimamente, va demasiado deprisa. Antes paseaba; luego empezó a trotar y ahora corre que se las pela. Y eso es definitivamente malo, lo mismo que emplear diez minutos para almorzar, engordando lo mismo o más, produce menos disfrute y más aerofagia que hacerlo despacio y rodeado de amigos.

En los meses pasados, he tenido que pronunciar algunas conferencias sobre la gestión del tiempo. Y, para estar a la última y no citar sólo a los clásicos, me he estudiado algunos de esos *best sellers* publicados por gurús de la autoayuda... ya saben, esos textos de letra grande y pocas páginas, que cuentan con cuadros explicativos y resúmenes al final de cada capítulo, por si el cliente se despista. No negaré que, con esa lectura, he refrescado muchas verdades de sentido común (el menos común de los sentidos) y aprendido algunas cosas interesantes sobre, por ejemplo, la organización del correo electrónico. Sin embargo, no siempre he logrado terminarlos, y no porque fueran malos, sino porque ponían en cuestión mi propia forma de gestionar el tiempo...

Para mí, el tiempo es como la sangre para los vampiros: néctar de dioses. Tengo ansia de tiempo: ¡hay tantas cosas maravillosas en el mundo, tantas gentes interesantes, tantos y tantos libros, tantos mares...! Entendí a la perfección la queja que Murakami, el gran novelista japonés, desgrana en *De qué hablo cuando hablo de correr*. El autor, ya novelista, que aún regentaba el bar con el que se pagaba las facturas, narra: «En cuanto encontraba un hueco en mi trabajo, fuera una hora o treinta minutos, me enfrentaba al papel y, cansado como estaba, hacía correr por él la pluma como si compitiera contra el tiempo.»

Desde que tengo memoria, he vivido compitiendo contra el tiempo; haciendo, al menos, dos cosas a la vez: una más técnica, mecánica (huevos fritos con chistorra, o planchado de camisas, por ejemplo) y otra más intelectual (tomar la lección a un hijo, escuchar una confidencia o ayudar con una ecuación diferencial): quizá por eso la cocina es una de las habitaciones más espaciosas y bonitas de mi casa.

Pero hete aquí que esos libros de autoayuda aseguran que lo mío es un error garrafal, casi una patología. Instan a disfrutar del tiempo yendo despacio, emprendiendo cosa tras otra, casi flemáticamente. Insisten en que, cuanto más quieras aprovechar el tiempo, cuanto más trates de exprimirlo, más se acelera el reloj y menos rendimiento le sacas. Es decir, que yo que me creía una heroína, en vez de adelantar, atrasaba.

Uno de esos cuadros resumen me ha hecho pensar, pero no cambiar de opinión.

Quizá sea por las prioridades...

Estoy convencida (quizá erróneamente convencida) de que en este asunto del tiempo sólo hay dos pilares fundamentales: una jerarquía (ni mejor ni peor que otras, simplemente la tuya), y el tesón: *si has decidido estar ahí, estate a tope.*

En esto último, y por una vez, los filósofos clásicos y esos extraños seres que dan consejos empresariales para humanos cobrando por ello (los llaman *coaches*) se ponen de acuerdo. Ambos certifican el inmenso valor del único tiempo que podemos controlar: este preciso instante.

Si el tiempo que se puede consumir antes de que caduque o no llegue, es decir, el presente más inmediato, es tan escaso, lógico es vivirlo a tope. Si vas a dar un beso a tu amado del alma, que supere el de Leonardo DiCaprio a Kate Winslet en *Titanic* o el de Demi Moore a Patrick Swayze en *Ghost*; si vas a hacer solomillo *al foie*, que parezca salido de las manos de Subijana; si vas a esquiar, pista negra; si acompañas a un moribundo, dale paz: cielo ciento por ciento, sin mezcla de poliéster. Hasta ese punto, tenía todo clarísimo: estate en lo que haces, y hazlo todo lo perfecto que puedas, porque no podrás repetirlo. Pero ¿qué se hace en una fría sala de espera de un hospital desconocido, rodeada de gente enferma, preocupada o tan despistada como tú?

Los minutos en aquel lugar se me hicieron eternos. Minutos de noventa segundos y horas de setenta minutos. El móvil no tenía cobertura y, además, estaba prohibido. Y la luz resultaba tan mortecina que ni leer resultaba posible. Lo único que podía hacer allí era esperar. Lo más importante del tiempo es, sin duda, dedicarlo a lo más importante. Y lo más importante del mío, en aquel momento, era permanecer allí.

No me son extrañas las noches en vela, atendiendo a alguno de los niños con fiebre, paperas, gripe A, sospecha de apendicitis, vómitos, brechas inmensas o cosas por el estilo. Pero aquella situación era diferente. No era mi hijo, apenas conocía a Fede. Y, sin embargo, no podía dejar de acompañar a Marta, aunque ella no me viera.

Extraña noche aquella del dolor de cuello y el sabor amargo. Una noche oscura, en la que tuve la certeza (una de esas certezas mías) de que tocaban a muerto.

El cura salió pasado un rato. Me acerqué a saludarlo, a darle las gracias y a pagarle el taxi. Me atendió con extrema amabilidad y me dejó su número de móvil, por si necesitábamos localizarlo.

Antes de marcharse, hizo de las suyas:

—¿Crees en Dios, hija? —me preguntó.

La respuesta no me vino a los labios. Sólo tras unos segundos pude responder:

—Lo intento, con resultados diversos.

—Pues no vendría de más que se lo presentaras a tu amiga. Lo necesita.

—Está embarazada...

—Me lo ha dicho. Mejor: Dios siente debilidad por los niños.

—Me temo que no soy tan hábil ni es tan fácil como usted lo pinta...

—La sala de espera es un primer paso. Dios te bendiga por quedarte ahí. No dudes en llamarme.

Me quedé en el pasillo viéndole alejarse. Avanzaba despacio, encorvado. Arrastraba los pies, pareciera que sus fuerzas estuvieran a punto de agotarse. De pronto se detuvo, y, como si fuera una planta mustia a la que regaran, revivió. Volvió apresuradamente sobre sus pasos hasta llegar a mi lado.

—Estaba pensando que a nuestra amiga le vendría bien tomar algo caliente. La noche puede ser muy larga. No tengo prisa y bien podría acompañarla si alguien cuida de su marido...

—¡Claro, tiene toda la razón! Yo la sustituyo —dije, sin pensar bien lo que decía.

39

Enséñame las manos

—Características de los homínidos, Manolo.

El niño recitó con voz de Pitagorín:

—Son bípedos, andan erguidos, su cerebro es más grande y tienen lenguaje simbólico.

—¡Así me gusta: aprended los demás! ¿Por qué levantas la mano, Julieta?

—Porque falta una cosa, profesor.

—¡Pero qué tonterías dices! ¿Qué podría faltar?

—Mi papá dice que eran de los nuestros porque tenían corazón.

Julieta sacó un insuficiente y su padre le regaló un libro con pegatinas.

Tengo cierta gracia para salir de las situaciones incómodas, especialmente de esos densos e incómodos silencios a los que nos someten las circunstancias. Pocas veces en mi vida me he encontrado con la boca vacía, sin saber qué decir. Quizá por ello, me acuerdo de casi todas. Y de ésta también.

Cuando Marta salió, nos dimos un abrazo. No nos dijimos nada: es cierto que hay silencios mucho más elocuentes que las palabras. La dejé en manos del sacerdote y respiré hondo antes de entrar. Lo hice de puntillas, no sé si para no molestar a las enfermeras que trajinaban en la sala o con la secreta esperanza de que Fede estuviera dormido. No lo estaba.

Había una silla, blanca e incómoda, colocada en la cabecera de la cama, a la izquierda. Él se hallaba inclinado hacia ese lado, de modo que nuestras miradas se cruzaron. No mostró disgusto al verme, pero tampoco sonrió. Simplemente, volvió al origen: a aquel punto del infinito en el que tenía fija la vista. Su aspecto no había mejorado desde que la última vez que le viera; sin embargo, parecía más calmado. Acaso el sacerdote le había proporcionado la paz que necesitaba, como yo esperaba; acaso, había tocado fondo y se había dejado caer.

Me senté. Y me puse a pensar qué decir a aquel hombre desconocido que pudiera hacer más amable, o, al menos suavizar, aquellos extraños momentos. Desgraciadamente, cada cosa que se me ocurría era más estúpida. Me limité a permanecer a su lado, quieta, con la espalda muy recta, callada. Pasados unos instantes, me di cuenta de un detalle curioso: Fede tenía ambos puños cerrados.

—¿Sientes dolor? —le pregunté.

Negó moviendo muy despacio la cabeza.

—¿Y frío, tienes frío? ¿Quieres que pida otro edredón?

Reiteró la negación. Aquella vez, sin embargo, una pequeña lágrima solitaria escapó por su mejilla. Aquel hombre sufría y lo hacía completamente solo. Y mi memoria evocó aquella escena de *Tigre y Dragón*: «Si cierras los puños, tus manos siempre estarán vacías.»

Y entonces mis palabras brotaron con más facilidad que sus lágrimas.

—Fede, tengo que pedirte perdón. Te he juzgado sin conocerte, sin saber nada de ti. Como si yo fuera lo suficientemente importante para decidir quién es bueno y quién no. Lo siento muchísimo. Yo también he tenido los puños cerrados, como si lo que tuviera dentro fuera suficiente. Perdóname, estoy segura de que tus manos no están tan vacías como piensas. Pero si lo estuvieran, te ruego que las llenes perdonándome a mí y queriendo mucho a Marta.

Abrió el puño y sujetó mi mano. Le apreté con fuerza. Ya no tuvimos nada más que decirnos. Se quedó dormido. Marta llegó enseguida y le cedí el sitio.

40

La vida sigue igual

—¡Rara especie! —comentó uno de los extraterrestres, mientras contemplaba atento cómo sacaban el cadáver del río—. Cogen el ascensor para subir al gimnasio donde se machacan para compensar su vida sedentaria. Trabajan sin descanso sin darse cuenta de que, cuando han acumulado el dinero necesario, se les ha acabado el tiempo. Y mira ese tío, el del río, ¿has visto lo que ha hecho?

—Tienes razón, no hay animal más admirable que el hombre: es capaz de asesinar a su hermano y de tirarse al río para salvar a un desconocido, perdiendo la vida en el intento. Incomprensible.

—Cierto, Alfa75: para comprenderlos tendríamos que ser hombres. Espero que eso no ocurra nunca —añadió.

Alfa75 no respondió. A él le agradaban esos bípedos tan feos. Pese a sus rarezas, le gustaba verlos reírse, le gustaban sus libros y su cine, le gustaba ver jugar a sus niños. Pero sobre todo, le gustaban sus familias.

Él había nacido en un laboratorio. Hubiera dado cualquier cosa por tener un padre y una madre.

No volví a ver a Fede con vida. Murió tres semanas después de aquel episodio que les he narrado. No estaba previsto. Según los médicos, la operación había sido todo un éxito: le colocaron tres *sten*, le impusieron un cambio de vida y una férrea medicación, y lo mandaron a casa, con la orden de abandonar el alcohol y el tabaco, alejarse de la sal y de los restaurantes de comida rápida, y, sobre todo, evitar las situaciones estresantes.

No lo hizo: aquéllas no fueron para él horas normales, de sesenta minutos.

Todavía estaba convaleciente cuando su empresa entró en concurso de acreedores. Muchas personas perdieron su trabajo, muchos proveedores quedaron con una mano delante y otra detrás, y volaron los ahorros de cientos de clientes. A las manifestaciones, se sumaron las pancartas desplegadas en la puerta de su propio domicilio y la orden de un juez instructor que, tras la denuncia de los afectados, decidió abrir expediente para investigar la comisión de posibles delitos. En el periódico (esta vez, de ámbito nacional) se hablaba de estafa, apropiación indebida, alzamiento de bienes, falsedad documental y un largo etcétera: es decir, el menú completo. No hallé, sin embargo, en los diarios noticia de cuentas en Suiza, algo que, tengo que reconocerlo, me entristeció: Marta se iba a quedar más o menos como el resto de proveedores: sin un duro y con un hijo en camino.

Fede no pudo soportar aquella situación.

Marta, tampoco. Una amenaza de aborto obligó a ingresarla. Le impusieron un régimen de reposo absoluto. Ni siquiera le permitieron levantarse para asistir a las honras fúnebres de su marido. Acudí yo en su nombre: ida y vuelta en el día. El funeral se celebró a las ocho y cuarto de la mañana, en una parroquia de barrio; a las nueve, la conducción del cadáver y el entierro. De la T4 a la Almudena, sin pasar por Loewe.

En el altar no había flores. En primera fila, a la derecha, se sentaban dos caballeros cuarentones, ambos trajeados y con gafas de sol, que miraban el altar con la frente levantada. Más delgados, a primera vista se apreciaban los genes de Fede. Tres filas más atrás, a la izquierda, se encontraba una chica joven, gordita y vestida con poco gusto. No había nadie más en la iglesia. Me coloqué tras esta última. Al sentarme, la madera del banco crujió. La joven se giró y me sonrió. Era una de esas personas dotadas de una extraordinaria bondad en la mirada. Enseguida se cambió de banco hasta situarse a mi lado.

—¿Conocías a mi papá? —me preguntó sin preámbulos. El tono de su voz, su gesto y su extraño ceceo no hicieron más que acrecentar mi impresión original: era una dulce criatura. Poseía esa dulzura que el estándar del mundo califica de «anormal» o «discapaz», un título que siempre ha llamado mi atención: ¡conozco a tantos imbéciles ultranormales y a tantos discapacitados genios...!

—Eres Dayra, ¿verdad?

Sonrió de nuevo.

—Sí, soy Dayra, ¿me conoces?

—No directamente, pero me han dicho que eres una peluquera estupenda.

Enrojeció.

—Papá habló con la señora Rosa y ahora yo me encargo de los tintes. Si quieres, puedes venir un día y te tiño las canas. Papá ya no vendrá y estaré muy sola...

Ocultó la cara entre las manos y se echó a llorar. Lloraba como lloran los niños, pese a que tendría unos veinte años.

—Lo haré, por supuesto. ¿Conoces tú a esos señores que se sientan en primera fila?

—No, pero seguro que son los otros, sus hijos. Papá me habló de ellos. Me dijo que no me acercara, que no me querrían bien.

—¿Y tu madre?

—No lo sé. Un día desapareció. Cuando regresé de la peluquería había vaciado su armario. No la he vuelto a ver. Quizá echara de menos Venezuela. Ahora vivo sola. Pero papá viene a verme... ahora ya no... —añadió.

—¿Sabes quién es Marta?

Asintió.

—He visto su foto: es muy guapa. Pero tampoco sabe que existo. Es un secreto: no se lo podemos decir a nadie. ¿Sabes que está embarazada? Papá me lo dijo...

«¡Lo sabía! ¡Pero qué cabrón!», pensé para mí. Obviamente, hice como si no hubiera escuchado su comentario.

—Si quieres, cuando esto acabe, nos acercamos al hospital y te la presento: soy amiga suya. Estoy segura de que tu padre no se enfadará y a ella le encantará conocerte. Pero ahora debemos callarnos, o el sacerdote se enfadará.

En realidad, aquello no tenía nada que ver con el sermón, sino conmigo. Cerré los ojos y rogué a Dios que abriera pronto la puerta a Fede: un hombre de quien una hija como Dayra habla con tanto cariño, no puede ser un hombre B. Aquel día mi infalible olfato cedió por K.O. Ahora sé que las rubias no son tan tontas, y sus maridos tampoco.

Tras el entierro, la invité a una taza de chocolate con churros en un bar próximo. No era el Ritz, pero el cacao olía deliciosamente. Fue una gran conversación en la que, de tanto en tanto, aparecieron lágrimas y más de un sollozo. No fueron, sin embargo, en detrimento de los hechos: yo hubiera ido a teñirme las canas cada día.

Supe después que ella trabajaba de asistente de peluquería no tanto por sus habilidades estéticas, cortas, cuanto porque su padre había adquirido el negocio años atrás y lo había puesto a su nombre, aunque ella no lo sabía.

Curiosamente, ¡ironías de la vida!, fue lo único que se salvó de la quiebra... y de los demás miembros (cuervos) de la familia.

Marta y yo no hemos vuelto a pisar el Ritz, aunque seguimos viéndonos en Madrid, a veces, cuando tiene turno de tarde en la cafetería del centro sanitario donde trabaja (ha desempolvado su título de enfermera); a veces, en algún pequeño café. El pequeño Beltrán (finalmente, fue niño) hace que sus horas felices vuelen, pero entre él y su nueva amiga-hija-socia, Dayra, han logrado que sean de sesenta minutos y pico...

Dejo que adivinen la especialidad médica a la que Marta dedica sus esfuerzos...

Epílogo

Si hubiera de parecerme a un animal, no dudo en que escogería una lagartija: me encanta el sol y no sé estar quieta.

El que mucho se mueve, mucho tropieza. No me produce empacho alguno reconocer que me he equivocado con muchísima más frecuencia de lo esperado. No trato de olvidar mis errores... Bueno, un poco sí: cuando alguno me viene a la mente, ocasionándome un escalofrío, lo barro como si de una escoba dispusiera y busco otra pared donde tomar otro rato el sol. Pero, por lo general, acepto las meteduras de pata como aprendizaje, me río de lo tonta que soy y de lo mucho que me aguantan, y paso a ocuparme de otra cosa.

Hay un tercer factor, no por ello menos importante, que me conecta con esos pequeños animalillos verdosos: las lagartijas cuentan con un mecanismo de defensa muy curioso, al que se conoce como autotomía caudal, por el que se desprenden voluntariamente de una parte de su cuerpo, concretamente la cola, cuando se encuentran con un depredador al que no pueden ganar. Hay lagartijas que llegan a mover insinuantemente su apéndice o lo tiñen de colores llamativos para atraer la atención de sus verdugos hacia una parte no vital de su cuerpo y desviarla de la cabeza o el abdomen, donde un mordisco sería fatal. Como la cola partida continúa moviéndose y engolosinando durante un cierto tiempo a los depredadores, la amputación les facilita la huida.

Afirman los expertos que su cola posee una estructura tal que la pérdida de sangre y masa muscular son mínimas, si bien la pobre lagartija paga un alto precio por ello: consume enormes cantidades de energía para reponer su apéndice, carece de movilidad durante todo ese tiempo y sufre...

He perdido algunas colas en mi vida: las amputaciones me han dolido mucho y mucho más me ha costado recuperarlas, pero siempre he sabido que no eran importantes, ni vitales. Lo importante es sobrevivir para poder seguir moviéndote y tomando el sol. Llorando, pero viva. Volviendo a casa. Y riéndote al fin, con una taza de chocolate negro en la mano.

Les advertí al comenzar este libro que no sabía hasta dónde llegaríamos; anoté que más que respuestas, me sobraban preguntas, de modo que lo más probable era que no alcanzara a escribir nada inteligente. Tras un largo año leyendo, pensando, buscando, tachando, hablando con mis Martas y pensando un poco más, he conseguido culminar estas páginas. La primera consecuencia de esta tarea es que he tenido que enviar mi pluma a Montblanc para que me la reajustasen, porque hacía aguas por todos lados. La segunda es que, siguiendo como al principio, es decir, sin haber hallado las grandes claves de la felicidad, me siento digamos... algo más rubia.

Junto a Marta he aprendido mucho, muchísimo: para empezar, que la felicidad bien vale algunas colas. Aunque éstas se empeñen en acicalarse y colearse durante algún tiempo, finalmente, tras algunas lágrimas, emergen otras, tan lustrosas, e inútiles, como las primeras.

El segundo de mis hallazgos es aún más humilde que el anterior, pero no menos interesante: definitivamente, me he convencido de que lo bueno de la vida no está en proporciones tan pequeñas como creía. Es más, el vaso está casi lleno de un sinfín de cosas buenas que pasan desapercibidas porque andamos mirando cómo se mueven las colas de los demás...

A ver si algo de esto les sabe a chocolate criollo: una buena película, un rato navegando en empopada, bodas de plata (con el mismo), un éxito, dos besos, sábanas limpias, una cerveza con limón, la primera vez que ves el rostro de tu hijo una tarde con Marta en el Ritz, música, *El gran Gatsby*, cocochas en salsa verde, más música, ese sueño, guindilla, el primer día de primavera, la noche en vela, un baño en La Concha en invierno, tu madre, superar ese reto, los colores de otoño, zumo de naranja recién exprimido, correr, *Gladiator* con palomitas, una montaña nevada, ayudar sin que nadie se entere, huir sin que te cojan, reírte de ti misma, darte, Jerusalén, entrar respirando en el vestido rojo, mirar la luna, *Lágrimas negras*, un domingo de sol, una inmensa sobremesa en familia, la playa, leer, esa clase magistral, un tango, *El viejo y el mar*, las lagartijas, los amigos, Roma, la lluvia fina, comprar un regalo, el *spinning*, una guitarra y mis chicos, chimeneas, un Barça-Real Madrid, el mar bravo, una iglesia a oscuras, las amigas, *El embrujo de Shanghái*, un buen espía, el trabajo bien hecho, una cama compartida toda la noche, una entrada para el cielo (en cualquier lugar me vale), teñirse las canas, la segunda taza de chocolate, lo inesperado, un hombro donde llorar, un *Alguien* a quien esperar...

Vivir feliz, en suma, debe de ser algo así como abrir más los ojos y, sonriendo pícaramente, robarle algunos segundos a las horas.

¡Gracias por esas lecciones, mi muy querida y admirada Marta!

—¡Chica, qué cursi eres! Parece escrito por mi abuela...

—A mí me suena bien, pero si prefieres cambiarlo...

—Pues mira, sí: ¿qué te parece esto?: «A mi muy querida amiga Marta, experta en felicidad y reposo.»

—¡Ya! Y pongo la dirección de la consulta de cirugía plástica...

—Naturalmente: ¡Beltrán tiene que ir a Harvard! Y Dayra necesita dientes nuevos... Por cierto, no te vendría nada mal un poco de botox. Han descubierto que es fantástico incluso para las cefaleas...

Gracias

Hace años, siempre demasiado tarde, descubrí que las palabras contienen una suerte de alegría contagiosa, un elixir prodigioso capaz de traspasar tiempo y fronteras, y cuyos poderes se refuerzan al compartirlo. Tras ese descubrimiento no he podido dejar de escribir. Cuando alguien me cuenta que ha pasado un buen rato, que ha llorado o reído, que mis letras le han arrancado una sonrisa, la magia se activa y rejuvenezco.

Me ocurre algo similar cuando cocino para mi gente. Aunque no suele quedar nada que compartir (comen como lobos), gozo con esa sinfonía de risas y tenedores casi tanto como al ver que alguien se bebe de un trago una de mis novelas.

Hasta ahora, había cocinado para los míos e imaginado historias para los demás. Nunca se me había ocurrido variar el orden de los términos: abrir mi cocina al público y compartir mi propia historia. Cuando Ana, mi querida editora, me lo propuso, me negué. Se trataba de una cuestión de honestidad personal. La vida ordinaria de una mujer corriente cuya principal ocupación es correr para que la vida no se la lleve por delante no podía interesar a nadie. Escribir sobre la felicidad sería como cocinar para Adrià, Subijana y Berasategui juntos; como componer una sinfonía para Beethoven.

Tras el sentimiento de inutilidad, me invadió otro aún más insondable, un pudor casi reverencial. Mi cocina es grande, pero es privada. No podía mancillarla. Gracias, Ana, pero es imposible. Lo siento.

Sin embargo, aquella tarde mi avión se retrasó y, aburrida, compré una tableta de chocolate en la T4; justo en ese momento, llamó mi amiga Marta. Al enterarse de lo que tenía entre manos, se puso como un basilisco porque ella, que está como una sílfide, no se acerca a millas del chocolate. En ese preciso instante, los planetas se alinearon y todo encajó. No abriría mi cocina. Contaría mis historias con Marta, mis muchas amigas Martas: rubias, frívolas, Ritz propiamente dicho; dulces, un poco tontas y extremadamente listas. De acuerdo, Ana, escribiré un libro sobre la felicidad, una especie de chocolate picante para el alma.

Cuentan que, a los postres, Moctezuma hacía servirse, en copa de oro, chocolate caliente mezclado con chile. Antes de confeccionarlo, las semillas del cacao se exponían a la luz de la luna para asegurar al emperador su poder afrodisíaco. Tratamiento similar recibían las destinadas a los ritos sagrados. Los españoles prescindieron de la dosis picante, agregaron azúcar y popularizaron las chocolatadas como festejo familiar. Ésa es la magia que el chocolate comparte con la vida, la felicidad y con mi amiga Marta: combina bien los extremos. Admite el dulce y el picante, la juventud y la tumba, la tierra y el cielo. Y de cualquier forma, está delicioso.

Este libro quiere deshacerse en tu boca dejando en cada capítulo un nuevo aroma balsámico. Los hay viejos y tempranillos, florales y de cuero, exitosos y preñados de fracasos. Abundan las risas, hay algunos llantos y algún que otro chiste verde. Pero sobre todo hay magia. La de mi cocina. ¡Gracias, chicos! ¡Gracias, Juan: me encanta mi cocina!

He dado a leer estas páginas a algunas personas interesantes de muy diversa procedencia. ¡Gracias, Antonia, Covadonga, mamá, Pía, Agatha, Fernando, Eduardo, Tomás! Cada una me ha dado su opinión. Coinciden en que se lee compulsivamente, como si de una novela de crímenes se tratara; en que es divertido, pero hace pensar; en que les ha durado dos tardes, y en que no volverán a tomar café conmigo si no es en el Ritz. Espero que paguen los derechos de autor, o me arruinaré.

Tras una taza de chocolate caliente, nada mejor que un buen vaso de agua fría. De nuevo, como la vida, calor infierno junto a frío polar, una especie de oscuridad translúcida. Me he permitido añadir antes de cada capítulo un microrrelato incisivo, mordaz, picante; irreverente, incluso. Bébetelo de un trago. Luego, el chocolate y la guindilla te sabrán mejor.

Y hablando de guindilla: si cree reconocer a alguien, no lo dude: ¡se equivoca!